Über den Autor John McShultz:

Geboren 1965 in Ost-Berlin. Abitur 1984 und anschließend Krankenpflege-Praktikum. Armeedienst an den Standorten Bad Düben, Neubrandenburg und Karlshagen / Peenemünde. Studium in Berlin 1987–1995. Seitdem diverse berufliche Stationen bundesweit, aktuell in Leipzig lebend und arbeitend.

Veröffentlichungen:

1. „Sehnsucht nach Nirgendwo“, Lieder und Gedichte für anonyme Romantiker und sensible Melancholiker, mit 6 Bildern von Andreas Weißgerber, Geest-Verlag 2015.

2. CD „Ein Tag in einer anderen Welt“ 2020 bei SCREAMBYRD RECORDS, www.johnmcshultz.com

3. „Was man von hier aus denken kann. Kurzgeschichten und Persiflagen aus der Provinz, SCREAMBYRD RECORDS PRESS, 2022, ebook.

JOHN MCSHULTZ

NO RECORD RELEASE

Zwischen Liebe, Verrat und Vergebung

Ein Gesellschaftsroman

SCREAMBYRD RECORDS PRESS
www.johnmcshultz.com
1. Auflage
Gedruckt in Deutschland auf 100 % Recyclingpapier
Umschlaggestaltung: Idee John McShultz / Umsetzung von 99designs
unter Verwendung folgender Fotos:
1) Jörg Hartmann als Falk Kupfer in „Weissensee“, ARD / Julia Terjung
2) https://www.spiegel.de/fotostrecke/stasi-personalchef-tot-fotostrecke-107973.html
3) Viktoriia Hnatiuk/Shutterstock.com
ISBN: 978-3-949970-00-9

Ich
Hätt auch gern Kommunismus, die Idee
Ist gut. Wenn nur die Menschen besser wärn.
Der Kommunismus ist was für die Zeitung.

Rammler in „Die Umsiedlerin oder das Leben auf dem Lande",
Heiner Müller, 1961

PROLOG

Roy rang nach Luft wie ein Schwimmer, der zu lange getaucht war. Sein Herz ächzte wie ein Blasebalg, um das zu Lava erstarrte Blut durch die Gefäßbahnen zu pumpen. Seine Hände vibrierten, als er sich im Bett aufrichtete.

Wieder hatte er von panzergrauen Uniformen, monotonem Trappeln von Stiefeln auf eisigem Beton und rausgerotzten Worthülsen der Unteroffiziere geträumt.

Roy blickte zum Fenster. Einsame Nebelschwaden jagten durch die Straßen von Ost-Berlin und warfen im faltigen Licht der wachestehenden Straßenlaternen Trugbilder an die Wand.

Erschöpft ließ er den Kopf ins Kissen zurückfallen. Niemand außer ihm war im Zimmer.

Im flackernden Spot der durch das Fenster einfallenden Irrlichter tappte Roy in die Küche. Tastend suchte er nach Zigaretten und steckte sich eine an. Das gelbblaue Licht der Flamme zuckte über sein totenbleiches Gesicht und spiegelte sich in seiner Pupille. Gierig sog er an der Zigarette, um den Rauch durch die Nase wieder auszustoßen.

Die Rauchwolken mischten sich mit den Nebelbildern von der Straße und verscheuchten die Boten des Hades.

Das Zigarettenende funkelte wie eine ausgehende Wunderkerze und mit ihrem Verlöschen kamen die Bilder in seinem Kopf zum Erliegen.

I

Friedlich schunkelte das Meer und spiegelte an seiner krausen Oberfläche schläfrige Sonnenstrahlen. Die Gischt trieb verrottete Muschelreste vor sich her und scheuchte ein paar Einsiedlerkrebse auf. Einem alten Tanker gleich dümpelte das Kulturhaus vor sich hin und träumte von großer Fahrt. Die Fassade hatte vergeblich versucht der Salzluft zu trotzen. Mit den Jahren blätterte das Bernsteinorange resigniert vor sich hin und war zu einem stumpfen Gelb geworden. Nur die Parole über dem Eingang „Von der Sowjetunion lernen heißt siegen lernen!“, hatte man in weißer Schrift auf sattem Kupferrot neu getüncht.

In den Regalen des einzigen Ladens lagerten die von den Urlaubern zurückgelassenen Fischkonserven und setzten Rost an.

Mit gebrochenen Pupillen starrten die Fischer in die toten Augen der frisch gefangenen Heringe und betäubten sich mit selbstgebranntem Korn.

Irgendwo da draußen lagen die Weltmeere.

Ein Posten mit Kalaschnikow stand vor dem Gelände mit den gestutzten Kiefern und den in Sand eingelassenen einstöckigen schwarzbraunen Holzbaracken.

Es war keine Jugendherberge.

Für einen Glatten [1)] wie Roy bestand das abendliche Ritual aus Essen fassen und Revier [2)].

Torfdorsch, ein Fischkopf mit Hamsterzähnen und sandblondem Haar, sonnte sich in seiner Macht. Beim Gang über den in Neonlicht getunkten Flur zupfte er sich die fleischrote UvD-Binde [3)] fast schon zärtlich über seiner Ein-Strich-kein-Strich-Uniform [4)] zurecht.

Roy hörte ihn nicht zum ersten Mal an diesem Abend heranschlurfen.

„Richtig Staub wischen hebb ick secht. Zu Hause hatt woll alles Mutti macht, häh? Dat jeht sauberer!"

Torfdorsch füllte mit seinem Walrosskörper den Türrahmen von Major Staslins Arbeitszimmer, welches Roy zu reinigen hatte. Die wässrigen Fischaugen, die unter dem strubbligen Haar hervorlugten, rotierten in den Augenhöhlen und stierten angestrengt in jede Ecke. Er ließ ein Wiehern hören und zeigte seine vom Nikotin vergilbten Zähne.

Roy wischte sich mit dem rechten Uniformärmel den Schweiß von der Stirn. „Verfluchter Schinder", seufzte er leise vor sich hin. „Warum triezt er mich so? Welchen Frust will er loswerden?"

Das Schlurfen des schweren Körpers und das ächzende Quietschen der mit diesem Gewicht überforderten Stiefel wurde leiser.

Roy schaute auf die Uhr in Major Staslins Arbeitszimmer. „Verfluchte Scheiße, schon neun. Ich wollte doch im *Don Carlos* lesen." Sein Magen knurrte.

„Na, heute wirds wohl nix mehr mit Lesen." Torfdorsch hatte sich angeschlichen und gelauscht. „Wollen doch mal sehen." Diesmal hatte Torfdorsch weiße Stoffhandschuhe mitgebracht, die er sich mit einem genüsslichen Grienen überzog. Mit einer beflissenen Sanftheit, die Roy diesem Kerl nicht zugetraut hätte, fuhr Torfdorsch mit der linken Hand über sämtliche Oberflächen. „So, denn man tau. Jeht doch." Torfdorsch grunzte von dannen.

„Grätenfresse", fluchte Roy grimmig und rieb sich müde die Augen hinter seiner Nickelbrille auf dem Weg zum Zimmer. „Sollte mal zum Kieferorthopäden. Wunder könnte der nicht mehr vollbringen, aber das Schlimmste abwenden."

Auf dem glatt gekeulten, glänzenden Flur wurde das Bellen von Torfdorsch seltener. Die meisten Glatten hatten die heutige Revierschlacht überstanden.

Wie betäubt ließ sich Roy auf den Stuhl fallen. „Scheiße, war das wieder lange heute." Er seufzte und rieb die Tränen hinter seiner Brille weg. Diese Welt war immer noch ein Schock für ihn. Aus einem behüteten Einzelkind-Dasein hineinkatapultiert in diese Vorhölle. Sein Rücken schmerzte vom stundenlangen Vorbeugen und Bücken. In seiner Nase hing noch der Geruch vom Bohnerwachs.

Er nestelte an dem Schloss des Schuhkarton-großen Privatfaches des Schrankes und nahm die ungarische Salami heraus, die ihm seine Eltern aus dem Spezialitätenladen in Berlin geschickt hatten. Er schnitt sich mit seinem Taschenmesser eine dicke Scheibe ab, belegte damit eine Brötchenhälfte und begann mechanisch zu kauen. Dabei ließ er seinen Blick im Zimmer schweifen. Zwischen zwei Einzelbetten aus einem dürren, zementgrauen Metallgestell auf jeder Seite drängten sich jeweils zwei wacklige ölbraune Schränke, auf der einen Seite kam noch ein Besenschrank dazu.

Ausnahmsweise würde er die nächsten Wochen dieses Zimmer für sich ganz allein haben, was eine ungemeine Wohltat bedeutete, nach dem zusammengepferchten Dasein der letzten Monate. Umso mehr genoss er jetzt die Stille. Die Nachtluft sickerte durch die Fensterritzen, und selbst die schwefelgelbe Neonlampe über ihm summte friedlich.

„Mähnsch, nehmen Se Haltung an, machen Se Meldung!"

Roy ließ das angebissene Brötchen fallen und sprang auf „Genosse ...", stammelte Roy, da ihm vor Schreck der Dienstgrad nicht einfiel.

„Mähnsch, sind Se taub? Blöd? Ich denke, Sie haben Abitur? Wie sieht das überhaupt aus hier? Machen Se mal Ordnung hier in der Bude. Mähnsch, ich bring Se in' Knast, Sie asoziales Element! Im Knast haben Se genug Zeit, sich die Dienstgrade einzuprägen! Da wirds erst mal nix mit Studieren!"

Torfdorsch lugte um den Türpfosten und bleckte die Zähne.

Mit seinen kotbraunen Augen schaute das pockennarbige Bulldoggengesicht angewidert zur Seite und zog die Schilfrohr-ähnlichen Brauen zusammen. Die Haltung des massigen Schädels, der eine Glatze unter der Schirmmütze ahnen ließ, und der gedrungene Rumpf, signalisierten totalitäres Herrschertum. „UvD, Sie überprüfen nachher das Zimmer dieses Genossen!"

„Jawoll, Genosse Oberstleutnant." Torfdorsch hechelte vor Freude und machte Männchen. Aus dem offenen Mund tropfte Fischgeruch ins Zimmer.

Roy wurde übel. Ihn fröstelte. Mühsam schlug er die Hacken zusammen, so gut das ohne Stiefel ging. „Genosse Oberstleutnant, keine besonderen Vorkommnisse. Es meldet Unteroffizier Müller."

„Weitermachen! Müller, soso. Den Namen werde ich mir merken, Sie scheinen ja 'n ganz verkommenes Subjekt zu sein! Und brauchen wahrscheinlich ein paar Wochen Sonderrevier-Behandlung, was Torfdorsch?" Ein Lachen wie eine Gewehrsalve donnerte los und überschlug sich in dem kleinen Raum.

Es mischte sich mit dem dienernden Johlen von Torfdorsch, dem

Kiemendeckelklappern eines großen Welses nicht unähnlich.

Roy hätte sich am liebsten die Ohren zugehalten.

„Und falls Sie in Urlaub wollen, der ist erst mal gestrichen, klar?"

„Zu Befehl, Genosse Oberstleutnant."

OSL [5)] Brüllinski, der Kommandeur der Abteilung von Roy, und um keinen anderen handelte es sich, schritt mit knirschenden Stiefeln von dannen, nicht ohne von Torfdorsch in der Tür noch mit einem „Achtung" eskortiert zu werden.

Roy schnappte. Sein Atem glich dem asthmatischen Pfeifen einer altersschwachen Schiffssirene. Die schmalen Hände zitterten im Rhythmus mit seinem Herzschlag, die Handflächen schwitzten. Mehrere Minuten inhalierte er am geöffneten Fenster die kühle Abendluft. Dennoch fand Roy in der Abgeschiedenheit des Zimmers keine Ruhe. Fieberhaft begann er an dem Salamibrötchen zu kauen.

Seine Augen ertasteten den Brief von Katrin. Vielleicht konnte Roy sich damit ablenken. Er hatte es den ganzen Tag hinausgeschoben, den Brief zu lesen. Nicht auszudenken, wenn der OSL den Urlaub streichen würde.

II

Wodanski zog an seiner Zigarette. Der Rauch quoll aus seinen ledernen Nüstern und zog in Schwaden Richtung Leuchtstoffröhre, deren leises Sirren unüberhörbar war, und weiter zu den tabakbraunen Übergardinen, um sich dort mit dem bereits exhalierten Rauch zu vereinigen.

Er verschaffte sich mit der linken behaarten Hand durch Wegziehen der Dederon-Gardine einen Überblick über das kasernenähnliche Gelände.

Ein als Handwerkerauto getarnter Barkas B1000 [6)] passierte die Schranke und knatterte mit einer Benzinwolke in den abgeschirmten Innenhof. Sofort schloss sich das hohe Stahlblechtor von innen.

„Na, da ham se wohl wieder ein staatsfeindliches Subjekt erwischt.“ OSL Wodanski rieb sich zufrieden die Hände, die Zigarette zwischen den geschwungenen Lippen. Wenn alles so einfach wäre in diesem Land wie das Festnehmen von gegnerischen Subjekten.

Das Telefon schrillte. Wodanski nahm den Hörer ab. „Ja bitte? Ich komme.“ Er lief in die Zentrale der Hauptabteilung XX.

„Na Genossen, dann zeigen Se mal, wen wa erwischt haben.“

Der als Funker ausgebildete Angestellte unterbrach kurz seine Schreibmaschinentätigkeit und beugte sich über den Aktenstapel. Mit geübtem Auge überflog er die Namen und übergab Wodanski die neu angelegte Akte. „Hier Genosse Oberstleutnant, immer gern.“

Wodanski zog die dünnen Brauen hoch über seiner wulstigen Stirn, nahm aber ohne Kommentar die Akte und verließ den Raum. „So ein Blödmann, macht hier einen auf jovial. Dabei is’ der höchstens Fähnrich.“ [7)]

Kopfschüttelnd überflog er die Angaben. Es handelte sich bei der neu gebrachten Person im Barkas tatsächlich um einen Regimekritiker. „Na, den werden wa schon weich kriejen. Wäre doch gelacht. Aber vorher muss ich noch mein Täubchen abschöpfen.“

Voller Vorfreude sprang Wodanski in den Paternoster und eilte schnellen Schrittes in sein Büro. Mit präziser Knappheit drückte er die Duett [8)] aus und auf den Knopf der Wechselsprechanlage. „Genossin Taubmeier, bin außer Haus.“

Er schnappte sich seine Aktentasche, trampelte im Paternoster und lief zu seinem Lada 1500 [9)]. Mit einem Brüllen sprang der Motor an und stoppte mit einem Aufheulen vor der Schranke.

Der Unteroffizier des Wachregimentes „Feliks Dzierzynski“ [10)] salutierte, öffnete den Schlagbaum und ließ den Wagen passieren.

Wodanski nestelte am Schlüsselbund. „Warum können die blöden Genossen nicht die Schlüssel der verschiedenen konspirativen Wohnungen farblich oder wie auch immer unterschiedlich kennzeichnen“, fluchte er.

Das hatte er schon so oft moniert, aber es schien sich kein Schwein dafür zuständig zu fühlen. Endlich hatte er den Schlüssel gefunden und trat ein. Sorgfältig verschloss er von innen die Wohnung und vergewisserte sich durch den Spion, dass ihn niemand beobachtet hatte.

Wodanski machte sich daran, aufzuräumen. Schließlich sollte sich die Süße ja wohlfühlen. Und er wusste, was seine Schäfchen so brauchten, besonders die eine, die jetzt kommen würde.

Er hatte sich quasi auf jüngere Frauen um die 30 „spezialisiert“. Diese standen voll im Berufsleben, hatten also gute „Quellen“ in ihrem Arbeitsumfeld. Und sie waren dankbar, ja nahezu gierig nach Romantik und einfallsreichem, auch ausgefallenem Sex. Die Ehemänner waren zu müde, zu beschäftigt, zu fantasielos oder alles zusammen. Und auf die „Samstagabend-Pflichtnummer" hatten die meisten dieser Frauen keinen Bock.

Wodanski genoss diese Facette seiner operativen Arbeit. Er ließ hier seine Fantasie spielen, nicht zuletzt ging für seine Täubchen ein Großteil seines Westgeld-Kontingentes drauf. So erntete er den einen oder anderen freudigen Überraschungsschrei, dem dann ein besonderes Engagement beim Nummerschieben oder ein besonders detaillierter Bericht folgte.

Er öffnete zunächst die Fenster, um den Zigaretten- und Alkoholdunst abziehen zu lassen. „Mann, Mann, Mann, watt haben da die Jenossen letzte Woche hier abjezogen?" Angewidert schüttelte er den Kopf. Roch fast wie bei ihm zu Hause.

Mit Widerwillen musste er an seine Ehefrau denken. Meist war sie vor ihm da, saß vor dem Fernseher und rauchte. Der Aschenbecher quoll über, die Flasche Chantré [11)] war zur Hälfte geleert, und die Rauchschwaden kräuselten sich unter der geblümten Stofffransen-Lampe.

Brunja starrte mit ihrer PGH-Kurzhaarfrisur [12)] auf den Farbbildschirm, als gäbe es kein Morgen.

Auf sein „Guten Abend" folgte nur ein kurzes Brummen, ohne dass sie den Kopf zu Wodanski wendete.

Wodanski begann meistens erstmal das Geschirr in der Küche zu spülen. Beim Herausnehmen des Mülleimers unter der Spüle kippte dieser regelmäßig um und der Müll quoll auf den Linoleumboden.

Fluchend fegte Wodanski dann mit einer Kehrschaufel den Müll zusammen, schüttelte ihn in ein „Neues Deutschland“ [13] und brachte das Paket zum Müllschlucker. Er nahm noch zwei Weinbrandflaschen mit, die er davorstellte, damit die Pioniere was für den SERO [14] hatten.

Beim Zurückgehen trödelte er immer, las die Namensschilder der Mitmieter, schaute zum Treppenhaus hinunter und verweilte vor der Wohnungstür.

Am liebsten würde er die Tür von außen zuknallen und abhauen. Wie oft hatte er sich das schon gewünscht.

Einfach mit Roys Mutter nach Venezuela oder Chile, meinetwegen auch mit Drogen handeln. Mit der Waffe umgehen konnte er doch.

Er lächelte schmerzverzerrt. Wenn er sich scheiden lassen würde, wäre seine Karriere im Eimer, denn die Genossen erwarteten eine gefestigte sozialistische Persönlichkeit mit stabilen Ehe- und Familienverhältnissen. Und da er ein braver Tschekist [15] war, tat er das, was die Partei und das MfS [16] von ihm verlangten.

Also wusch er den Mülleimer sorgfältig aus, stellte ihn in die Spüle zurück und begann Abendbrot zu machen.

Dabei warf er nochmal einen Blick auf Brunja. Wie die sich gehenließ. Der ganze Körper glich mehr und mehr einem Fass. Und mit der Hygiene schien sie es auch nicht mehr so genau zu nehmen, seit sie ihre Tage nicht mehr hatte. Anfassen tat er sie seit langem nicht mehr.

Sie schien aber nichts zu vermissen, solange es genug Alkohol, Zigaretten und Kaffee im Haus gab, Bouletten mit Kartoffelsalat und Spreewald-Gurken nicht zu vergessen.

Wodanski boxte sich selbst ins Gesicht, um die Gedanken abzuschütteln. Bald würde er eine ganz andere Frau in seinen Armen halten!

Er schmiss die leeren Flaschen in den Müllschlucker, die klirrend in die Tiefe rauschten. Den prüfenden Blick über die Klingelschilder gleiten lassend, schlenderte er zur Wohnung zurück. Dort leerte er zunächst den Aschenbecher und spülte mit Fit sorgfältig im Bad nach.

Anschließend zog er die Bettwäsche ab und schmiss diese in die Wäschetruhe. Aus dem Schrank entnahm er die Bettwäsche mit dem Rosendesign, schnupperte kurz, ob diese auch gut röche, und begann, langsam und konzentriert das Bett zu beziehen.

Im Wohnzimmer wischte er den Tisch ab, saugte kurz durch und ordnete die Stifte und das Papier auf dem Schreibtisch. Kurz noch die Igelit-Unterlage [17] ausrichten, fertig. Das Täubchen konnte kommen! Nein, noch nicht ganz. Wodanski entnahm seiner Aktentasche einen Parfümflacon und besprühte damit die Kissen auf dem Bett. Zusätzlich entnahm er eine Packung Hakle Feucht [18] aus dem Intershop [19]. Sein Täubchen litt doch immer an einem wunden Po wegen des harten Ostkrepp.

Die Melodie „Die Partei, die Partei, die hat immer recht ..." pfeifend ging er ins Bad, um sich zu entkleiden. Sorgfältig legte er die Sachen zusammen und richtete sie auf Kante aus.

Dann nahm er ein Stück Nautik [20] von der Ablage, schnüffelte kurz daran und begab sich unter die Dusche. Gründlich seifte er den ganzen Körper einschließlich der Haare ein, zuletzt widmete er sich seinem besten Stück. Er schloss die Augen und ließ minutenlang das heiße Wasser über seinen Körper laufen. Sein unmelodisches Brummen mischte sich mit dem Plätschern des Wassers, das von seinem maskulinen Körper abperlte.

Im Kinderheim, wo Wodanski aufgewachsen war, hatte er nie richtig duschen können. Entweder hatten die älteren Kinder das warme Wasser bereits verbraucht, und er musste fröstelnd den Strahl der kalten Brause über seinen Körper gleiten lassen.

Oder den Erziehern ging es mal wieder nicht schnell genug und sie brüllten schon zum Frühstück oder zum Abendbrot.

Manche der älteren Kinder betatschten ihn auch schon mal, als er noch klein war, versuchten seinen Schwanz anzufassen oder einen Finger in seinen Po zu stecken. Angewidert stellten sich seine Nackenhaare hoch.

Einem älteren Jungen, der den Anführer gab, musste Wodanski mal einen blasen. Er spürte immer noch die Übelkeit aufsteigen. Der Junge wollte unbedingt in seinem Mund kommen, aber Wodanski kotzte ihm zwischen die Beine und rannte heulend nackt aus der Dusche.

Keiner der Erzieher hatte sich damals dafür interessiert, warum ein heulender Junge verängstigt und nackt über den Flur rannte.

Zu fünft fielen sie damals über ihn her und traten immer wieder in Bauch- und Nierengegend.

Nachdem er einige Stunden auf den Kacheln gelegen hatte, schleppte er sich abends mit letzter Kraft heimlich in das Erzieherzimmer. Er trat die dünne Bürotür ein und begann seine Akte zu suchen. Wodanski fand die Adresse seiner Stieftante und machte sich sofort auf den Weg.

Ein paar Tage später stand die Stasi vor der Tür und wollte den Jungen zurück ins Heim bringen.

Obwohl die Stieftante eine sehr resolute Person war und nichts zu verlieren hatte, konnte sie ihn nicht schützen.

Ein großer, gut gekleideter Mann mit breitkrempigem Hut und schwarzem Ledermantel sprach mit Wodanski und bot an, für ihn da zu sein, wenn er kleine Aufgaben für ihn übernehmen würde. Damals begann seine Karriere bei der Stasi.

Ins Heim musste er trotzdem zurück, wurde aber in Ruhe gelassen. Die fünf Prügelknaben kamen in den Jugendwerkhof [21)]. Zwei der Erzieher mussten sich „in der Produktion beweisen“ [22)].

Ein Blick zur Uhr, er musste sich beeilen. Noch schnell eine Trockenrasur, etwas Boss-Aftershave [22)] und eine Schiesser-Unterhose [23)], und er war bereit.

„Kannst du nicht irgendwas für meinen Sohn tun? Du kennst doch diesen Brüllinski“, säuselte Roys Mutter im Negligee neben Wodanski.

„Wenn du brav Berichte schreibst über deine Kollegen und mir immer so gut einen bläst wie heute, meine liebe Simone, mal sehen.“

„Wie mal sehen? Ich mache doch alles ganz brav nach deinen Wünschen und schreibe die Berichte, die du willst. Der Brüllinski macht Roy das Leben zur Hölle.“ Sie drehte sich enttäuscht zur Seite und griff nach einer Zigarette.

„Selbst schuld.“ Wodanski grinste dämonisch. „Hätte dein lieber Sohn sich damals im Wehrkreiskommando [25)] für das Wachregiment verpflichtet, wäre er jetzt Außenschläfer, könnte jeden Abend seine Süße bespringen und müsste nicht bangen, dass die ihm untreu wird. Was kein Wunder wäre, so selten wie sein Schwanz ihre Muschi besucht.“

„Ach, du bist widerwärtig.“ Simone strich sich das wilde, fast struppige lange schwarze Haar aus der Stirn und blies Wodanski den Rauch ins Gesicht. „Woher weißt du das mit dem WKK?“

„Nichts bleibt geheim.“ Wodanski wechselte sofort das Thema. „Und du bist eine vernachlässigte Ehefrau, die einfach gern geritten wird. Das mit den Berichten ist doch für dich zweitrangig.“

Simone seufzte schuldbewusst. Wodanski wusste genau, welche Regionen ihres Körpers er wann wie berühren musste, um sie in Ekstase zu treiben.

Kurz dachte sie an ihren Ehemann, der sicher schon wieder am Haus werkelte. Andererseits: Wenn es den Hausbau und die komplizierte Materialbeschaffung im Osten nicht gäbe, hätte sie Wodanski womöglich niemals getroffen ...

Es ging um neuen Zement, und Simone klapperte mit dem Wartburg [26)] und einem Anhänger versehen die PGHs im Umland ab.

Zement war im Umland von Berlin Mangelware und es gab ihn nur auf Zuteilung.

Roys Vater und sie hatten abgemacht, dass Simone auf alleinstehende hilflose Frau machte und sich ein wenig „aufbrezelte“, weil sie damit die meist männlichen Angestellten eher überzeugen konnte. Simone zog extra keinen BH an und ließ die Bluse mit Absicht sehr weit offen.

Heute war die PGH in Wandlitz dran.

Mit Schwung fuhr sie auf den Hof, die Bremsen quietschten. Der Angestellte kam aus dem Büro gerannt und wollte gerade losmeckern, da schälte sich Simone aus dem roten Wartburg, ließ keck die Sonnenbrille im Mundwinkel spielen und setzte einen flehenden Gesichtsausdruck auf.

„Guter Mann, ich brauche unbedingt Zement. Sie sind meine letzte Hoffnung.“

„Mmh.“ Der Angestellte schaute prüfend.

Eine Windböe fing sich in der Bluse und ließ eine Brustwarze kurz aufblitzen.

Der Mann schluckte. „Sie wissen ja, alles zugeteilt und abgezählt.“

„Ich weiß, ich weiß, Sie tun Ihr Möglichstes, aber vielleicht gibt es ja doch eine Lösung.“ Und Roys Mutter strich die Bluse glatt, damit die Brustwarzen durchschimmern konnten.

Der Mann im dämmergrauen Handwerkerkittel fuhr sich durch das schüttere Haar und nestelte an seinem Schlüsselbund. Sein Blick flackerte und Schweißperlen schimmerten auf der Stirn wie kleine Öllachen. „Komm Se mal mit rein.“

Simone folgte ihm ins Büro. Der Mann nahm Platz, Simone beugte sich über den Bürotisch und brachte ihre Argumente nochmals in Position.

Die Hand des Mannes zuckte.

„Nee, anfassen is’ nich’, vielleicht beim nächsten Mal.“

Der Mann grinste ertappt und nestelte an der Schreibtischschublade. Er stellte eine Quittung aus und reichte sie rüber. „Also zehn Sack könnten Se mitnehmen, und dann beim nächsten Mal ...“

„Ach, Sie sind meine Rettung.“ Simone hauchte dem Mann ein Luftküsschen zu, schnappte sich die Quittung, verließ das Büro und lief Richtung Ausgang zum Materiallager.

Auch hier überzeugte die weibliche Ausstrahlung von Simone den Lageristen, die Zementsäcke in den Hänger zu laden.

Mit deutlich weniger Schwung verließ Simone das PGH-Gelände.

Der Wartburg kam mit den 500 kg schwer an seine Belastungsgrenze.

Es begann zu regnen. Das schlierig gewordene Kopfsteinpflaster glitzerte im Schein der untergehenden Abendsonne.

Plötzlich bremste der Wagen vor ihr und Simone trat ebenfalls ruckartig auf die Bremse. Der Wartburg begann zu schlingern, der Hänger mit dem Zement ebenfalls. Erst nach 65 Metern kam der Wagen quer zur Fahrbahn zum Stehen. Zwei Säcke Zement waren dabei auf die Fahrbahn geknallt und aufgerissen.

„Verflucht!“ Simone fuhr den Wagen vorsichtig an die Seite, machte die Warnblinkanlage an und sprang aus dem Wartburg.

„Ach du meine Scheiße!“ Die Zementsäcke lagen praktisch mitten auf der Fahrbahn und versperrten so eine Fahrtrichtung. Durch den Regen begann der Zement bereits hart zu werden.

Simone fing an zu weinen: „Ach, warum ist jetzt der Rainer nicht da?“

Ein schwarzer Lada 1500 mit Chromgrill bremste scharf vor dem Zementhaufen.

Ein Mann mit lachsrosa Hemd und Schlips öffnete gemächlich die Wagentür. „Kann ich helfen, Verehrteste?“

„Ja, der Zement wird hart und ist ja auch ein Verkehrshindernis. Ich weiß nicht, was ich machen soll. Können Sie mir helfen, guter Mann?“ Simone strich ihre Bluse glatt.

„Na, mit Ihren Argumenten kriegen Sie sicher immer das, was Sie wollen, Verehrteste.“

Der Mann stieg aus und gab Simone die Hand. „Wodanski, Ihr Helfer in allen Lebenslagen.“

„Ach, es gibt noch Kavaliere in diesem Land.“

„Wie man’s nimmt. Ich tue was für Sie und Sie revanchieren sich mal bei mir. Jetzt bestelle ich erst mal einen Muldenkipper, der das Zeug abfährt."

Und Wodanski lief zum Wagen und griff dort zum Autotelefon.

Spätestens jetzt wusste Simone, was für einen Mann sie vor sich hatte.

Wodanski unterbrach ihre Gedanken, indem er ihr zärtlich das Negligee zur Seite zog und intensiv begann, ihre Spalte zu lecken.

Simone riss sich das Negligee vom Leib, was nun den Anblick ihres zarten Mädchenkörpers mit festen Brüsten und kleinem Becken zuließ. Sie stellte ihre Schenkel auf und spreizte sie, damit Wodanski freie Bahn hatte.

Wodanski verweilte kurz bei den Brüsten und widmete sich dann der freiliegenden Schnecke.

„Mmh." Ein Teufelskerl, was der mit seiner Zunge so anstellte. Wenn ihr Ehemann sich das mal trauen würde.

Simone stöhnte immer intensiver und lauter und schloss ihre moosgrünen Augen. In diesem Moment hatte sie Ehemann, Sohn und die Welt um sich herum vergessen und bestand nur aus ihrer Lustgrotte. Mit einem schnaubenden Kehllaut kam sie erstmals.

Wodanski drehte sie nun und drang von hinten in sie ein. Er pflügte tief in ihrer Grotte und bearbeitete mit seinen Bratpfannenhänden ihren knackigen Po, dessen Haut sich etwas rötete.

Das Keuchen und Seufzen des Paares schwoll zu einem Duetto furioso, beendet durch einen gleichzeitigen stöhnenden Schrei.

Ermattet sank Wodanski zur Seite und schmiegte sich an den Rücken von seinem Täubchen, um noch eine Weile in der Position zu verharren.

Mit geschlossenen Augen rekelte sich Simone, noch immer außer Atem, auf dem mitgenommenem Laken. „Waren wir zu laut?“

„Ist doch alles schalldicht, Süße.“ Wodanski zog seinen Prügel raus, sprang auf und reichte ihr eine Serviette für das herauslaufende Sperma. Dann zündete er zwei Duett an, wovon er Simone eine reichte.

Die öffnete jetzt die Augen, nahm mit glasigem Blick die Zigarette und sog voll Verlangen daran.

Der Rauch beider Liegenden vermischte sich und stieg langsam zur gehäkelten Deckenlampe.

Die Stille danach wurde nur vom sekundengenauen Ticken der Uhr unterbrochen.

Roys Mutter drückte die Zigarette aus und sah zur Uhr. „O Gott, schon 17 Uhr, ich muss los.“

„Lass mal Gott aus dem Spiel“, wetterte Wodanski. „Wir müssen noch die Instruktionen besprechen für den neuen Kollegen eurer Abteilung. Der soll in einer Kirchengemeinde aktiv sein.“

„Wie schnell du immer umschalten kannst.“ Simone schüttelte den Kopf und begann sich anzuziehen.

Wie auf Knopfdruck wurde aus dem Liebhaber wieder der Führungsoffizier.

„Ja gut, aber beeil dich mit deinen Instruktionen. Sonst wundert sich mein Mann, wo ich jetzt erst herkomme.“

„Sag doch einfach Parteiversammlung“, grinste Wodanski.

„Schlaumeier, daran hab ich selbst gedacht.“

Wodanski und seine weibliche Quelle beugten sich jetzt über den Schreibtisch und gingen gemeinsam die Instruktionen durch.

Simone sollte die Sympathie des neuen Kollegen gewinnen und ihn scheinbar beiläufig zu seinen Freizeitinteressen befragen. Wenn sie sein Vertrauen gewonnen hatte, sollte sie ihn einfach mal einladen. Vielleicht könnte sie sein sexuelles Interesse wecken.

Sie würde ihn dann in eine konspirative Wohnung locken, wo Wodanski beim Tete-a-Tete plötzlich unerwartet auftauchen und den wütenden Ehemann geben würde.

Der Kollege würde in der Falle sitzen und wahrscheinlich bereit sein, konspirativ in der Kirchengemeinde für die Stasi zu arbeiten.

„Eure Methoden sind wirklich ekelerregend!" Simone stieg die Schamröte ins Gesicht. „Und ich unterstütze dich auch noch bei deinen dreckigen Spielchen." Sie verließ fluchtartig die Wohnung.

„Nichts ist umsonst, nur der Tod, mon amour", rief Wodanski ihr ins Treppenhaus nach und verschloss die Tür.

Unten hörte er den Wartburg davonbrausen.

III

Roy saß in der S-Bahn nach Oranienburg und dämmerte vor sich hin. Das monoton-vertraute Ruckeln machte ihn schläfrig.

Er blickte aus dem Fenster. An den Scheiben sammelte sich Nässe. Zur abflauenden Dämmerung hatte sich ein aus den Wiesen aufsteigender, rapsgelber Nebel gesellt, der die Landschaft wie mit klebriger Watte erdrückte.

Roy hatte sich auf dem Fahrrad abgehetzt, um diese S-Bahn zu schaffen und nicht zu spät zu kommen. Er wollte keine Probleme heraufbeschwören.

Oranienburg lag so j. w. d., dass er nur alle Jubeljahre mal hinfuhr und dann nur, wenn er musste, so wie jetzt zu der Vorladung. Insofern kannte er sich hier nicht aus.

„Wo ist nur der verdammte Eingang zum Wehrkreiskommando", fluchte Roy. Schien ja fast so zu sein, als schäme sich die Stadt für den Ort. „Ein Glück, dass ich hier nicht hinmuss."

Roy hatte einen Abiturplatz in Pankow bekommen, und mit dem Bus war er in 35 Minuten in der Schule.

Der Weg nach O-burg, wie es auch genannt wurde, hätte über eine Stunde Fahrtzeit bedeutet.

Er blickte um sich. Verlassen beulten sich die Straßenzüge. Ständig buddelten sie bei Bauarbeiten Bomben des letzten Weltkrieges aus. Mit seinen vom Krieg lädierten Gründerzeit-Häusern und den ramponierten Villen mutete der Ort wie ein Strafgefangenenlager an.

Roy schüttelte sich, ein Schauer lief ihm über den Rücken und er lief schneller. „Sieht irgendwie geschunden aus, und ein bisschen vergessen."

Roy empfand fast Mitleid mit der Stadt. Die Menschen schienen sich in den Straßenzügen wegzuducken. Das WKK machte Oranienburg auch nicht sympathischer.

Endlich hatte er das Gebäude gefunden. Der erbsengrün gestrichene Flur des WKK war mit den üblichen Kampfparolen drapiert, deren Farben bereits vergilbten.

Ein paar Plakate schienen noch vom V. Parteitag der SED [27)] zu stammen. Damals wurde neben Marx, Engels und Lenin auch noch Stalin angebetet.

Der ackerbraune Linoleumboden machte einen stumpfen und müden Eindruck, der sich auf die Mitarbeiter zu übertragen schien.

Die Stühle mit den karottenfarbenen, durchgesessenen Lehnen und Sitzbezügen waren nichts für Rückenkranke.

Aber hier wartete ja die Jugend auf ihren Einsatzbefehl, um für den Frieden auf Wacht stehen zu dürfen.

Roy war der Einzige, der seit mehr als einer Stunde wartete.

Gelegentlich kam eine wichtig dreinschauende Sekretärin über den Flur gewatschelt. Sie trug unter einem ihrer fleischigen Arme die übliche paprikarote Aktenmappe geklemmt, mit der anderen fuhr sie sich durch ihren Dauerwellen-Haarschnitt. Der feldgraue Rock vermochte es nur schwer, die überzähligen Kilo Fleisch zusammenzuhalten, und auch die stahlblaue Bluse verlangte ihren Knöpfen viel ab.

Die Sekretärin hielt die pfeffergrauen Augen hinter ihrer dicken Hornbrille ängstlich auf den unebenen Boden geheftet, um mit ihren Stöckelschuhen nicht ins Schlingern zu geraten, und streifte Roy mit einem verächtlichen Blick.

Der rapsgelbe Nebel hatte es von den märkischen Feldern bis

hierher geschafft und drang durch die Ritzen der Fenster.

Wie am Ende der Welt.

Das Knallen einer aufgestoßenen Tür riss Roy aus seinen Gedanken.

„Müller?“

Roy meldete sich zaghaft.

„Zu mihhhrrr! Zackig, zackig, zackig, das hat schneller zu gehen.“

Ein Mann mit einer Dachsfresse statt einem Gesicht stand auf dem Flur. Er atmete schwer.

Roy sprang auf. Er wollte schon „zu Befehl“ rufen, so eingeschüchtert war er von dieser Erscheinung. „Warum soll denn auf einmal alles so schnell gehen? Ich warte hier schon mehr als eine Stunde.“

Dem Dachsgesicht klaffte der Mund offen. „Sie sind wohl ’n ganz witziger, Genosse“, brummte der Mann, von Hustenattacken unterbrochen und Roy anstierend. „Na, bei der Fahne werden se dir die Flausen schon austreiben. So, mir folgen“, röhrte der Dachsbart und begann mit den Plasteabsatzschuhen den Flur entlangzuklappern. Die Neonröhren flackerten und machten aus dem Schwefelgelb am Ende des Flures ein düsteres Kupferorange.

Roy hoppelte wie mit einem Brandzeichen versehenes Schlachtvieh hinterdrein.

Der Dachsbart schob seinen Bauch an den Schreibtisch und steckte sich eine filterlose Zigarette an. Nach mehreren tiefen Zügen nahm er erst wieder Notiz von Roy, der immer noch in der Tür stand.

„Worauf wartest du? Auf Weihnachten?“ Und er ließ ein keckerndes Lachen ertönen. „Setzen.“ Er wies mit der linken Hand auf einen Stuhl ohne Lehne.

„So, Sie wollen also der Deutschen Demokratischen Republik beim Schutz für Frieden und Sozialismus dienen."

Schleimiger hätte er es nicht sagen können. Erst jetzt fiel Roy im neonvioletten Halbdunkel des Raumes ein weiterer Mann auf.

„Das ist Genosse Untermeyer, der ist heute dabei", preschte die Dachsfresse vor, gerade so, als könnte er Roys Gedanken erraten.

Roys Beklommenheit wuchs.

„So, Genosse!"

„Ich bin noch kein Genosse", berichtigte Roy die Dachsfresse kleinlaut. „Vielleicht werde ich ja mal einer, aber in meinem Alter ist es wohl noch zu früh, nicht?" Roy versuchte zu lächeln.

„Sie sollten sich mal überlegen, wie Sie hier reden, Müller", zischte es aus dem Halbdunkel. Der hagere, sehnige und durchtrainierte Mann mit gelocktem blondem Haar beugte sich mit zusammengepressten Lippen und tief gezogenen Stirnfalten, die die gletschergrauen Augen im Kontrast dazu aufflackern ließen, Richtung Roy.

„Ich mein ja nur", murmelte Roy, dessen Herz schneller zu schlagen begann.

„Ihre Meinung interessiert hier niemanden, verstanden? Sie stehen heute vor einer folgenschweren Entscheidung für Ihr Leben und Sie sollten mehr Disziplin in Ihre Wortwahl legen."

Der blonde Hagere stand auf. Es fehlte nicht viel und er wäre mit seinem Kopf an die Decke gestoßen. Er nahm seinen Stuhl, stellte ihn mit der Lehne verkehrt herum hin und verschränkte die Arme.

Roy saß jetzt im Bermudadreieck zwischen der Dachsfresse und dem blonden Hageren, von dem Roy immer noch nicht wusste, was der hier wollte.

Gekrümmt hing Roy auf dem Hocker und blickte immer zwischen beiden Männern hin und her. Er begann zu schwitzen, obwohl in dem Raum keine Heizung lief.

Die Dachsfresse und der blonde Hagere genehmigten sich erst einmal einen Schluck aus der Privatbar, in der diverse Flaschen Wodka, Whisky und Cognac auch aus dem NSW [28)] einträchtig nebeneinanderstanden.

„Zigarette dazu gefällig oder Zigarre?“ Dienstbeflissen zog das Dachsgesicht eine Schublade auf. „Sind von unseren kubanischen Genossen, quasi Direktimport.“

„Dann natürlich eine Zigarre, Genosse Tisegad, danke.“

Beide pafften, der kleine Raum füllte sich mit Zigarrenqualm. Roy hustete.

„So nun zu Ihnen.“ Der blonde Hagere machte eine bedeutungsschwere Pause und fixierte Roy mit seinen im uringelben Lichtschein glitzernden Augen.

„Ich habe Ihnen heute ein Angebot zu machen. Dieses Angebot ist einmalig und kommt nicht wieder. Denken Sie genau nach, was Sie mir erwidern. Egal, wie Sie sich entscheiden, es wird in jedem Fall für Sie und Ihre Familie ein Einschnitt sein.“

Verdammt, was spricht der Mann in Rätseln. Roys Unterhemd war klitschnass, es fehlte nicht viel, und der Schweiß würde auf den Boden tropfen.

„Sie wollen sich also für drei Jahre Dienst an der Waffe für Frieden und Sozialismus verpflichten?“

Immer bereit, echote innerlich Roy und nickte.

„Eine sehr gute Entscheidung. Unser Land braucht junge Leute wie Sie, die an den Sozialismus glauben.“

Woher will die Blondfresse wissen, was ich glaube.

„Sie bekommen ja schließlich auch etwas zurück: Sie sichern den Sozialismus und erhalten den Weltfrieden. Anschließend dürfen Sie dann Ihr Medizinstudium aufnehmen, sofern Ihre Leistungen beim Abitur entsprechend sind."

Das lass mal meine Sorge sein. Roy wurde langsam wütend. Nu komm raus mit dem Angebot!

„Wir können Ihnen heute eine Unteroffiziersausbildung in den Luftstreitkräften unserer Nationalen Volksarmee anbieten. Sie bekommen dort eine hervorragende technische Ausbildung, die einem Facharbeiter entspricht. Erfahrene Militärexperten und Techniker werden Ihnen auf der Unteroffiziersschule in Bad Düben alles Notwendige beibringen, damit Sie in der Truppe Ihren Mann stehen werden."

Mein Gott, wie lange will der jetzt noch schwallen.

„An welchen Standort Sie dann aber kommen, kann niemand vorhersagen."

Roy spitzte die Ohren. Mist, irgendwie klang das nach Arsch der Welt.

Der blonde Hagere lehnte sich zurück und wechselte mit der Dachsfresse mehrere bedeutsame Blicke.

„Noch eine Zigarre gefällig, Genosse Oberstleutnant?"

Dem blonden Hageren schoss die Röte ins Gesicht. Es war abgemacht, dass kein Dienstgrad fallen sollte. Alles sollte einen zivilen Anschein wahren, der durch den dummen Versprecher des Dachsgesichtes hinfällig war.

Der blonde Hagere sprang auf. „Mensch Tisegad, Sie dummes Frontschwein! Hat Ihnen der Wodka den Verstand vernebelt?"

Das Dachsgesicht winselte. „Genosse ... vielleicht eine Zigarette?

Ich habe auch Duett da?“

„Schnauze, Sie Blödmann“, fuhr der blonde Hagere die Dachsfresse an. „Na, geben Se ’ne Duett her.“ Der blonde hagere Oberstleutnant inhalierte mehrmals und schien sich dann wieder an Roy zu erinnern. „Gießen Se mir nochmal ein, Tisegad.“

„Aber selbstverständlich.“ Das Dachsgesicht sprang erfreut auf und goss dem Oberstleutnant ein Wasserglas mit Wodka voll, das dieser in einem Zug leerte und sich danach die Lippen leckte. „Gut, nicht zu ändern. Hier mein Angebot an Sie, Müller.“

Roy begann zu frieren, da sich das Unterhemd langsam abkühlte.

„Sie verpflichten sich für das Wachregiment ‚Feliks Dzierzynski‘ und können für diese Zeit Außenschläfer machen. Das heißt, Sie können für diese drei Jahre zu Hause schlafen, entweder bei Mutti oder bei Ihrer Kirsche.“

Das Dachsgesicht meckerte los wie über einen Riesenwitz.

„Gekoppelt daran ist, dass Sie uns über Ihre Kommilitonen später an der Uni auf dem Laufenden halten.“

„Auf dem Laufenden halten? Was meinen Sie damit?“ Roy war komplett ahnungslos.

„Ich meine damit, dass Sie sich heute verpflichten, nach dem Dienst im Wachregiment als Inoffizieller Mitarbeiter zu arbeiten. Ich wäre dann Ihr Führungsoffizier.“

„Eine ganz tolle Chance für Sie, junger Mann“, versuchte sich die Dachsfresse einzuschleimen.

In Roys Ohren rauschte es und er hörte sein Herz pumpen. Sein Rücken war eiskalt und er sah, wie sich eine Gänsehaut auf seinen dünnen Unterarmen bildete. Roy glaubte noch immer, sich verhört zu haben.

Er erinnerte sich an die Erzählungen seines Vaters, der mehrfach vom MfS angeworben wurde, und sich die Meute nur mit dem Satz „Ich kann und will niemanden anscheißen“ vom Halse schaffte.

„Sie meinen Stasi?“ Roy machte den Rücken gerade und blickte den Oberstleutnant an.

„Das heißt Ministerium für Staatssicherheit“, blaffte das Dachsgesicht herüber.

Der Oberstleutnant gebot ihm Einhalt. „Ja, genau das meine ich. In Ihrer mütterlichen Verwandtschaft sind ja einige bereits in verantwortungsvollen Positionen tätig.“

Roy spuckte innerlich aus.

Diese Widerlinge hatten absolut nichts zuwege gebracht, außer wahrscheinlich irgendwelche Berichte zu schreiben und Leute anzuscheißen. Damit hatten sie es in der DDR zu ziemlichem Wohlstand gebracht. Er hasste sie alle. Vielleicht hatten sie diesen „Operativen Vorgang“ [28)] sogar arrangiert? Roy lachte grimmig.

„Was erlauben Sie sich hier zu lachen?“

Auch das Lachen der Galeerensklaven wird in der Brandung zu hören sein, dachte Roy grimmig. Und wenn sie sich erheben, wird euch das Lachen vergehen!

Dem Dachsgesicht war die Fassungslosigkeit anzusehen. „Sie gehören drei Jahre zu den Muckern gesteckt, Land der drei Meere, da können Sie Sand und Dreck fressen und wimmernd an dieses Treffen denken.“

„Nie wird man mir Verrat vorwerfen können“, keuchte Roy wie im Fieber, und er drückte seine schmalen Schultern durch.

Der Oberstleutnant blickte überrascht auf. „Was sprechen Sie in Rätseln? Reden Sie deutsch, Mann!“

„Hatten wir gerade in Deutsch, Antigone."

„Anti, was? Das ist das Einzige, was ich verstehe. Sie sollten sich zügeln mit Ihren Worten, Genosse."

„Ich gehe drei Jahre zur NVA, um meinem Land zu dienen und den Weltfrieden zu sichern, aber NIEMALS WERDE ICH EGAL WEN AUCH IMMER BEI DER STASI VERPFEIFEN!" Die letzten Worte schleuderte Roy nahezu heraus.

Der Oberstleutnant erbleichte. Mit dieser brüsken Reaktion hatte er nicht gerechnet. „Sie werden es in Ihrem Leben mal sehr schwer haben, wenn Sie so unkooperativ sind, junger Mann."

„Kann ich jetzt gehen?" Roy blickte den OSL an.

„Treten Se weg, Mann! Diese Entscheidung werden Se noch mal bitter bereuen!"

IV

Den Morgennebel hatte die Spätsommer-Sonne vertrieben und tauchte die Landschaft in phosphoreszierendes Licht. Die Gesichter der Jungs in den Uniformen der Nationalen Volksarmee schimmerten wie Totenmasken unter dem Stahlhelm.

Eigentlich hatte Roy geglaubt, dass diese Art Marschieren mit Stahlhelm und schräg gehaltenem Gewehr nach Art der Uschi-Schule [30)] Geschichte sei, aber er wurde leider eines Besseren belehrt.

Die KRS [31)] probte mal wieder für eine Schauveranstaltung.

OSL Brüllinski wollte sich in bestem Licht beim Oberst zeigen, und dafür mussten alle Unteroffiziere wie damals in der Grundausbildung endlose Runden marschieren, damit am großen Tag alles klappte.

Auf dem Flughafen und in der Reparaturhalle der KRS wurden alle Flächen mit neuem Anstrich übertüncht.

Auch die Wohnbaracke der Unteroffiziere war dafür besonders zu präparieren.

Seit Wochen war Großreinemachen angesagt. Sämtliche Flure, Dienstzimmer, Fernsehraum, Aufenthaltsraum und die Unterkunftsräume wurden besonders intensiv geschrubbt, gekeult, gewischt und gebohnert. Da es mehr und mehr weibliche Unteroffiziere gab, die separat im Ledigen-Wohnheim wohnten, mussten leider auch höhere Dienstgrade mit ran.

Brieskopf saß im Fernsehraum wie die meisten seiner Diensthalbjahr-Kumpel. Er hatte seine langen Staketen auf einem umgedrehten Stuhl platziert und kommentierte lautstark das Fernsehprogramm [32)]. Da heute ein glatter Fähnrich Hintergrunddienst hatte, wurde Bier getrunken und geraucht.

Katrin hatte wieder geschrieben. Im letzten Brief vom Mai hatte sie alle Hoffnungen Roys zerstört.

In seinem ersten längeren Urlaub im Mai war er unvermittelt auf eine Sandbank aufgelaufen, auf der Katrin lag.

Roys Herz hüpfte damals wie ein Wasserfloh, als er sie sah. Katrin trug als Einzige einen Schlabberpullover, der nur mühsam ihren Busen kaschierte. Sie tanzte mit geschlossenen Augen vor sich hin in der Disco im „Knaack-Club“ [33)].

Auf der Tanzfläche wogten gestylte Discomiezen mit kurzen, gegelten Haaren à la Nena oder Duran Duran, die sich roboterhaft zur Musik bewegten.

Katrin sah mit ihren langen Haaren dagegen wie eine gestrandete Meerjungfrau aus. Sie schien zu einer eigenen inneren Melodie zu tanzen und schlenkerte mit den Armen, auf dem Gesicht ein Lächeln mit einem Schuss Wehmut.

„Wolln wir tanzen?“

Überrascht öffnete Katrin die olivbraunen Augen. Vor ihr stand Roy, mit schlecht sitzenden Ostjeans, Fleischerhemd, Nickelbrille und gut einen Kopf größer.

„Nee, lass mal, keen Bock. Ick will meene Ruhe haben.“

Enttäuscht zog Roy ab, beobachtete Katrin aber weiter aus der Distanz. Er lauerte schließlich an der Bar auf sie. „Drink gefällig?“

„Cola-Wodka ohne Eis“, sagte Katrin, ohne ihn anzusehen.

„Zwei Cola-Wodka ohne Eis bitte“, orderte Roy.

„Eis ham wa sowieso nich’, meen Kleener“, grinste die Barfrau, und stellte die Getränke hin. „Macht sechs Mark."

„Machen Se sieben", sagte Roy.

„Danke, meen Süßer, hast wohl de Spendierhosen an, wa? Oda willste die kleene Schnecke beeindrucken?"

Wenn das so einfach wäre.

Katrin trank den Cola-Wodka, ohne Roy zu beachten.

„Mit 'nem Danke wär ich erst mal zufrieden", meinte Roy.

Katrin drehte den Kopf. „Tut mir leid, heute is' nich' meen Tach. Danke und Prost."

Die Gläser klapperten.

Katrin trank das Glas mit einem Ruck aus.

„Großer Durst oder großer Kummer?" Roy blickte sie an.

„Ach Scheiße Mann, allet Scheiße." Katrin begann plötzlich zu schluchzen und barg den Kopf an Roys Schulter.

Lindenblütenshampooduft stieg in Roys Nase. Er musste niesen.

„Du bist ja echt 'n Stratege." Katrin lachte und schluchzte gleichzeitig. „Kann ick noch een bekommen?"

Roy winkte der Bedienung, die nochmal zwei Gläser hinstellte. Katrin kippte es mit einem Zug hinter.

„Für mich nich' mehr."

„Lass ma', ick trinke deins ooch. Komm, wir hauen ab."

Roy zahlte, kippte den Rest des ersten Cola-Wodka hinunter und versuchte mit Katrin Schritt zu halten.

Die beiden landeten kurz darauf in Katrins Bett.

Da Katrin betrunken und Roy unerfahren war, lief außer wildem Knutschen und Anfassen nichts.

Diese Nacht hatte bei Roy ausgereicht, um für Katrin zu entflammen.

Seitdem masturbierte er vor dem Einschlafen behutsam unter der Decke, damit er die Bettfedern nicht zum Knarren brachte. Roy benutzte dazu ein Stück vom Bettlaken, das er unter der Matratze vorzog, um es dann nach seiner Erleichterung dort wieder zu verstauen. Beim Wäschewechsel zog er persönlich das Laken ab und steckte es in den Wäschesack.

Seit jener Nacht hatte Roy über Monate hinweg mehrere Briefe an Katrin geschrieben, wo er seine Gefühle und Gedanken in jener Nacht zu Papier brachte und Katrin für sich zu gewinnen versuchte. Alle Briefe blieben unbeantwortet – bis heute.

„Achtung!“

Roy zuckte zusammen.

Brieskopf mit seinem Hackklotzrumpf und den Hampelmann-Beinen stelzte herein. Brieskopf bölkte immer auf diese Art und Weise, wenn er ins Zimmer kam.

Und jedes Mal erschreckte Roy sich aufs Neue, was Brieskopf immer diebisch freute.

„Mann, war das wieder ein hohler Film, so was von hohl.“ Brieskopf fuhr sich mit der Hand durch sein schütteres, dünnes Haar und sprach das hohl mit einem langgezogenen Vokal aus, etwa „hooouuuhl“. Sein Lieblingswort war deshalb auch Schokoladenhohlkörper, da hatte er gleich mehrere Vokale zum Langziehen. Auch wenn gerade nicht Weihnachten oder Ostern war, benutzte er gern dieses Wort zu allen möglichen und unmöglichen Gelegenheiten. Brieskopf glupschte zu Roy rüber, und seine Narbe am Kinn zuckte. „Machst ’n da?“

„Wonach siehts denn aus?“, fragte Roy.

„Brief lesen von deiner Kleenen? Gib ihr mal ’nen Küsschen von mir, wenn de zurückschreibst. Für mich pimpern geht ja schlecht.“

Obwohl Brieskopf dünn, schlaksig und unansehnlich war, hielt er sich für unwiderstehlich bei Frauen.

„Wohl kaum“, entgegnete angeekelt Roy.

„Na, na, na, nich’ so frech, mei’ Gudster. Sonst bekommste noch ’n Revier, morgen haben meine Leute wieder UvD. Und die Bude könnste ooch mal wieder machen.“

Brieskopfs Diensthalbjahr stellte etwa ein Drittel der Mannschaft und hatte daher praktisch immer UvD oder GUvD.

Roy schipperte also zwischen Skylla und Charybdis [34)]. Er durfte Brieskopf nicht zu sehr verärgern, andererseits wollte und konnte er nicht jede Bemerkung von Brieskopf kommentarlos hinnehmen.

„Na, jetzt biste ruhisch, wa?“ Brieskopf meckerte zufrieden und machte sich ans Strümpfestopfen.

Arschloch. Roy war schleierhaft, warum Brieskopf ständig Strümpfe stopfte, aber er tat es wohl, um die Zeit totzuschlagen. Und weil er keine Mutter mehr hatte. Also keine, die sich um ihn kümmerte. Da der Vater alles für Alkohol ausgab, was er als Berufsschullehrer verdiente, war die Mutter früh weg.

Und Brieskopf fischte seinen besoffenen Vater aus den Kneipen.

Mittlerweile hatte der Vater aber Probleme mit der Bauchspeicheldrüse und war mehr in Krankenhäusern als in der Klasse anzutreffen.

Brieskopf besuchte ihn während seiner Urlaube, wusch Wäsche und brachte die Wohnung auf Vordermann.

Roy blickte zu Brieskopf rüber und musste sich das Lachen

verkneifen. Der sah mit der Brille aus wie seine 30 Jahre ältere Erbtante.

Andächtig setzte Brieskopf Stich für Stich. „Fertsch!“ Brieskopf sprang auf. „Ich geh eene rooouuuchen. Mach mir keene Dummheiten, hörste?“ Brieskopf starrte aus seinen wolfsgrauen Augen über den Brillenrand. Hastig nahm er die Brille ab, die selbst bei seinem eigenen Diensthalbjahr zu Spott und Hohn führte, und knallte die Tür zu, die Zigarette im Mundwinkel.

Ein knappes Jahr hatte Roy jetzt diese Narbenfresse auf dem Zimmer, und noch anderthalb weitere würde er ihn ertragen müssen. Dieses ständige Geblöke, Gelaber und Gegröle, die ständigen Ermahnungen, immer fragen zu müssen, ob Ausgang oder Urlaub möglich sei, machten Roy wahnsinnig. Auch auf dem Flugplatz stand er unter seiner Knute.

Insofern war ein Brief von einer Frau aus der Welt da draußen ein wundervolles Geschenk.

Roy drehte und wendete den Brief. Er roch sogar daran. Endlich überwand er sich, den Brief zu öffnen. Vorsichtig zog er das pflaumenviolette Briefpapier heraus und begann zu lesen.

„Mein liebster Roy, ich habe lange nachgedacht. Ich weiß, dass ich Dir mit meinem letzten Brief sicher wehgetan habe. Aber die Dämonen aus meiner Vergangenheit hatten sich wieder gemeldet, und ich war nicht in der Lage, irgendeinen Mann zu treffen. Nimm es bitte nicht persönlich.“

Roy schluckte. Die Dämonen aus meiner Vergangenheit, was sie wohl meinte damit?

„Ich denke oft beim Einschlafen an unser erstes Treffen und stelle mir vor, wie es ist, wenn Du mal wieder neben mir liegst. Kannst Du nicht kommen? Ich will Dich gern wiedersehen."

Roy seufzte.

Am nächsten Tag sprach er in der Mittagspause Stabsfähnrich Kruthkopp an.

„Na, Genosse Müller, was haben Se denn aufm Herzen." Kruthkopp blickte ihn aus seinen Zanderaugen an, die schmalen Lippen ernst zusammengepresst. Sein schütteres kieselgraues Haar war über den Ohren akkurat gestutzt und wies ihn schon von weitem als Militärangehörigen aus. Die kräftigen Hände waren von Sonne und Arbeit gezeichnet und lagen schwer auf den Knien.

Roy roch eine leichte Alkoholfahne. Kruthkopp brauchte immer mal einen Schnaps. Wahrscheinlich war der Alte nicht da, wie OSL Brüllinski auch genannt wurde, und Kruthkopp hatte mit seinem Werkstatt-Kumpel einen gehoben. Die Zanderaugen blickten noch glasiger als sonst.

Für Roy gab es keinen besseren Zeitpunkt, um nach Urlaub zu fragen. „Ich brauch Urlaub, sonst geht meine Freundin fremd", log Roy.

„Die Weiber, die Weiber", seufzte Kruthkopp und sah Roy aus seinem leicht aufgedunsenen Gesicht an. „Na, datt jeht schon klar, Brieskopf noch fragen, aber datt wissen Se ja. Und dann schön einen wegstecken." Kruthkopp grinste versöhnlich. Viel reden war nicht seine Sache, allenfalls die immer gleichen Standardfloskeln.

Die Welt von Kruthkopp, der wie OSL Brüllinski Halbwaise war, bestand aus Arbeit, Arbeit, Arbeit oder NVA, NVA, NVA. Dann kam das Saufen und danach das „ab und an einen wegstecken", wie er Sex nannte.

Lästermäuler behaupteten, Kruthkopp sei in einem Fischgeschäft gezeugt worden, weil der Vater Fischer und die Mutter Fischverkäuferin waren.

In den letzten Jahren kam Kruthkopp allerdings immer weniger zum einen Wegstecken.

Seine deutlich jüngere Frau war in den letzten Jahren immer wählerischer und zickiger geworden, obwohl er sie wie eine Göttin verehrte. Sie stellte Forderungen, die langsam seinen finanziellen Spielraum überforderten, obwohl er sich selbst außer Schnaps nichts gönnte.

Kruthkopp hatte Angst, dass sie ihn verlassen würde für einen Jüngeren und besser Verdienenden, vielleicht einen Offizier. Umso mehr jieperte er der hoffentlich dieses Jahr anstehenden Beförderung zum Stabsoberfähnrich entgegen, was deutlich mehr Ostmark in die Kasse spülen würde.

Roy ging vor dem Essenfassen schnell zur Post innerhalb der Kaserne, um ein Telegramm für Katrin aufzugeben. Bei der Deutschen Post wusste man ja nie, wie lange die Briefe gingen, und heute war schon Dienstag.

„Liebste Katrin, komme diese Woche!!! In Liebe Roy."

Der Schalterbeamte, ein Zivilangestellter, nahm den Text entgegen. „Wenn Se nur ein Ausrufezeichen machen, wirds billiger."

„Okay, dann lassen Sie bitte nur eins stehen."

„Okay? Wir sind hier nicht bei der U.S. Army, Genosse Unteroffizier", blaffte der Zivilangestellte los, um dann den Text in den Apparat zu hämmern.

Alter Frustbolzen, frotzelte Roy innerlich, welche Laus ist dir denn über den Pelz gelaufen?

Am Freitagnachmittag war Urlaubsappell, der vom Hauptfeld [35] abgenommen wurde.

„So, dann lassen Se mal kucken, Genosse." Der Hauptfeldwebel bewegte sich schwerfällig keuchend zu Roys Schrank. „Nu, das gönnen wa turchkehen lassen. Zeigen Se mal te Potten."

Roy winkelte die Knie, um die Plaste-Sohlen seiner Ausgangsschuhe zu zeigen.

„Isch seh schoun, mei Gudster, Sie hapen Ihre Hausaufkapen kemachd, schwirren Se app." Und er drückte Roy den Urlaubsschein in die Hand.

Roy rannte mit der Tasche los, um sich mit anderen UaZ ein Taxi zu schnappen, das ihn zum Bahnhof nach Wolgast brachte. Von dort fuhr der Zubringerzug nach Züssow, wo Roy den Zug nach Berlin-Ostbahnhof erreichte. Mit der S-Bahn war es dann nur noch ein Katzensprung zu Katrins Wohnung.

Roy klingelte an Katrins Wohnungstür, zweiter Hinterhof, Klo halbe Treppe. Im Treppenhaus blätterte der Putz, die Briefkästen hingen schief an der Wand, an die jemand geschrieben hatte: „Ficken hält uns am Leben."

Roy musste grinsen. Hoffentlich war es heute so weit.

Hatte Katrin vergessen, dass er kam? Er klopfte. Nichts.

Roy setzte sich auf die Treppe. Immer wieder ging das Licht aus, mehrmals betätigte Roy den Lichtschalter, schließlich ließ er es und saß im Dunkeln. Was sollte er tun? Zu den Eltern fahren?

Schritte kamen die Treppe rauf.

„Armisten haben hier nüscht verloren", keifte die Frau los.

„Ist ja gut, ich warte auf jemand."

„Uff wen denn?"

„Katrin Nepomuk."

„Ach, die kleene Schwesternschülerin?"

„Genau die."

„Na, die is jerade noch mal weg, einkoofen. Also Sie sind det. Die Kleene hat mir schon viel von Ihnen erzählt." Die Frau musterte ihn neugierig. „Sind Se so'n Hundertprozentiger, oder machen Se det wegen det Studium?"

„Studium, aber ich war auch mal so naiv zu glauben, was für 'n Weltfrieden zu tun. Aber das haben se mir in die ersten acht Wochen ausgetrieben."

„Ach Mensch, Kinners, hätten Se mir mal vorher jefragt, bevor Se den Mist unterschrieben haben, dann wär de Katrin jetzt nich' so traurig." Die Frau seufzte tief. „Ick könnte mal für 'n paar Sachen 'nen starken Mann jebrauchen."

Roy folgte der Alten die Treppe hinauf und trat in die Wohnung. Blitzblank, sauber, aufgeräumt, was sollte er hier tun?

„Holen Se mir doch mal da die Schatullen runter", die Frau deutete auf ein sehr hohes Regal. „Sie sind ja 'nen langer Kerl", kicherte die Frau wie ein Schulmädchen, auch wenn diese Zeit lange hinter ihr lag.

Roy legte das Koppel zur Seite und zog den dicken Wintermantel aus. Er schob einen Stuhl an das Regal, sprang drauf und hatte die eine Kiste schon in der Hand.

„Na, Sie sind ja 'nen janz Flotter", meinte die Alte beeindruckt. „Da hat sich die Katrin ja 'nen richtigen Sportsmann ausgesucht."

„Trainiert is' trainiert", erwiderte Roy stolz.

Da klingelte es an der Tür. Es war Katrin. „Is hier meen Schatz, Frau Westermann?“

„Ja, Schneckchen, ick hab ihn mir mal erlaubt auszuleihen, hab och allet dran jelassen.“

Katrin lachte.

Roy stand wie angewurzelt auf dem Stuhl.

„Willste nich runterkommen?“, fragte Katrin.

„Ja, klar doch.“ Er hatte fast vergessen, wie schön Katrin war. Lange braune Haare, mit einem Stirnband lose zusammengebunden, umrahmten das ebenmäßige, madonnenhafte Gesicht mit den grünbraunen großen Augen, der geraden kleinen Nase, den üppigen Lippen und den kleinen Ohren.

„Jetze aber, wir haben doch noch wat anderet vor heute.“ Katrin grinste.

Roy schaute überrascht. Sollte es also heute „DAZU“ kommen?

„Nu, schwirrt ab, ihr Hübschen, wenn ihr watt braucht, einfach klingeln, ooch spät noch. Alte Frauen können eh nich’ mehr schlafen.“ Die Alte schloss ihre Wohnungstür.

Im Treppenhaus küsste Katrin Roy das erste Mal.

Wie weich und voll ihre Lippen waren. Er spürte bereits, wie sein kleiner Freund sich meldete.

„Na, komm, im Treppenhaus isset unjemütlich.“ Katrin lachte, und zog Roy hinter sich in ihre Wohnung. „Willste erst mal duschen?“

Roy musterte den vertrauten Flur mit den Beatles- und Stones-Postern. „Au ja, unbedingt.“

„Haste großen Hunger?“

Roy nickte. „Seit dem Mittag nix.“

Die Glocken der benachbarten Kirche schlugen gerade neun.

„Du weeßt doch, ick kann nich' kochen."

„Schnitte reicht", rief Roy aus dem Bad. Er hatte bereits die Brause angestellt und wartete, bis der Gas-Durchlauferhitzer volle Leistung bot. Warmes Wasser. Roy ließ sich genießerisch den Strahl über Gesicht und Rücken laufen. In der Kaserne duschte er nur nach den Diensten warm, da das warme Wasser gerade für die EK und Vize [36)] reichte.

Fast sprang er aus der Wanne, weil ihm einfiel, dass er Zivilsachen in seiner Tasche hatte.

Beim Gang ins Wohnzimmer macht Roy Zwischenstopp in der Küche, wo er Katrin von hinten umfasste und sanft ihren Hals küsste.

„Wo ist denn meine Tasche?"

„Steht im Wohnzimmer. Ick dachte, du wolltest ausjezogen schöne Sachen mit mir machen?" Katrin kniff Roy in die Seite.

„Wenn du auch nackt isst", meinte Roy und küsste sie jetzt auf den Mund. Lange standen sie züngelnd da.

„Ich muss wirklich was essen", unterbrach Roy die Kuss-Session, „sonst klapp ich ab."

„Ja, Liebster, ick will ja nich', dass de vom Fleisch fällst, brauchst schließlich Eiweiß." Katrin grinste und drückte ihm nochmal einen Kuss auf die Lippen.

So aufgedreht kannte er sie nicht vom letzten Mal. Ihr schien es wirklich wieder gut zu gehen.

Roy lief zur schwarzen Tasche und zerrte am Reißverschluss. Da lagen sie, die edelsten Hosen der Welt, echte Wrangler, das Westgeld dafür mühsam über zwei Jahre zusammengespart. Roy fuhr über den weichen Stoff. Echt faulender, sterbender Kapitalismus, dachte er grinsend, was für Welten zwischen der Uniformhose, die beschissen aussah und kratzte, und der hier.

Roy zog die Jeans über die zivile Unterhose. Wie immer saßen Wrangler bei Roy wie angegossen. Dann das selbstgefärbte blauviolette Batik-T-Shirt, und fertig war der Mensch Roy.

Er lief wieder zu Katrin.

„Na, mein Süßer, ooch, so jefällste mir viel besser."

„Ich mir auch", meinte Roy und küsste Katrin wieder lange und intensiv mit der Zunge und packte dabei fest ihren Hintern, der bei Katrin in einer engen Levis steckte. Katrin hatte einfach den geilsten Frauenarsch, den er kannte.

„Na, führste schon wieder Zwiegespräche mit meinem Hintern", lachte Katrin, die Roys Faible für dralle weibliche Hinterteile kannte.

„Klar", grinste Roy, „musste ihn lange vermissen, schlimmer noch, wusste ja nicht mal, ob ich ihn jemals wieder anfassen würde."

Katrin wurde traurig. „Hab ick dir ja allet geschrieb'n. Muss dir dit von früher allet ma' in Ruhe erzählen. Aber nich' heute! Heute wird dit Zeit, dass ma' wieder eener an meen Schneckenhaus kloppt."

Katrin mochte blumige Bilder, die sie sich ausdachte, wenn es um Sex ging, und Roy liebte sie dafür.

Beide nahmen am Küchentisch Platz.

Katrin hatte eine Gulaschsuppe gemacht. Sie war deshalb nochmal zu ihrem Schlächter um die Ecke gegangen, der ihr ein Stück Rindfleisch weggelegt hatte. Dazu hatte sie ein paar Brote geschmiert, mit ungarischer Salami, Edamer und Schweizer Käse.

„Mensch, die Suppe ist doch super! Und wo gab es denn den?" Roy deutete ungläubig auf den Schweizer Käse.

„Da hat sich Frau Westermann für mich angestellt, als ick wusste, dass de kommst, meen Süßer." Katrin küsste ihn auf den vollen Mund.

„Du hast ja wirklich Hunger."

„Schnecke, das ist nach vielen Wochen mal wieder richtiges Essen, nich' dieser Army-Fraß, abgesehen die Salami von de Eltern."

„Ach, Mensch, watt haste da dir und mir nur anjetan." Katrin standen die Tränen in den Augen.

Roy sprang auf und nahm sie stumm in seine Arme. Katrin weinte an seiner Schulter.

„Komm endlich int Bette", flüsterte sie ihm ins linke Ohr.

Es klingelte.

„Ooch, menu", sie lief zur Tür. „Watt is' denn, Frau Westermann."

„Tut mir leid, ihr Turteltäubchen, ick bin ooch sofort weg, brauch nur Mehl, morgen kommt doch meen Neffe, und ick hab ihm 'nen Kuchen versprochen."

Katrin lief zum Küchenschrank, drückte die Mehltüte der Alten wortlos in die Hand und schloss die Tür.

Roy hatte sich inzwischen ausgezogen und lag nackt unter der Steppdecke auf der Schaumgummi-Matratze.

„Eh, da is' ja jemand schon in die Startlöcher." Katrin schaltete das Oberlicht aus und ihre mit einer schwachen roten Birne ausgestattete Zweitleselampe ein. Langsam streifte sie den schwarzen Pullover über den Kopf. Sie wandte sich mit ihrem Oberkörper Roy zu, um ihre Brüste zu präsentieren, die wie pralle Birnen am Baum des Lebens hingen.

Roy richtete sich auf.

Katrin öffnete jetzt den ersten Knopf ihrer Levis, um dann nach und nach die Metallknöpfe vorsichtig aus den Stofflöchern zu bewegen. Mit den beiden Daumen bewegte sie die Jeans nach unten, um das Höschen gleich mit zu entfernen.

Mit einer katzenhaften Bewegung ließ Katrin sich aufs Bett fallen und begann Roy wild zu küssen. Ihre Zungen vollführten einen Tanz wie zwei Schlangen in der Paarungszeit.

Katrin begann leise zu stöhnen.

Roy bewegte sich eine Etage tiefer und widmete sich mit seiner Zunge Katrins Brustwarzen.

Ein durchdringender Kehllaut durchzuckte Katrin. „Komm endlich rin, ick bin schon die janze Zeit feucht", flüsterte sie in Roys rechtes Ohr.

„Du weißt schon, is' mein erstes Mal."

„Nee wirklich? Hatt' ick irgendwie nich' mehr uff'm Schirm. Na, aber dein Teil steht doch wie der Fernsehturm." Katrin lachte vulgär, was Roys Schwanz noch mehr pulsieren ließ.

Sie dirigierte diesmal Roys Schwanz geschickt, ein Anwinkeln ihrer Schenkel, und sie waren zum ersten Mal vereint.

Roy begann unsicher, mit langsamem Tempo. Wie ein Stillleben betrachtete er die mit rötlichem Flaum bedeckte Scham von Katrin.

Die seufzte und kratzte leicht an Roys Rücken. Ihr Seufzen wurde lauter, es ging in ein lautes Stöhnen über. Zwischendurch feuerte sie Roy an, dass er an Tempo zulegen solle. Katrin keuchte und grub ihre Fingernägel in seinen Rücken.

Roy startete in die Ziellinie, er legte nochmals an Tempo zu und pumpte schwer wie ein Gewichtheber.

Das Keuchen Katrins ging jetzt in eine langanhaltende Arie von hohen Schreien über, in die sich Roys freudige Brummlaute über den nahenden Raketenabschuss mischten.

Und mit einem gleichzeitigen trompetenartigen Schrei sanken

sich beide erschöpft in die Arme.

„Mensch, meen Süßer, du bist ja een richtijet Naturtalent“, zwitscherte Katrin ihm ins linke Ohr.

„Hatte schon Angst, dass ich Freund Blasebalg nicht hochkriege“, grinste Roy zufrieden.

In dieser Nacht sollten ein paar Mal die Nachbarn geweckt werden.

Die beiden verbrachten die Zeit im Bett, Pausen wurden fürs Schallplatten-Umdrehen genutzt.

Katrin schmierte zwischendurch ein paar Stullen.

Mit Überschallgeschwindigkeit rückte Montagabend heran.

Katrin hatte sich extra für eine Nachtschicht am Montag eintragen lassen, damit sie möglichst lange zusammen sein konnten.

Roy brachte Katrin zur Klinik. Er hatte bereits wieder die Armeekluft an. Ein letztes Mal küsste er Katrin auf den Mund.

„Ick weeß nich’, ob ick dit noch mehr als anderthalb Jahre lang durchhalte“, schluchzte Katrin mit zerwühltem Haar und feuchten Augen.

Roy schaute sie völlig versteinert an. Er nahm wortlos seine Tasche und stapfte dem Ausgang der Station entgegen, zwischendurch die Brille abnehmend und sich eine Träne aus dem Augenwinkel reibend.

Gerade noch war sein Gemüt klar, rein und glatt wie ein Bergsee, jetzt drohte er, in einem Strudel zu versinken. Wie sollte Roy so leben?

V

Im Weiher der Wiese warnten sich die Frösche lautstark vor einem jagenden Storch, der ohne Beute abziehen musste. Auf dem neu geschaffenen Außenring warf die S-Bahn ihr immer gleiches Rattern in den Himmel, der das Echo ohne Widerwillen zurückwarf und an einem der wenigen warmen Sommertage eine verschwenderisch anmutende Farbpalette von warmem Rostrot über brennendes Rotviolett bis zu stichigem Malvenblau weit über den Nordosten von Berlin spannte.

Friedlich und beschaulich hingen die letzten Sonnenstrahlen über der Kleingartenanlage „Daheim“, deren Häuser sich ein wenig ängstlich zwischen den abgezirkelten Hecken und den akkurat beschnittenen Buchsbäumen innerhalb der Einheitsparzellen duckten.

In einem der Bungalows hantierte Katrins Mutter in ihrer für solche Gelegenheiten angeschafften grün-gelb-weiß gestreiften Kittelschürze. Mit geübter Hand trennte sie mit einem Messer aus dem Intershop das Fett vom Fleisch und schmiss es in den Abfalleimer der Gemeinschaftsküche. Zwischendurch nahm sie einen Schluck „Radeberger“ aus der Flasche. Sie blickte aus ihren seegrasgrünen Augen prüfend auf den Stapel der Koteletts und Schnitzel. Daneben lagen noch mehrere Packungen eingeschweißter Rostbratwürste, die ihr Bruder aus Thüringen mitgebracht hatte.

Sie lief hurtig in die Vorratskammer, um die Senfvorräte zu prüfen. Erleichtert sah sie mehrere Ein-Liter-Eimer mit Bautz’ner Senf stehen, daneben zwanzig Gläser Spreewaldgurken und Zwiebeln.

Sie nahm ein Glas Gurken, öffnete es mit einem kurzen Ruck ihrer abgearbeiteten und von Desinfektionsmitteln geröteten Hände und fischte eine dicke Gurke heraus.

„Mmh, köstlich." Sie lief mit dem geöffneten Glas in die Gemeinschaftsküche zurück, legte die angebissene Gurke zur Seite und begutachtete die Menge der Schrippen. Ungeduldig wischte sie sich eine Strähne von ihrem langen blonden Haar aus dem Gesicht.

Ihr Mann hatte eine Sammelbestellung bei mehreren Bäckereien im Berliner Umland vor Wochen aufgegeben, um sicherzustellen, dass die notwendige Menge an Schrippen auch geliefert würde. Mehrere Baumwollbeutel und Körbe mit Schrippen standen auf dem Kühlschrank, im Regal und auf dem Beistelltisch. Erst jetzt nahm sie den Duft wahr, der sie an ihre Kindheit in Thüringen erinnerte, wo sie ihr Vater oft in die Backstube mitgenommen hatte. Was für ein guter Mann! Leider nicht mehr unter den Lebenden.

Katrins Mutter seufzte. Sie mochte die großen Gartenfeste, weil sie ein wenig Farbe in das triste Einerlei zwischen Arbeiten, Schlafen und Essen brachten. Und weil ihr Mann meistens eine längere Zeit seine gute Laune behielt. Aber Katrins Mutter fürchtete die Feste auch, weil die Organisation in der „Zone" immer so einen Aufwand bedeutete.

Sie sah sich ängstlich um. Bloß gut, dass ihr Mann nicht wusste, welch abfälliges Wort sie in Gedanken über die DDR gebrauchte.

Katrins Mutter hatte mehr als einmal überlegt, wie es wäre, auszureisen.

Sie begann, die Koteletts auf mehrere Holzbretter zu drapieren, flach zu klopfen und beidseits zu pfeffern und zu salzen. Mit ihrem Handballen massierte sie die Gewürze ein.

„Jürgen, die ersten Koteletts könnten auf den Grill", rief sie mit schriller Stimme.

Katrins Vater erschien mit lautem Poltern auf der Bildfläche. In der Tür musste er den Kopf einziehen. Er grapschte seiner Frau derb von hinten an die Brüste.

„Nich' doch Jürgen, wenn uns jemand sieht."

„Watt denn, watt denn, watt denn, ick werd doch noch meene Frau anfassen dürfen?" Seine Stimme hatte einen drohenden Unterton.

Katrins Mutter schwieg eingeschüchtert.

Auch ihr Mann war einer der Gründe, warum sie an Ausreise dachte. „Hier, die Koteletts kannste mitnehmen."

„Sehr jut, sehr jut, sehr jut, mach ick. Na, det wird doch 'ne richtig gute Feier mit all unsern Jenossen, wa, Christine?" Und dabei holte er aus und gab seiner Frau einen ordentlichen Schlag auf den Hintern. Die zuckte zusammen und lächelte gequält.

Katrins Vater türmte mehrere Bretter mit Koteletts übereinander und stolzierte damit Richtung Grill nach draußen. Er erwartete heute besonderen Besuch. Deshalb war er auch mehrere Fleischereien abgefahren, um nicht wieder Luderfleisch braten zu müssen.

Nachdem er den Grill mit den ersten Koteletts belegt hatte, nahm er einen Schluck aus einer Flasche „Wernesgrüner Export". Zufrieden leckte er sich den Schaum von den Lippen.

„Hallo Papa." Katrin stellte ihr Klapprad an die Schuppenwand und gab ihrem Vater einen Kuss auf die Wange.

„Na, meene Kleene. Mensch, mach nich' so 'n Jesicht, heute kriegen wa mächtigen Besuch."

„Wen denn?"

„Wird nich' verraten", machte sich Katrins Vater wichtig. „Wie läufts eijentlich so inne Schule?“

Katrin besuchte seit Herbst die EOS [37)] in Berlin-Prenzlauer Berg. „Na, ick schlag mir so durch.“

„Watt denn, watt denn, watt denn“, grummelte der Vater. „Ick will, dass meene Kleene zu den Besten jehört. Du sollst doch mal Arzt werden wie dein Papa.“

„Is allet janz schön hart am Anfang“, seufzte Katrin.

„Vielleicht sollteste weniger Party machen.“

„Ick mach überhaupt keene Party. Die heute mit den janzen Neandertalern is meene erste seit langem.“

Katrin verzog sich in die Gemeinschaftsküche und ließ ihren Vater mit offenem Mund stehen.

Als Oberarzt in der Chirurgie war er es gewohnt, dass seine weiblichen Untergebenen sich dem fügten, was er sagte. Und auch mal in der Umkleide die Beine breit machten für einen kurzen Quickie während eines Bereitschaftsdienstes.

So hatte er ja auch mal seine Frau kennengelernt. Wegen ihrer strammen Brüste, und weil sie mit Katrin schwanger war, heiratete er sie.

„Na, Katrinchen, hatta wieder rumgeöfft, der alte Sack. Komm mal her.“ Katrins Mutter nahm ihre Tochter fest in die Arme und drückte sie zärtlich.

„Ach Mutsch, wenn ick dich nich’ hätte.“ Und Katrin drückte ihrer Mutter einen dicken Schmatzer auf die Wange.

„Katrinchen, haste Lust, mir ’n bisken zu helfen? Die Gläser mit den Gurken und den eingelegten Zwiebeln müssten uffjemacht und in die kleenen Schüsseln verteilt werden. Und die Schrippen sollen in die Brotkörbe jelegt werden.

„Na klar Mutsch, für dich mach ick dit doch jerne.“ Katrin gab ihrer Mutter jetzt noch auf die andere Seite der Wange einen Schmatzer und machte sich an die Arbeit.

Katrins Mutter lächelte. Ihre Katrin, ihr galt ihre ganze Liebe. Was für ein Sonnenschein. Wenn sie richtig überlegte, die einzige Freude in ihrem Leben. Neben dem Rauchen versteht sich.

Katrins Mutter setzte sich auf einen Schemel und steckte sich eine „Club“ [38] an. Heute würde Jürgen ausnahmsweise mal drüber wegsehen. Versonnen blickte sie dem Rauch nach, der sich in der Gemeinschaftsküche ausbreitete.

Zwei Stunden später hing eine Traube aus Gesprächsfetzen, Parfüm, Alkohol- und Tabakdunst über dem Wiesenstück.

Dazu prasselte der Grill und zermörserte die Luft mit dem Geruch angebrannten Fleisches.

Mindestens dreißig Personen gestikulierten in Sichtweite des Grills und versuchten, gegen die Stimmungshits der erlaubten DDR-Künstler vom Tesla-Tonbandgerät [39] anzukämpfen.

Ein wichtig dreinschauender, pickliger Knabe wechselte akribisch die Spulen. Zwischendurch sagte er die Lieder an, was niemanden interessierte. Von Hauff/Henkler, Karat, Ute Freudenberg, WIR, Puhdys, Achim Menzel, Lippi und weiteren war alles vertreten, was das Wohlwollen Erichs hatte.

Katrins Vater wollte sich heute keine Blöße geben.

Aber der Knabe am Tesla wusste sowieso nichts von Hendrix, Led Zeppelin, den Beatles, den Stones oder den Doors.

Ein Wagen mit Scheinwerferaugen tastete sich durch die Kleingartenanlage, stoppte scharf, der Motor heulte kurz auf, eine Tür knallte.

Das Gartentor quietschte und Wodanski betrat die Szene. Mit seinen Nüstern nahm er Witterung und sog den Geruch von gebratenem Fleisch, gegrillten Würsten, Zigaretten, Alkohol und Frauenparfüm gierig in sich ein.

„Genosse Oberstleutnant, eine Wurst und ein Bier?“ Beflissen dienerte Katrins Vater heran.

„Danke, danke, danke, hab mächtigen Kohldampf.“ Wodanski köpfte eine Wurst und schlang mit einmal Kauen das Stück hinunter. Drei Bisse, und die Wurst war vertilgt.

„Genosse Wodanski, es ist genug für alle da.“

Wodanski errötete, was zu seinem Glück nicht zu sehen war. „Oh, Sie haben recht, Genosse. Ich nehm noch eine und dann ein Stück Fleisch.“

„Immer gern, Genosse Wodanski, immer gern. Eine Schrippe dazu? Es gibt auch noch Gurken aus unserem schönen Spreewald.“

Wodanski aß jetzt kultivierter. „Und Jenosse, watt machen Ihre Ärzte? Will wieder eener rüber?“

„Im Moment isset ruhig. Wir haben gerade ’nen Ultraschallgerät bekommen. Dazu neue OP-Sets für die TEP-Implantation bei Knie und Hüfte. Damit sind erst mal viele zufrieden. Computertomograph wär natürlich toll. Sie kriegen noch meinen Bericht.“

„Ick weiß, ick weiß, ick kann mich ja immer uff Sie verlassen. Aber CT, wissen Se ja, is’ unmöglich“, so Wodanski. „Die drei [40], die dit jiebt, müssen reichen.“

Katrins Vater nickte enttäuscht.

Katrin stand in einer Gruppe der Frauen bei der Mutter und rauchte. Gelangweilt folgte sie den Rauchkringeln.

Ein paar Jugendliche streunten vorbei und rieben sich mit ihren lüsternen Blicken an Katrins weiblichem Körper.

Katrin trug auf Geheiß ihres Vaters heute eine kurze Wisent-Jeans [41)], dazu eine ärmellose Bluse, die sich spannte.

Katrins Mutter fuhr ihrer Tochter zärtlich durchs Haar. „Na Kleene, dir is' langweilig, wa? Kannste ooch abhauen, ick schaff det schon nachher alleene."

„Nee, lass mal Mutsch, ick helf dir, is' doch versprochen." Katrin lächelte ihre Mutter an.

Diesmal war es Katrins Mutter, die Katrin einen Schmatzer auf die Wange drückte. Dabei kam sie leicht ins Straucheln.

Katrin musste sie kurz stützen.

„Oh oh, ick muss 'nen Jang runterschalten mit dem Wein."

„Wenn's dir schmeckt, Mutsch, is doch ejal." Katrin goss ihrer Mutter nochmal ein.

„Den jibt's ja nur eenmal im Jahr, weeßte ja. Sonst nur diese Dreckbrühe." Damit meinte sie Rosenthaler Kadarka.

Katrin wusste, dass ihr Vater von Wodanski Westmark bekam, um im Intershop Wein einzukaufen, den es nur zu dieser Feier gab.

„Ick vertret mir 'n bisken die Beene, Mutsch." Katrin betrat den Garten.

Sofort richteten sich die Raubtieraugen des Knaben am Tesla-Tonbandgerät auf Katrin. Er schluckte, leckte sich die Lippen, legte ein volles Band ein und drückte auf die Start-Taste.

Katrin schlenderte verträumt durch den Garten, schaute in den

Himmel und steckte sich eine neue Zigarette an.

„Na, allet im Griff uff dem sinkenden Schiff [42]? Haste mal 'ne Zigarette für mich?" Ihr Cousin, denn das war der Tesla-Typ, stand wie aus dem Nichts vor ihr.

Katrin ließ vor Schreck ihre Zigarette fallen.

„Aber Cousinchen, du musst doch keene Angst vor mir haben." Der Tesla-Typ grinste verschwörerisch.

Katrin reichte ihm eine Zigarette. Was für ein Blödmann, mir so einen Schreck einzujagen, dachte sie. Sie steckte sich selbst auch wieder eine an und gab dem Cousin Feuer.

Der Tesla-Typ hustete.

Katrin musste lachen. „Is' wohl deine erste?"

„Nee, wat gloobst du denn", plusterte sich der Tesla-Man auf. „Ick häng immer mit meener Clique ab, da qualmen wa ordentlich."

„Aha." Katrin schaute skeptisch. „Du und Clique?" Soviel sie wusste, hatte ihr Cousin niemanden, wurde gehänselt wegen seiner vielen Pickel und war ein krasser Außenseiter.

„Na ja, ick meene Jochen."

„Ach Jochen is' jetze deene Clique." Katrin tat ihr Cousin fast ein wenig leid. Er war aber auch eine Schießbudenfigur mit seinem immer verstrubbelten blonden Haar und den langen dünnen Beinchen.

„Warte mal, bin gleich zurück."

Katrin wartete amüsiert.

Tesla-Man präsentierte stolz eine Flasche Chantré.

„Oh, wo haste die denn her?"

„Ick weeß doch, wo die jeheimen Vorräte lagern."

„Von Wodanski?" Katrin pfiff durch die Zähne. „Nich' schlecht, Herr Specht." Sie hatte ihren Cousin wohl doch unterschätzt.

„Komm, ick weeß ’nen guten Platz, wo wir die in Ruhe trinken können.“

„Und die Musik?“

„Dit nächste Band läuft jetze zwee Stunden, und danach hört doch eh keener mehr hin.“

Katrin lachte. „Weil se dann alle rattendicht sind meinste.“

Der Cousin puffte ihr verschwörerisch in den Bauch. „Jenau. Komm.“ Er schnürte mit seinen Beinchen durch die Anlage.

Katrin folgte arglos, die Hüften kindlich schwingend.

Sie betraten einen abseitsstehenden Bungalow.

Der Cousin brachte eine Gaslampe zum Glühen. Dann nahm er auf einer Couch Platz und bot mit einer ausholenden Handbewegung seiner Ärmchen Katrin neben sich den Platz an.

Als Katrin saß, sprang der Cousin auf und nahm zwei Gläser aus dem Schrank.

„Mensch richtige Whisky-Gläser.“

Der Cousin goss beide Gläser voll. „Prost.“

„Na denn Prost.“

Der Kognak wärmte im Bauch, kratzte nicht im Hals und schmeckte sehr angenehm. Katrin trank das Glas mit einem Zug.

Der Cousin schaute überrascht. „Nachschub?“

„Klaro doch.“ Unbekümmert ließ sich Katrin nachschenken.

Der Cousin trank nur kleine Schlucke.

„Kannste bitte neue Zigaretten holen, in der Gemeinschaftsküche liegen noch jede Menge, am besten Cabinet, sonst ejal, aber keene Caro.“

„Mach ick, mach ick doch für meen Cousinchen.“ Der Cousin

war aufgedreht. Mit einer Schachtel Cabinet kam er zurück. „Rauchst janz schön ville."

„Na ja, bei dem janzen Stress an der neuen Schule. Mein Vater macht totalen Druck."

„Kenn ick, kenn ick, kenn ick jenau, macht meener ooch. Bei mir jehts ja jetze uff's Janze."

„Ach jenau", fiel Katrin ein, „bist ja mitten inne Abi-Prüfungen."

Tesla nickte. „Ja, die Alten sind schon echt ätzend. Na denn prost."

„Prösterchen."

Katrin hatte bereits einen sitzen. Angeheitert gestikulierte sie mit den Armen, lachte, trank und rauchte in einem fort. „Ick muss mal Pipi machen. Wo is' hier die nächste Toilette? Geleiten Sie mir, mon Chevalier?" Katrin prustete los über ihr Wortspiel.

„Ick geleite dir, meen Cousinchen."

Tesla-Man musste Katrin mittlerweile stützen. Schwer ließ sie sich auf die Brille plumpsen. Sie rülpste kurz und begann zu pinkeln. Die Toilettentür stand offen.

Tesla-Man sah zum ersten Mal eine Scham, nicht nur wie sonst immer beim Masturbieren aus dem „Magazin" [43)]. Gierig blickte er immer und immer wieder hin.

Katrin bekam das nicht mit. Sie zog. „Fertig, mon Chevalier." Sie prustete los und zog sich ungeschickt an.

Tesla-Man schleppte sie zurück zu dem Bungalow.

Schwer ließ sich Katrin auf das Sofa plumpsen. „Nachschenken, mon Chevalier." Sie ließ ein girrendes Lachen ertönen.

„Sofort, meine Teuerste." Unbemerkt von Katrin verschloss Tesla-Man die Tür von innen. Draußen war vom Band Karats „Wilder

Mohn“ zu hören.

„So, meine Süße, lass es dir schmecken.“

„Zu aufmerksam der Herr Chevalier. Das verdient eine Belohnung.“

Und sanft drückte Katrin ihrem Cousin ein Küsschen auf die Wange.

Tesla-Man fühlte sich jetzt ermutigt, die Wiedergabegeschwindigkeit zu erhöhen. Er beugte sich zu Katrin und begann sie auf den Mund zu küssen.

„Ey nich doch, so war det nich’ jemeint. Hör uff!“

Tesla-Man machte weiter. Er riss Katrins Bluse auf und streifte den BH hoch. Gierig betatschte er die entwickelten Brüste von Katrin. Er begann an den Brustwarzen zu saugen.

„Aufhören, aufhören“, wimmerte Katrin. Sie versuchte mit ihren Fäusten auf den Cousin einzuhämmern, aber sie war zu betrunken, um noch eine nennenswerte Kraft zu entfalten.

Tesla-Man schob mit seinem linken Bein den Tisch zur Seite, Gläser und die Flasche Chantré fielen klirrend zu Boden. Er zog Katrin die Hose aus und zerriss den Schlüpfer.

Die jungfräuliche Scham Katrins lag schutzlos vor ihm.

Tesla-Man ließ die Hose fallen und schaltete auf Start. Ungeübt fingerte er mit seinem Schwanz vor Katrins Scham herum, aber aufgrund der Härte gelang es ihm schließlich einzudringen.

„Au, du mieses Schwein“, wimmerte Katrin. Die Tränen rannen ihr über Gesicht, Bluse und BH. Ihre Haare waren verklebt. „Du elendes Dreckschwein, du Stück Scheiße, hör auf!“

„Ach komm Cousinchen, du willst es doch auch, gibs doch zu, du lässt es dir doch gern besorgen!“ Er kicherte hysterisch und stieß bandmaschinenartig weiter. Mit kurzem Stöhnen entlud er seine Ladung Sperma in Katrins Scham.

Danach sprang er auf, zog sich die Hosen über, und verließ fluchtartig den Bungalow.

Katrin ließ er blutend und weinend zurück.

VI

Der Vollmond warb mit bleichem Glanz und spiegelte sich an der großen Stahltüre zur Eingangshalle der KRS, die er in ein samtenes Quittengelb hüllte, und ließ die Staubkörner in den Ecken aufblitzen. Die beiden MIG-23 [44)] mit ihren aufgerissenen Eingeweiden funkelten sich gegenseitig an und schienen sich ihre Flugmanöver zu erzählen.

Brüllinski hatte sich zum Nachdenken allein auf den Turm zurückgezogen. Sein Blick schweifte milde über die Halle und über die beiden Flugzeuge. In seinen kotbraunen Augen spiegelte sich Stolz. Das war sein Reich, das hatte er über Jahre, nein Jahrzehnte, in Tag- und Nachtstunden geschaffen, unermüdlich an Wochenenden und Feiertagen. Hier war er der Führer, Partei hin oder her.

Brüllinski schnaubte kurz. Voller Verachtung war der Despot über seine undankbaren Untergebenen. Niemand schien seinem Werk Beachtung zu schenken, seinem beharrlichen aufopfernden Einsatz.

Höchstens der Oberst klopfte ihm einmal im Jahr auf die Schulter. Dabei traf er alle Entscheidungen allein.

Die Majore hatten doch immer die Hosen voll, selbst dieser aalglatte Staslin. Den zerdrückte er doch zwischen zwei Fingern.

Brüllinski grinste über diese Vorstellung.

Am meisten nervte ihn dieser Kruthkopp, Dienstalter hin oder her. Ständig versuchte der auf Parteiversammlungen, an ihm herumzumeckern. Soll einfach mehr pimpern, der alte Bock, dann wäre er entspannter.

Betrübt musste Brüllinski daran denken, dass er es seiner Alten auch nicht mehr besorgte.

Ein Puff mit den weiblichen UaZ wäre die Lösung, sinnierte Brüllinski weiter. Sind sowieso zu nix nütze. Da könnten se die Beine breit machen, das werden se ja wenigstens hinbekommen. Und alle hätten was davon. Versauen nur die Moral der Truppe mit den Sonderregelungen, ständig gibt es Tränen, und wieder ist eine weg.

Bei der Gefechtsstärke muss ständig beschissen werden, nur gut, dass der Staslin das deichselt.

Und er käme ab und an auch mal zu einem Schuss. Nur immer masturbieren, wenn er sich „Die Schwarze Witwe“ [45)] oder den „Schulmädchenreport“ bei SAT 1 [46)] anschaute, war auf Dauer unbefriedigend.

Auf der anderen Seite wächst durch die Weiber der Druck auf die höheren Diensthalbjahre, weil die auch noch ran müssen in den Revieren.

Brüllinski rieb sich zufrieden die Hände. Druck, Druck, Druck, das war, ist und wird immer seine Erfolgsformel bleiben. Und die KRS würde die Avantgarde sein, solange er hier das Sagen hatte!

Das Klingeln des Telefons riss ihn aus dem Schlaf. Brüllinski rieb sich die Augen. Er hatte wohl die Nacht in seinem Dienstzimmer verbracht. „OSL Brüllinski?“

„Ja, ich bin’s, du alter Saftsack. Was hast du dir dabei gedacht, den Dackel heute Morgen nicht auszuführen? Er hat den ganzen Teppich vollgeschissen. Das machst du erst mal weg, wenn du heimkommst. Ich kann diesen Gestank nicht ertragen und bin weggefahren. Der Teppich ist im Eimer, kannst einen neuen besorgen.“

„Aber meine Teuerste, das habe ich doch nicht mit Absicht getan.

Ich bin untröstlich. Natürlich mache ich es weg. Und ich kaufe einen neuen Teppich. Wo fährst du denn hin, wenn ich fragen darf?"

„Das geht dich überhaupt nichts an, du alter stinkender Saftsack."

Die Verbindung wurde unterbrochen.

Mist, der blöde Dackel. Wahrscheinlich hatte er mal wieder Durchfall vom Dosenfutter. Aber er konnte nicht immer Chappi im Intershop kaufen. Zwischendurch musste das Vieh auch mal den Ostdreck fressen. Müssen wir doch alle.

Brüllinski fluchte und machte sich etwas frisch. Schließlich würde die Staffel gleich einrücken.

„Major Staslin, zu mir."

Ein paar Minuten später erschien Major Staslin in Brüllinskis Dienstzimmer.

„Genosse Brüllinski, darf ich?"

Brüllinski winkte ihn rein. „Major Staslin." Brüllinskis Augen hefteten sich auf Staslins Gesicht und fixierten es bedrohlich. „Die Angelegenheit muss vertraulich bleiben. Schicken Sie zwei UaZ in meine Wohnung. Der Dackel hat den Teppich vollgeschissen. Am besten gleich wegschmeißen. Und lassen Sie schauen, ob nicht sonst noch irgendwo Scheiße rumliegt. Vielleicht können Sie ja einen neuen auftreiben, notfalls im Intershop. Und der Hauptfeld soll mit dem Vieh zum Tierarzt, irgendwas gegen Durchfall. Sie können wegtreten." Brüllinski nickte in Richtung Major Staslin, der salutierte und abging.

Den Dackel würde er wohl einschläfern lassen müssen. In seinem Leben hatte er vier Dackel gehabt. Der aktuelle, Waldi, kam aber seinem ersten Dackel aus der Kindheit am nächsten. Er bellte genauso und hatte auch diesen dunklen Farbkleckser auf der Schnauze.

Brüllinski wischte sich eine Träne aus dem Auge. Er blickte scheu um sich, hoffentlich hatte es niemand bemerkt. Brüllinski eine Heulmemme, nicht auszudenken, wenn das die Runde machte. Sein ganzes System der permanenten Einschüchterung ALLER Dienstgrade wäre mit einem Mal dahin, nicht auszudenken.

An seinem ersten Dackel hatte er die Tränen getrocknet, wenn der Vater ihn peinigte. Der war kein Mensch, das war ein Berggorilla, besonders wenn er getrunken hatte. Und Brüllinskis Vater trank permanent. Als Leiter des VEB Fischkombinat Wolgast musste er viele Gräten runterspülen, viele Verträge begießen und viele Fischer bestechen. Die Mutter Brüllinskis hatte er in den Tod geprügelt.

Eines Tages nach der Schule fand Brüllinski seine Mutter aufgehängt am schmiedeeisernen Außengitter des Schlafzimmerfensters. Der Dackel jaulte und leckte Brüllinskis Tränen weg. Brüllinski schlang seine Hände um die tote Mutter. So fand ihn abends der Vater, der gleich wieder einen Tobsuchtsanfall bekam, und auf Brüllinski einschlug. Der Dackel rannte jaulend davon.

Am nächsten Tag standen die Volkspolizei und die Jugendhilfe vor der Tür. Brüllinski hoffte inständig, dass er ins Heim käme. Aber der Vater war ein hochrangiger SED-Parteigenosse und Kombinatsdirektor, da traute sich niemand, an seiner sozialistischen Erziehungskompetenz zu zweifeln.

Meist versteckte sich Brüllinski vor seinem Vater, wenn der heimkam. Wenn der Vater richtig betrunken war, suchte er gar nicht nach ihm, sondern fiel gleich ins Bett. Wenn er nur wenig betrunken war, ließ er Brüllinski auf den Kachelboden knien, die Arme hinter dem

Kopf gefaltet, und Brüllinski musste die alten sozialistischen Kampflieder singen, die sonst auf dem Plattenspieler vor sich hin leierten. Zwischendurch fuchtelte der Vater mit seinem geladenen Nagant-Revolver [47] herum. Irgendwann rutschte er nach ein oder zwei Flaschen Wodka unter den Tisch und schlief ein. Und Brüllinski kuschelte sich in sein Bett an den Dackel.

Nachdem Major Staslin das Dienstzimmer von Brüllinski verlassen hatte, konnte er sich ein breites Grinsen nicht verkneifen.

Wie peinlich das mit dem Dackel. Warum der Brüllinski den nicht schon lange hat einschläfern lassen. Ist doch zu nix nütze, das kranke Vieh. Mit der Geschichte konnte er im Offizierskasino bei einer Runde Doppelkopf mal wieder angeben.

Er stapfte die Treppe herunter zu seinem Büro.

Welchen Uschi nahm er jetzt für den Auftrag? Am besten den Hartkopf und den Woselinski, die gehen bald und können es nicht mehr so breittragen wie ein Glatter. Ist zwar eine echte Scheißarbeit, und Major Staslin grinste wieder über seine breiten Lippen, aber dafür springen mehrere Stunden Freizeit raus.

Und sicher zeigt sich der Alte großzügig, und die Jungs können sich im Intershop in Rostock eine LP oder Kassette ihrer Lieblingsband aussuchen.

Staslin ging in Gedanken seine Plattensammlung durch. Er könnte sich mal wieder eine Platte von „Monk“ holen.

Und wenn die Lady anwesend ist, dann gibt es guten Kuchen, „richtigen“ Kaffee, also Jacobs Krönung, und nicht den Ost-Rondo, und einen Weinbrand dazu. Und noch einmal mindestens einen Schein mit Engels drauf als Trinkgeld, eventuell sogar mit Charlie [48].

Außerdem plauderte Frau Brüllinski gern mit jungen, durchtrainierten Männern. Am liebsten würde sie sich wohl von denen besteigen lassen.

Aber dafür war er zuständig. Wenn der Brüllinski wüsste, was er mit dessen Stute so anstellte. Als Hure könnte die selbst im Osten viel Geld machen.

Major Staslin posierte mit seinem sportgestählten Körper vor dem Spiegel und fuhr sich dabei mit einer Hand durchs leicht schütter werdende Haar. Trotzdem konnte er es locker mit deutlich jüngeren Kerlen aufnehmen.

„Unteroffizier Hartkopf, Unteroffizier Woselinski, für Major Staslin."

Beide meldeten sich über die Wechselsprechanlage.

„Zu mir."

Nach einigen Minuten klopfte es und die beiden traten ein.

„Genosse Major, auf Ihren Befehl zur Stelle."

Staslin nickte. „Der Auftrag ist etwas delikat. Deshalb habe ich Sie als erfahrene Unteroffiziere ausgewählt. Die Arbeit würden sicher sonst die Glatten machen."

Staslin wie auch die beiden UaZ grinsten.

„Aber da ich mich bisher immer auf Sie habe verlassen können, kommen nur Sie beide in Frage. Betrachten Sie also diese Auswahl als Zeichen meiner Wertschätzung. Nehmen Sie sich einen Barkas aus dem Fuhrpark. Fahrerlaubnis hat ja einer von Ihnen?" Staslin schaute fragend beim Ausfüllen der Genehmigung auf, bevor er die beiden UaZ kurz instruierte.

„Wir beide", echote es wie aus einem Munde.

„Sehr schön, na dann. Wenn Sie den morgigen Tag auch noch

brauchen, kein Problem, Sie sind freigestellt dafür. Ich spreche noch mit Ihrem Truppführer. Sie können wegtreten." Lässig winkte Staslin die beiden raus.

„Ja Schatz, wo bist du? Ich habe gerade von dem Missgeschick bei euch erfahren. Ich habe bereits alles Nötige veranlasst. Gut, in unserer Pension in Ueckermünde. Ich fliege, mein Engel." Staslin bestieg seinen Skoda 110 R [49)] und beschleunigte Richtung Karlshagen.

In seinem Appartement im Ledigenwohnheim angekommen, duschte er und rasierte sich, nicht nur im Gesicht. Anschließend frisierte er sein lockiges schwarzes Haar, welches bereits dezentes Schläfengrau ansetzte. Etwas Aftershave ins Gesicht und ein wenig Boss-Parfüm an den Hals, und sofort quietschten die Reifen wieder und der Skoda setzte sich nach Ueckermünde in Bewegung.

Mal sehen, welche Stellungen er diesmal mit Brüllinskis Frau durchnehmen würde. Von seinem Polizeikumpel hatte er sich ein paar Handschellen besorgt. Staslin gähnte kurz, weil er an den morgigen Tag denken musste.

Morgen würde er wieder den GWW-Tag [50)] durchführen. Das gehörte zu seinen Aufgaben als Politoffizier. Mittlerweile leierte er mehr oder weniger die Phrasen herunter von der Überlegenheit der sozialistischen Bruderarmeen über den imperialistischen Klassenfeind.

Jedem Militärexperten war doch längst klar, dass mit der Stationierung von SS-20 auf DDR-Seite und Pershing auf BRD-Seite ein Krieg schneller vom Zaun gebrochen werden konnte, als man zum Bäcker um die Ecke brauchte.

Staslin schüttelte es innerlich.

Und selbst wenn es mal einem „Ljotschik" [51)] gelang, einen

Alphajet der Bundeswehr abzufangen und zur Landung zu zwingen. War deshalb die NVA wirklich die überlegenere Armee? Angeblich könnte ja die NVA in vier Stunden die Hälfte der Bundesrepublik überrollen. An den Wochenenden ein realistisches Szenario, weil der Großteil der Bundeswehrangehörigen sich den westlichen Vergnügungen zuwenden konnte.

Aber diese Gedanken durfte Major Staslin morgen nicht zulassen. Morgen musste er Phrasen dreschen, dass es schäumte vor sozialistischer Moral und Überlegenheit. Und selbst wenn die UaZ dabei ins Koma fallen würden, weil es für die meisten ungewohnt war, so lange zuzuhören. Er musste unbeirrt weiter vom Sieg des Sozialismus und der Überlegenheit der sozialistischen Wertegemeinschaft über den sterbenden, faulenden Kapitalismus schwadronieren.

Auch wenn er selbst schon lange nicht mehr daran glaubte.

VII

„Willkommen im Luftkurort Bad Düben!“ Roy führte philosophische Selbstgespräche und blickte auf die monolithischen eisengrauen Betonblöcke, die sich in den abgezäunten schwarzblauen Abendhimmel fraßen.

Vielleicht kann ich Mütterchen Zeit ja überreden, ihre Tagesgeschäfte schneller zu verrichten, damit ihre breithüftige Schwester, die Nacht, schneller die Gewänder über mich breitet ... und damit die Tage wie Sekunden verstreichen und ...

Roy verlor sich weiter in Sprachgebilden ...

Bedecke deinen Himmel, Zeus,
Mit Wolkendunst
Und übe, dem Knaben gleich,
Der Disteln köpft,
An Eichen dich und Bergeshöhen!
Mußt mir meine Erde
Doch lassen stehen
Und meine Hütte, die du nicht gebaut,
Und meinen Herd,
Um dessen Glut
Du mich beneidest. [52)]

„Nehm Se Haltung an, Mensch!“, brüllte ein Männlein mit krebsrotem Kopf auf einem zu kurzen Hals, dem Messemaskottchen von Leipzig ohne Pfeife nicht ganz unähnlich, und baute sich vor Roy und den anderen neu eingetroffenen zukünftigen Unteroffiziersschülern auf.

„Hamm Se noch nischt von Jeradestehen gehört?", fauchte es weiter und ließ nach jedem Satz den Mund offenstehen, als wollte es so die Bedeutung seiner Wörter verstärken.

Roy musste sich zusammenreißen, um von dem Mundgeruch nicht zu kotzen.

Jeder der Jungs ließ plumpsend die Tasche fallen, um Haltung einzunehmen, stand so aber aus Unkenntnis heraus komplett anders wie sein Nebenmann, was die Gesichtsröte des Männchens in einen kritischen Bereich trieb.

„Arschbacken zusammen und Brust raus, verdammte Weicheier, na, wir werden euch schon Disziplin einbläuen in den nächsten Monaten", echote es in schwerem anhaltischem Dialekt und lachte keckernd. „Los, los, los, in Ihre Kompanien, ohne Tritt, marsch! Vorher holen Se sich noch de Sachen aus de Kleiderkammer, verstanden?"

Die Jungs brummten irgendwas vor sich hin.

„Das heißt, jawoll, Genosse Unteroffizier!", bellte das Männlein, nach Luft japsend und in den Augen das Weiße zum Vorschein kommen lassend.

Außerhalb dieser Mauern hätte dieses Arschgesicht sofort 'ne Faust im Gesicht, dachte Roy davontrottend. Aber hier hat es Macht. Mal sehen, wo mein Zimmer ist.

Und er machte sich wie alle anderen auf den Weg, nachdem er die Ausrüstung in der Kleiderkammer in Empfang genommen hatte. „Gott, wonach riecht dieses Zeug bloß", fragte sich Roy und hielt wiederholt seine Nase an die Klamotten. „Wie 'ne Mischung aus altem Kaffeesatz, faulen Eiern und Mottenkugeln."

Die Zimmernummer stand auf dem Laufzettel, den ihm der Hauptfeld in die Hand gedrückt hatte.

Roy öffnete die Tür, vier Augenpaare blickten ihn an.

Ist das eng.

Zwei Doppelstockbetten und ein Einzelbett, alle aus Metall, passten gerade zusammen mit den fünf Armeeschränken, einem quadratischen Tisch und vier (sic!) Stühlen in das ca. neun Quadratmeter große Zimmer. Roy gab allen die Hand.

„Noch 'ne Brillenschlange. Üsch bin der Bodo aus Gera", und er grinste dümmlich-breit und verzog sein kantiges Kinn, wodurch ziemlich schiefe Zähne ans Tageslicht kamen. Bodo kam immer ganz nah an einen heran, fixierte einen aus eiswasserblauen Augen und brachte seine Tanzlehrer-trainierte Figur zur Geltung. Odol hatte in dieser Mundhöhle versagt.

Ist der schwul oder von Abteilung 2000 [53)]? Dann gab er Bruno die Hand.

„Ha-a-allo, ich bin aus Ha-a-alberstadt", meldete sich ein Fistelstimmchen, das zu einem kleinwüchsigen gedrungenen Kerlchen mit blondem, widerspenstigem Haarscheitel gehörte. „Ich ha-a-ab Wü-ü-ürstchen aus meiner Heima-a-atstadt dabei, wi-i-illst du?"

„Nee, keen Hunger", sagte Roy.

„Du bi-i-ist wohl a-a-aus Bä-ä-ärlin", fragte Bruno.

„Ja", erwiderte Roy knapp und drehte sich zu dem Bürschchen, mit dem er das Doppelbett teilen sollte.

„Hallo", scholl es Roy in arrogant-gepflegtem sachsen-anhaltischen Mitteldeutsch entgegen. „Ich bin Stefanus aus Halle", setzte das Jungchen mit erschrocken dreinblickenden Rehaugen hinter einer Nickelbrille hinzu, von einem Buch aufblickend, wobei es das „A" langzog. „Hört mal her", raunzte es unerwartet in den Raum, um mit einer

Stimme, die kaum zu diesem zierlichen Körper zu gehören schien, den Jungs eine Kostprobe des Buches zu liefern, in dem er las.

Als ob wir uns nach nix anderem sehnen würden. Roy schüttelte innerlich den Kopf. Als letztem aus dem Zimmer gab Roy einem Typen mit Bulldoggennacken die Hand.

„Hallo“, grinste dieser spöttisch, und stierte Roy aus frostblauen Augen hinter seiner Nickelbrille an, die auf einer gekrümmten Nase saß. „Wie geht's“, quäkte er und schob dabei seinen Kopf auf dem quallenförmigen Körper etwas nach vorn. „Ich heiße Fred.“

Den möchte ich nachts nicht allein treffen.

„Wie Fred vom Jupiter“ [54)], funkte Bodo dazwischen.

„Aha“, hielt sich Roy bedeckt. War das bereits eine Testfrage?

„He, Schrotti, lass mal 'ne Wurst rüberwachsen“, wandte sich der Bulldoggennacken an Bruno.

„Kla-a-a-ar do-o-o-och“, erwiderte der und sprang beflissen auf, um Fred eine Wurst aus der Dose zu reichen. Fred und Stefanus brachen in ein längeres, höhnisches Gelächter aus.

Mann, ist der Typ widerwärtig. Roy holte Schlafanzug und Waschzeug aus der Tasche. „Wo sind denn die Duschen“, fragte er in den Raum hinein.

Bodo sprang sofort dienstbeflissen auf. „Ich zeigs dir, komm mit.“

Nicht, dass der gleich mit duschen will. Roy folgte Bodo, der vor der Waschraumtür aber brav kehrtmachte.

„Scheiße, nur kaltes Wasser“, fluchte Roy halblaut vor sich hin und duschte notdürftig.

Zurück auf dem Zimmer sank er in einen traumlosen Schlaf, nur von Stefanus' Drehungen im unteren Teil des Doppelstockbetts unterbrochen.

„340. Kompanie aufwachen, fertig machen zum Frühsport“, bellte es pünktlich um sechs Uhr aus mehreren Unteroffizierskehlen auf dem Flur.

„Los, los, los, das muss schneller gehen.“ Ein UaZ stand urplötzlich im Zimmer und trieb die schlaftrunkenen Jungs an. Jeder hastete zu seinem Schrank, schmiss den Schlafanzug – das einzige persönliche Kleidungsstück – aufs Bett, streifte rote Turnhose, gelbes Hemd und kackbraunen Armeetrainingsanzug über und schlüpfte in die schwarzen dünnsohligen Turnschuhe.

„340. Kompanie stillge-sta-handen, ohne Tritt marsch.“

Die Jungs setzten sich auf dem von Leuchtstoffröhren in schwefelgelb getunkten langen Flur nach draußen in Bewegung, wo die feuchte Novemberluft unter den Trainingsanzug kroch.

„340. Kompanie, im Laufschritt, marsch.“

Die Jungs begannen auf dem Asphalt zu laufen. Nach fünf Minuten begannen Roy die Knie zu schmerzen. „Verdammte Billigturnschuhe“, flüsterte er vor sich hin.

An jeder Seite des Trosses bellten die Unteroffiziere und trieben die Jungs weiter an.

„340. Kompanie stillge-sta-handen, ohne Tritt ins Gebäude einrücken, marsch.“

Zwanzig Minuten waren die Jungs gelaufen. Nach kurzem Waschgang ging es ans Anziehen der Ein-Strich-kein-Strich-Uniform und Essen fassen.

Die Kolonne setzte sich nach dem Kommando holpernd in Bewegung.

„340. Kompanie, Abteilung halt.“ Die Kolonne stoppte.

Was ist denn nu wieder, dachte Roy, ich hab Hunger.

„Genossen Unteroffiziersschüler, reißen Se sich mal zusammen, sonst drehen wir hier fünf Runden und das Frühstück fällt aus."

Die Kolonne stand mucksmäuschenstill.

„340. Kompanie, im Gleichschritt, marsch."

Die Kolonne setzte sich in Bewegung, um dann „ohne Tritt" in den Speisesaal einzurücken, der einem ausrangierten Bahnhofswartesaal glich. Es roch nach Chloroform und vergammelten Speiseresten.

Jeder der Jungs holte sich Teller und Besteck, um von einem nach Schweiß riechenden, schlecht gelaunten Küchensoldaten zwei Brötchen, Butter, Mortadella-ähnliche Wurst und Dreifruchtmarmelade [55)] auf den Teller gepappt zu bekommen.

„Ist das Muckefuck oder Kaffee-Mix [56)]?", fragte Roy, bekam aber keine Antwort.

Mein Gott, die Eltern müssen mir Salami schicken. Roy betrachtete mit verzogenen Lippen die vor Fett triefende Wurst und biss vorsichtig rein. Er spuckte sofort wieder aus. Wie ekelhaft! Roy musste kurz würgen und hätte sich fast übergeben.

Für die ersten Jungs gab es Edamer, für die später im Speisesaal Eintreffenden einen gummiartigen Weichkäse aus der Dose, der wie ein Stein im Magen lag.

Die Marmelade hatte von den Früchten wirklich nur geträumt.

Roy musste schmunzelnd an seinen Abi-Chemielehrer denken, der mit stolzgeschwellter Brust wie ein General vor der Klasse stehend regelmäßig deklamierte: „Vergessen Sie, dass die Marmelade irgendwelche Früchte enthält! Das sind alles Ester."

Roy würgte die Ester mit dem Brötchen hinunter, da bellte es schon wieder zum Raustreten und Marschieren.

Nach Erreichen der Zimmer war kurzes Revier-Reinigen

angesagt.

Danach wurde zum Impfen und zum Haareschneiden marschiert.

Einige der Jungs hatten sich nochmal „eine Matte“ wachsen lassen, welche Rockstar-mäßig über den Uniformkragen herabhing, was das militärische Einheitspuzzle erheblich störte.

„Also ich glaube nicht, dass ich noch zum Haarschneiden muss“, meinte Bodo, der bereits einen Kurzhaarschnitt hatte.

„Auch Sie werden müssen, Genosse Unteroffiziersschüler“, bellte der plötzlich im Zimmer stehende Unteroffizier Kock, das Männlein von gestern. „Wenn ich ins Zimmer komme, hat einer Achtung zu brüllen und Meldung zu machen, ist das klar?“, raunzte es und streute blaue Eisblitze aus seinen Augen.

Verschüchtertes Schweigen.

„Ob das klar ist?“, brüllte Kock.

„Zu Befehl, Genosse Unteroffizier“, kam es aus fünf Kehlen gleichzeitig.

„Also, los, los, los, zum Haareschneiden.“

„Müller?“

„Hier.“

„Wiedebolt?“

„Zu Befehl, Genosse Unteroffizier“, schleimte sich Fred ein.

„Siegel?“

„Hier“, meldete sich Bodo.

„Schrottmacher?“

„Au-au-auch hi-i-ier“, piepste es aus Brunos Mund.

„Vollhausen?“

„Hier.“ Wie immer parierte Stefanus in gepflegtem Halle-Slang.

In Massenabfertigung wurde der Radkästen-Haarschnitt vollzogen, bei dem man fast immer auf Armee oder Stasi schließen konnte.

Anschließend wurden Fotos in Ausgehuniform [57)] für den Wehrdienstausweis gemacht, der in seiner Plastiklasche die „Hundemarke“ [58)] enthielt. Den „Blauen“ [59)] hatten alle bei der Volkspolizei abgeben müssen.

„Puh, jetzt noch die Impfung“, schnaufte Roy.

„Bilden Sie eine Marschreihe, entblößen Sie beide Arme und laufen Sie langsam ohne Tritt vorwärts“, bläkten die Sanitäter. Diese erinnerten vom Aussehen und Auftreten eher an Pathologie-Assistenten und waren meist vorher Fleischer oder Bäcker gewesen. Die NVA hatte es sich zum Ziel gesetzt, all ihre Untergebenen möglichst breit auszubilden.

„Am liebsten hätten die wohl beide Spritzen gleichzeitig reingedrückt“, murmelte Roy.

Nach der Impfung ging es ans Mittagessen fassen und Marschieren, Marschieren, Marschieren ... wenigstens wird diesmal keine Welt in Scherben fallen, sinnierte Roy, stand doch die NVA angeblich für den Weltfrieden auf Wacht.

„340. Kompanie, zum Schrankappell rausgetreten, ohne Tritt marsch. Stillgestanden. Zur Meldung die Augen links.“ Unteroffizier Kock, das Männlein, sappelte etwas zu einem Offizier, was Roy am Ende des Ganges nicht mehr hören konnte.

„Die Augen geradeaus, rührt euch.“

„Genossen Unteroffiziersschüler, ich begrüße Sie in der Unteroffiziersschule Bad Düben. Sie werden in den ...“

An der Stelle hatte Roy abgeschaltet, wie wohl die meisten, wenn es um die unvermeidlichen Phrasendreschereien ging. Er schreckte hoch, als ihn ein Kock zum Verwechseln ähnliches Männlein mit schmal verzogenem grinsendem Mund und Wieselaugen fixierte.

„Genosse Unteroffiziersschüler, Sie pennen wohl, was?"

Roy stand, als hätte er einen Stock verschluckt. „Nein, Genosse Unteroffizier."

„Na, bloß gut", blaffte der UaZ, „passen Se auf."

Roy wusste nicht so recht, wie er dieses Verhalten werten sollte, weil das Männlein die ganze Zeit grinste. Roy tat jedenfalls jetzt so, als passte er auf. Da war die Predigt auch schon zu Ende.

„Achtung", brüllte Schleimer Wiedebolt.

„Lassen Se rühren, Genosse", sagte UaZ Schüttmann leutselig und bückte sich unter der Tür beim Reinkommen.

Na, der sieht ja mal ganz friedlich aus, überlegte Roy überrascht.

„So Genossen, die Königsdisziplin der NVA: Das Schrank-Einräumen! Ich demonstriere." Mit einem durchaus ironischen Lächeln aus schokoladenbraunen Augen schnappte sich UaZ Schüttmann die Sachen von Siegel und packte vor den Augen der fünf einen Musterschrank.

Dazu mussten der ASV-Trainingsanzug [60)] einschließlich roter Turnhose und gelbem Hemd, das weiße langärmlige Unterhemd und die langen Unterhosen sowie das Reserve-Ausgangshemd mit Zeitungen in Schrankfach-Breite ausgekleidet werden, damit barocke Rundungen vorn und militärische Kanten an den Seiten entstanden.

„Und jetzt Sie, ich komme in einer Stunde wieder, dann soll der Schrank so aussehen wie der des Genossen Siegel!"

„Achtung!"

Siegel grinste noch breiter über seine kantigen Backen und legte sich polternd aufs Bett. „Sackstand."

„Schleimer", rief Vollhausen und blinzelte hinter seiner Brille.

„O Go-o-ott", jammerte Schrottmacher. „Hoffentlich krieg i-i-ich das hi-i-in."

Roy fand gerade einen Artikel in der Ostseezeitung interessant, als Siegel meinte „Nein, jetzt wird die Zeitung nicht gelesen, sondern gefaltet und mit den Klamotten eingeräumt."

„Mach dich nicht so wichtig, Siegel", grummelte Roy.

„Achtung." Wiedebolt schien sich tatsächlich als Oberschleimer profilieren zu wollen.

„Na, Genossen", grinste UaZ Schüttmann. „Wie sind Se denn zurechtgekommen?" Sein Blick fiel auf Schrottmachers Schrank.

„Das geht nun aber gar nicht!" UaZ Schüttmann dehnte die beiden letzten Worte in die Länge und mit zwei Handgriffen räumte er den Schrank aus. „Wem gehört der Schrank?"

„Mi-i-i-ir, Geno-o-o-osse Unteroffizier", jammerte Schrottmacher, und seine veilchenblauen Augen schielten noch stärker als sonst nach innen.

„Haben Se vorhin gepennt, als ich das erklärt habe?"

„Nei-i-i-in, natürli-i-i-ich nicht. Ich bin nu-u-u-ur nicht so gut in sowas."

Wiedebolt und Vollhausen jodelten los.

UaZ Schüttmann stutzte kurz. „Wo ist denn Ihr Schrank, Genosse Unteroffiziersschüler?"

Vollhausen blinzelte und zeigte auf seinen.

„Na, das machen Se schön auch noch mal", und mit einer weit

ausholenden Handbewegung war auch dieser Schrank leer.

Dann war Roys dran.

UaZ Schüttmann blickte auf den Schrank, zu Roy, zum Schrank, zu Roy, wieder zum Schrank ...

Was kommt denn jetzt, sag doch was, stammelte Roy innerlich.

„Fürs erste ganz ordentlich, hier“, UaZ Schüttmann zeigte auf das gelbe Turnhemd, „sind Reserven, und hier“, er bewegte den Arm Richtung Ausgangshemd „auch, aber sonst ... in den Urlaub fahren können Se mit dem Schrank natürlich nicht, aber das steht ja erst mal nicht zur Debatte“, grinste Schüttmann spöttisch und verließ das Zimmer, nachdem er Wiedebolts Schrank ebenfalls für gut befunden hatte.

„Ich hab’s gewu-u-usst“, jammerte Bruno.

„Komm, ich helfe dir“, sagte Roy.

„Wü-ü-ürdeste das wi-i-irklich machen?“ Die Augen von Schrottmacher fixierten Roy, diesmal ohne zu schielen.

„Für ’n extra Würstchen“, grinste Roy und haute ihm in die Rippen.

„Aber klar doch“, strahlte Bruno wie ein Eichhörnchen, das gerade eine Extraportion Nüsse gefunden hatte.

Die Tage verliefen nach dem Einerlei: Aufstehen, Frühsport, Essen fassen, Marschieren auf dem Kasernengelände oder raus ins Gelände, Mittag fassen, Ruhe, Marschieren, Schrank, Abendessen, Revier reinigen, Nachtruhe. Die Müdigkeit zeigte immer ihre drohend geballte Rechte.

„Ey, zieh.“

Wer ist das denn?

Ein „Buffi“-Gruppenführer [61)] zielte auf ihn in John-Wayne-Manier mit der Kalaschnikow, die Schulterstütze eingeklappt. Das Magazin war allerdings nicht drin.

Die finden das Kriegsspielen wirklich toll, dachte Roy. Der geilt sich wahrscheinlich an dem kühlen Metall und dem Holzimitat-Schaft auf und kriegt einen Ständer davon. Deshalb geht er wahrscheinlich zehn Jahre. Am liebsten würde der sie wohl ins Bett nehmen und sich dran einen rubbeln.

Roy spuckte aus. Er hasste Waffen und eigentlich war Roy Pazifist, und er würde nie auf seine Verwandten aus dem Westen schießen. Noch mehr hasste er die Schießübungen. Und überhaupt, als ob heute Kriege mit derlei Waffen entschieden werden würden. Dafür gabs doch Raketen mit Atomsprengköpfen im Osten und im Westen.

„Hey, nimm die Knarre runter, du Blödmann, das ist nicht zum Spaßen.“

„Oooch, nu reg disch ab“, gab der in triefendem Sächsisch zurück, nahm das Gewehr aber sofort runter.

Eine Sirene riss mit ihrem Gellen die Nacht auseinander, gefolgt vom Bellen eines UaZ. „340. Kompanie, Gefechtsalarm!“

„Wa-a-as ist da-a-as denn je-e-etzt“, wimmerte Bruno.

„Jetzt wollen Se uns fertigmachen.“ Roy saß einen Moment im Bett aufrecht, um zu sich zu kommen.

Da stürmte schon UaZ Schüttmann rein. „Los, los, los, ein bisschen dalli, raustreten, Stahlhelm, Schutzmaske und Sturmgepäck am Mann.“

Jeder der Jungs wimmelte durchs Zimmer, zog den Schlafanzug aus, die weiße Unterwäsche an und darüber die Ein-Strich-kein-Strich-

Uniform. Dann Koppel und Mütze, die entsprechenden Utensilien umgeschnallt und raus aus dem Zimmer.

„Stillgestanden, Augen geradeaus, zur Meldung die Augen links. Genosse Leutnant, 340. Kompanie gefechtsbereit angetreten, es meldet Unteroffizier Adam."

„Danke, lasse Se rühren."

„Die Augen geradeaus, rührt euch."

Die Blässe der übermüdeten Gesichter der Jungs ging in dem quittengelb getränkten Flur unter.

„Genossen Unteroffiziersschüler, das müssen wir noch üben, das war nix. Der Feind hätte Sie alle erschossen."

Klar doch, dich aber zuletzt, weil du so schön blond und schneidig bist und so tolle distelblaue Augen hast, sinnierte Roy.

Die Ausbildungsunteroffiziere hechelten die Truppe ab und musterten die Unteroffiziersschüler nach Mängeln der angelegten Gefechtsausrüstung durch.

„Wie wollen Sie denn so ins Gelände marschieren", ningelte UaZ Schüttmann. „Da kann Sie der Feind ja sofort über den Haufen schießen, weil Sie überhaupt nicht rennen können."

Vollhausen schniefte schuldbewusst. Die anderen vier des Zimmers standen 1a, besonders Siegel.

„Nehmen Se sich ein Beispiel am Genossen Siegel", herrschte Schüttmann Vollhausen an.

„Jawoll, Genosse Unteroffizier."

„Was? Ich höre nix! Nehmen Se die Zähne auseinander, Mensch!"

„Jawoll, Genosse Unteroffizier", echote Vollhausen.

Unteroffizier Schüttmann kam an Vollhausen so nah heran, dass

Roy das Florena-Rasierwasser einatmen konnte. „Sie denken wohl, Sie sind was Besseres, was? Waas? Waaas?“

Vollhausen hatte von diesem Tag an richtige Schwierigkeiten.

Die fremd schimmernde Landschaft traktierte die Marschierenden mit dicken Wolken aus pelzigem, schimmelgrünem Nebel, der den Rachen reizte und die Augen- und Nasenschleimhäute anschwellen ließ. Einzige Orientierung boten das immer gleiche Trappeln der Stiefel und die Befehls-Kanonaden der Ausbildungsunteroffiziere. Die November-Morgenkälte kroch unter die Ein-Strich-kein-Strich-Uniform Sommer und durchtränkte den Stoff langsam.

Roy marschierte, in den Nacken des Vordermannes starrend, den Hunger mehr und mehr in seinen Eingeweiden spürend.

„Links, zwo, drei, vier, links, zwo, drei, vier“, kam es aus den Mäulern der Ausbilder-Unteroffiziere. Roy trat dem Vordermann in die Hacken. „Tschuldigung“, flüsterte er.

„Au“, gerade hatte ihm der Hintermann in die Hacken getreten.

„Gibt’s da was zu reden, was?“, bläkte Unteroffizier Kock und bewegte sich auf Roy zu.

Roy lief wie ein programmierter Marsch-Roboter. Der Stahlhelm wippte auf seinem Kopf wie eine Boje auf bewegter See.

Unteroffizier Kock funkelte Roy grimmig an und schnürte nach einigen Minuten von dannen.

Wann kommt denn mal ’ne Pause, ich hab Durst auf so ’ne gelbe Brause, fuhr es Roy in den Kopf, und er musste lächeln. Wann würde er mal wieder zu einem Konzert von Pankow [62)] gehen können?

„340. Kompanie, Abteilung halt! Stillge-sta-handen, ohne Tritt zum Essenfassen, marsch!“

Endlich, schnell anstellen. Roy flitzte Richtung Gulaschkanone.

Im Liegen schlürfte er den lauwarmen Gulasch aus dem Kochgeschirr, dazu gab es Atombrot [63)]. Die Schlinger rauchten bereits. Nach zehn Minuten geiferte es bereits wieder aus den Ausbilder-Unteroffizierskehlen:

„340. Kompanie, Achtung! Gefechtsalarm, Gas, Schutzmaske aufsetzen! In Marschformation angetreten, marsch!“

Verdammte Scheiße, auch das noch, das musste ja kommen.

Roy kniete sich hin, nahm den Stahlhelm ab und nestelte an der Gasmaske, die in der Tasche festklemmte. Er versuchte, möglichst schnell, die Gasmaske über die Maskenbrille zu ziehen, die er bereits aufhatte.

„Los, los, los, keine Müdigkeit vortäuschen, der Klassenfeind nimmt darauf keine Rücksicht! In Marschformation angetreten. Stillgestanden, im Gleichschritt marsch! Links, zwo, drei, vier, links, zwo, drei, vier ...“

Diesmal war die Orientierung extrem schlecht. Die Gasmaske war praktisch sofort beschlagen. Roy sah nur noch Umrisse. Da die Maske die Ohren verschloss, hörte Roy nur sein eigenes hilfloses Schnaufen.

Wenn die Amis die Atombombe abwerfen, hilft die blöde Gasmaske auch nicht mehr, grummelte Roy innerlich und versuchte am Hintermann anzudocken. Aber auch dieses Etappenrennen ohne gelbes Trikot ging mal zu Ende.

„340. Kompanie, halt. Ohne Tritt Marsch, Herstellen der Ausgangslage.“ Roy trottete die Treppenstufen hoch Richtung Zimmer.

Stunden, Tage, Wochen ... Die Zeit, dieses sonst so unersättliche Vieh, lag träge da und schob sich nur selten einen Bissen in das jetzt so zahnlose Maul.

Was war das? Roy horchte. Das waren eindeutig Gitarrenklänge und eine Mundharmonika. Roy bewegte sich Richtung Fernsehraum. Jetzt vernahm er auch Gesang. Die Härchen seiner Unterarme stellten sich auf. Die Mundharmonika brachte in seinem Inneren Saiten zum Klingen, die er nicht zu haben glaubte.

Roy war jetzt im Fernsehraum und sah den Musiker, einen melancholisch wirkenden, durchtrainierten blondhaarigen Jungen, der ihn aus kornblumenblauen Augen anblickte.

„Hallo, ich bin Holger, und du?"

„Ich bin Roy."

„Magste mitsingen?"

„Ich hab noch nie so was gesungen. Von wem is 'n das?"

„Kennste echt nich'? Ist von Bob Dylan, ‚I shall be released'. Versuchs doch einfach."

Roy sang den Refrain mit. Später ließ er sich durch das Gitarren- und Mundharmonikaspiel von Holger hinreißen, Texte aus der letzten Seite der Zeitung „Neues Deutschland" als Blues zu singen.

Er war wie im Rausch. Immer wieder ließ sich Roy von Holgers Bluesharp einfangen, um zu deren Tönen einen Text zu improvisieren.

Mehr und mehr Jungs versammelten sich im Fernsehraum, manche klopften auf den Tischen oder stampften mit den Füßen einen Rhythmus.

Ein paar Momente fühlte sich Roy nicht gefangen. Die subversive Botschaft, mit dem Organ der Partei und damit dem Wahrheitsorgan schlechthin in der Hand, war ihm in dem Moment nicht bewusst.

Die Ausbilder-Unteroffiziere empfanden es wohl eher als bedrohlich, dass sich fast die gesamte Kompanie in oder vor dem Gemeinschaftsraum einfand. In vorauseilendem Gehorsam wurden die Namen der Ruhestörer im Kopf notiert und weitergereicht.

„340. Kompanie, Nachtruhe, Licht aus!“, beendete schließlich die Session.

Nach sechs Wochen rückte der Tag der Vereidigung heran. Mit weißen Handschuhen, Stahlhelm und Gewehr ausgerüstet ging es Runde um Runde auf dem Appellplatz, und immer noch waren die Beine nicht hoch genug für den preußischen Stechschritt nach dem Kommando „Präsentiert das Gewehr“.

Auch die Worte der Zeremonie „Das geloben wir“ mussten geprobt werden.

Die Jungs aus Berlin hatten natürlich versucht, die Bedeutung des Satzes zu untergraben, indem einfach das erste „e“ bei geloben verschluckt wurde. Aber die Schäferhund-Ausbilder waren darauf natürlich vorbereitet.

„340. Kompanie! Stillge-sta-handen, im Gleichschritt, marsch! Links, zwo, drei, vier, links, zwo, drei, vier ...“

Der Spaß dabei war die Extra-Runde dicke wert, als Roy in die grinsenden Gesichter schaute.

Zur Zeremonie der Vereidigung durften zum ersten Mal Angehörige anreisen, auch Ausgang war erlaubt. In dem miefigen Provinzstädtchen waren so Grüppchen mit Uniformierten zu sehen, die bei Vater, Mutter, Geschwistern oder Freundin untergehakt waren und durch den Luftkurort promenierten.

„Boy, Boy, Boy.“ Die Mutter fuchtelte mit den Armen.

„Mensch, Junge, haste genug zu essen?“, fragte der Vater, der Roy fest drückte.

„Ich hoffe, ihr habt ’ne gute Ungarische mit!“

„Klar doch“, meinte der Vater, „hab mich extra zweimal im Agrar [64)] angestellt.“

„Boy, Boy, Boy.“ Die Mutter hüpfte auf der Stelle. „Komm, raus hier.“

Die Familie nahm Kurs auf den Parkplatz, wo der rote Wartburg stand.

Roy beneidete die Jungs, die heute ein Mädchen untergehakt hatten, aber das waren nicht viele. Da die „Fahne“ bei der Bevölkerung keinen guten Ruf hatte, waren Frauen alles andere als scharf, sich mit einem Armisten abzugeben, es sei denn, dic Paare kannten sich schon längere Zeit vor der Einberufung.

Der Wartburg brachte die Familie aus dem Ort heraus, da die wenigen Gaststätten und Kneipen hoffnungslos überfüllt waren. Und auf die Schilder „Sie werden platziert!“ hatte die Familie keine Lust. Der Wartburg hielt in einem Waldweg.

„Ich hab extra Kuchen von Tante dabei“, sagte die Mutter.

„Und kuck mal hier.“ Sie holte aus einem Nylon-Beutel den Mono-Kassettenrecorder vom Westonkel-Besuch 1982.

„Wow“, sagte Roy und drückte gleich auf die Wiedergabe-Taste. Peter Rösel spielte Bachs „Italienisches Konzert“. Roy rannen Tränen aus den Augen. Er seufzte tief und wischte sich die Tränen mit der Uniformjacke ab. Es war die erste Musik, die er nach sechs Wochen hörte. Wo er doch Klaviermusik so liebte! Aber es war auch ein Geschenk, so tief empfinden zu können.

„Nu hau mal rin, Junge“, sagte der Vater, „stärk dich erst mal.“

Roy schnupperte an den echten Bäckerbrötchen, belegt mit zentimeterdicken Salamischeiben aus besagtem Agrar, und kaute zufrieden.

„Und der Kuchen, abjerührter, von Tante“, sagte die Mutter. „Ich soll dich ganz lieb grüßen.“

„Danke“, sagte Roy, „grüßt sie bitte zurück. Mmh, der ist gut wie immer“, meinte Roy, der aufpassen musste, nicht zu schmatzen. Die Tante genannte Frau war wie eine Großmutter für Roy. Sie hatte ihn oft aus dem Kindergarten abgeholt, wenn die Eltern zur Partei- oder Gewerkschaftsversammlung waren. Zur blutsverwandten Großmutter mütterlicherseits bestand nur eine lose Beziehung.

„Was macht denn dein Herz? Konntest du es untersuchen lassen?“, fragte die Mutter besorgt.

„Hat sich zum Glück wieder beruhigt. Aber der blöde Lolli [65)] hat mich nicht in den Med.-Punkt [66)] gelassen.“

„Verfluchte Hunde!“ Der Vater schüttelte den Kopf. „Wie die mit euch umgehen, einfach nicht zu fassen.“

Die Zeit rüttelte hektisch mit ihren Schwingen und so kam der Abschied schnell herbei.

„Pass auf dich auf.“ Die Mutter drückte Roy, und auch der Vater nahm ihn noch mal in den Arm.

Am Kasernentor winkte Roy noch lange dem roten Wartburg nach und stapfte vollgepackt mit Essen in die Kaserne. Nur auf Musik würde er wieder lange verzichten müssen.

„Huuuuuuuuuuuuuuuuuuuuuuuhhhhhhhhhhhhhhhh“, jaulte die Sirene im Morgengrauen los.

„340. Kompanie! Gas, Schutzmaske aufsetzen! Vor dem Gebäude in Marschformation angetreten, marsch.“

„Verdammter Mist“, fluchte Roy laut, „schon wieder die Gasmaske.“

Die schneidig-sägende Stimme gehörte dem blond gelockten Leutnant, der mit seinen distelblauen Augen wunderbar in das Klischee der Waffen-SS gepasst hätte.

In seiner Verachtung den Rekruten gegenüber unterschied er sich nicht, und auch heute hatte er das richtige Parteibuch am Mann. Das Einzige, was ihn ein wenig sympathisch machte, waren die ungewöhnlich langen blonden Wimpern.

Vor dem Gebäude wartete bereits der immer abwesend wirkende Hauptmann. Er schien eine hart einstudierte Rolle zu spielen, die leider für niemanden komisch war. Die einzige Regung auf dem mumienhaften Gesicht mit den schlickgrünen Echsenaugen war das maschinenartige Mahlen mit den Zähnen.

„Mensch, Sie sind hier nicht in der Sommerfrische“, polterte der los.

Bestimmt hat er heute noch keinen Schluck aus seinem Flachmann genommen, sinnierte Roy mitleidig.

„340. Kompanie! Stillgesta-a-anden, im Gleichschritt marsch.“

Die Kompanie setzte sich Richtung Schießplatz in Bewegung.

Roy sah nur noch durch ein winziges Loch etwas. Er stolperte jetzt noch öfter über die Stiefel seines Vordermannes, da die Gasmaske durch die Maskenbrille wie immer sofort beschlug.

„Scheiß Brille“, fluchte Roy leise und versuchte Gleichschritt zu halten.

Wenn die Tage bereits vor dem Morgengrauen begannen, war Roy froh, wenn er um 22 Uhr in sein Doppelstockbett klettern durfte.

Die nicht vergossenen Tränen des Tages nahm er mit in einen tiefen, traumlosen Schlaf, immer wieder unterbrochen von den Drehungen Vollhausens.

„Na, morgen geht's wieder zum Hauptmann auf den Platz raus.“ Siegel strahlte Roy an.

Was will der bloß immer von mir.

In der Tat war die Ausbildung zum Flugzeugmechaniker einigermaßen erträglich. Alle Jungs aus Roys Zimmer wurden in der Wartung des Schleudersitzes einer MIG ausgebildet.

Der Ausbilder-Hauptmann war militärisch gesehen eine glatte Fehlbesetzung. Die Schirmmütze saß immer irgendwie schief, und wenn er einen mit seinen meerblauen Augen anschaute, glaubte man eine Brise von Milde und Barmherzigkeit zu spüren. Er sprach leise, machte gern Witze über Fischköppe, und lachte darüber am lautesten, und aus den Augen sprühte der Schalk.

Alle mochten diesen Hauptmann gern, denn er war ehrlich bemüht, die Jungs nicht abzurichten, sondern ihnen etwas beizubringen. Selbst wenn er selten mal laut wurde, war diese Lautstärke mit dem Gegeifer der Kompanie-Bluthunde nicht zu vergleichen.

Roy öffnete die Zimmertür. Mindestens einer der Jungs war immer anwesend. „Mensch Siegel, halt doch mal die Klappe“, herrschte Roy ihn an. „Ich will lesen!“

Siegel und Schrottmacher lasen nie, Wiedebolt selten, Vollhausen ständig. Insofern war es mit ihm noch am entspanntesten, abgesehen nachts.

Roy bereitete es nahezu physische Schmerzen, keine Privatsphäre zu haben. Als Einzelkind gewohnt, viel allein zu sein und immer ein eigenes Zimmer zu haben, kam es einer Folter nahe, auf so engem Raum mit vier fremden Menschen zusammengepfercht leben zu müssen.

„Mensch, Wiedebolt, lass doch mal den Bruno in Ruhe", rief Roy. „Du bist ein echtes Kameradenschwein."

„Na und." Wiedebolt grinste spöttisch. „Ist doch nicht dein Problem."

„Nö, stimmt, nervt mich aber trotzdem."

Vollhausen blickte kurz aus dem Buch mit seinem Spitzmaus-Gesicht auf, sagte aber nichts.

„Genosse Unteroffiziersschüler, können Se nicht grüßen?" Eine etwa gleich alte, dickliche, mit brauner Hornbrille ausgestattete Fähnrichschülerin herrschte Roy am Samstagvormittag auf dem Gang zur MHO [67] an.

Ach, leck mich doch, dachte Roy und lief weiter.

„Genosse Unteroffiziersschüler, komm Se zurück!", keifte die jetzt richtig los.

Roy schaltete auf stur. Die Tante hatte keine Chance, ihn aufzuspüren, es gab einfach zu viele Uschis.

Das halbe Jahr Uschi-Schule näherte sich dem Ende.

Die Ausbilder-Unteroffiziere wussten, dass sie bald keine Macht mehr über die Jungs hatten, und wurden jovial im Umgangston. Manche befürchteten, dass einige Uschis aus der Wut erlittener Demütigungen sich rächen und die Bluthunde verprügeln würden am letzten Abend.

Und eines Tages im April waren aus Uschis Unteroffiziere geworden.

Roy und die Jungs aus seinem Zimmer wurden nun über die kleine Republik verteilt.

Jetzt nach einem halben Jahr durften die meisten zum ersten Mal nach Hause: Sachen raus aus dem Schrank, rein in den Seesack, ab ins Geschwader und dann endlich mit Ausgangsuniform Sommer Richtung Heimat.

Roy sang vor sich hin:

> März zu Ende, April nun bleich,
> blutrot die Sonne hinterm Deich.
> Klingt wie 'ne verdammte Sünde,
> dass ich muss nach Peenemünde.

Über Peenemünde wurden grauenvolle Storys erzählt. Zu Roys Glück wurde dort gerade die Start- und Landebahn überholt, so dass es ihn erst mal nach Neubrandenburg verschlug. Ein halbes Jahr Gnadenfrist war ihm so geblieben.

VIII

Der November-Wolkenwind fegte jaulend über den Ort und jagte die bunten Blätter auf dem Kopfsteinpflaster vor sich her. Er klickte die Dachschindeln einzeln an und fauchte böse, weil er keine herausreißen konnte.

„Ick komme heute wieder später, Rainer." Roys Mutter drückte ihrem Mann einen Kuss auf die Stirn und ging zur Garage.

„Fahr vorsichtig, heute Abend soll es Eisregen geben. Besonders in den Kurven."

Roys Vater arbeitete heute von zu Hause aus. Er blickte seiner Ehefrau durch die verschmutzte Brille bekümmert hinterher, als sie mit dem Wartburg um die Ecke des Grundstücks bog.

Er grübelte. Ob Simone eine Affäre hatte? Roys Vater merkte schon, dass sie manchmal unzufrieden war mit ihm, gerade auch mit seinen sexuellen Fertigkeiten und Fantasien.

Aber sie war bis heute seine erste und einzige Frau geblieben, woher sollte er die Erfahrungen haben?

Und sie redete nicht mit ihm darüber, und auch er traute sich nicht, das Thema Sex anzusprechen.

Roys Vater brühte sich in der Küche einen Kaffee. Leider nur Rondo, keinen Jacobs, den er so liebte. Widerwillig widmete er sich seinen Manuskripten.

Professor Ganther, sein Chef, hatte ihm wieder einen Extrahaufen Arbeit aufgedrückt. Er sollte einen Beitrag zu einem Buch von Walter Ulbricht schreiben, wo dann wieder stehen würde: „Ausgearbeitet von Prof. Ganther, unter Mitarbeit von Dr. Müller", obwohl der

Beitrag von ihm war.

Doktor Müller fluchte laut. „Verdammter Stalinist. Und so ein verflucht langweiliges Thema." Es war nicht klar, ob er seinen Chef oder Ulbricht meinte.

Doktor Müller konnte sich nicht vorstellen, irgendwas Positives zum großen WU [68] zu schreiben. Und dieser Leipziger Singsang, noch schlimmer als Honecker mit seinem Saarländisch. Zum Glück musste er ihn nicht anhören. Aber auch lesen war schon sehr schlimm, die Phrasen waren noch schlimmer als bei Honecker.

„Wann treten diese Flitzpiepen endlich ab und machen es wie in Moskau?" Doktor Müller haute mit seiner Hand auf den Schreibtisch, so dass die offenliegende Broschüre von Gorbatschows Parteitagsrede von 1985 herunter fiel.

Er hob sie auf und blickte dabei zum Telefon.

Ob es verwanzt war?

Professor Ganther hatte letztens so merkwürdige Andeutungen gemacht zu Meinungen von ihm, die nur enge Freunde und seine Frau wissen konnten.

Aber wem konnte er trauen und wen um Rat bitten?

OSL Wodanski rauchte hastig. In einer Stunde wollte er sich wieder mit seinem Lieblingstäubchen treffen, das er kaum wiedererkannte seit dem letzten Telefongespräch. Der Rauch zog aus seinen dachziegelartigen Nasenflügeln ab und vernebelte die konspirative Wohnung.

Die hopfengrünen Übergardinen flatterten im Luftzug und waren noch nikotingetränkter als in seinem Büro.

Er schaute auf die vor dem Plattenbau spielenden Kinder und zog seine gewölbte Stirn in Falten.

Wodanski war heute beklommen zumute.

Simone war extrem aufgebracht gewesen, nur mit Mühe konnte er sie davon abhalten, in seine Dienststelle zu kommen. Das hätte einen Eklat bedeutet, alles sollte schließlich geheim bleiben. Da kann nicht einfach mal so seine Quelle auftauchen und Radau in seiner Abteilung machen.

Wodanski versuchte sich durch Aufräumen abzulenken.

Heute begann er mit dem Schreibtisch. Er schmiss alles runter, wischte mit heißem Fitwasser und ordnete Stifte und Papier. Dann die Igelit-Unterlage auf Kante ausgerichtet.

Er überlegte, ob er Simone als Quelle entbehren könnte. Eindeutiges Ja. Aber als sexuelle Spielpartnerin? Nicht auszudenken, welche Wonnen ihm entgehen würden.

Ihm wurde plötzlich übel. Wodanski musste an den morgendlichen Geruch denken, den seine Frau aus ihrem Mund verströmte, eine Mischung aus Weinbrand, Cabinet und Pfefferminzpastillen. Als wenn die was nützen würden. Zähneputzen wäre effektiver, aber dazu war Brunja abends oft zu betrunken. Einen Pfefferminzbonbon einwerfen ging gerade noch.

Sie schnaufte im Schlaf wie eine alte Schmalspur-Dampflok auf dem Weg zum Brocken und verteilte ihr orales Odeur im ganzen Raum.

Wodanski ging in Gedanken seine jüngeren Frauen um die dreißig durch. Keine hatte das sexuelle Format von Roys Mutter. Aber um den Klassenauftrag nicht zu gefährden, blieb ihm nur die Wahl, die Quelle zu schließen, wenn diese aufmuckte.

Wodanski gab sich aber noch nicht geschlagen.

Er betrachtete sein langgezogenes Gesicht mit den tabakbraunen Augen und seinen gestählten Oberkörper wohlgefällig im Spiegel. Nach seinem üblichen Dusch- und Rasierritual hatte er sich heute besonders in Schale geworfen.

Die komplette Garderobe stammte aus dem Intershop. Extra-Superstretch-Unterhosen von Schiesser, dazu ein farblich passendes T-Shirt. Ein malvenfarbiges Hemd mit einem etwas dunkleren Schlips dazu. Der Anzug in dezentem Tintenblau mit leicht durchschimmernden Streifen, dazu fliederfarbene Socken. Nur die Sohlentreter waren aus dem Osten, aber immerhin Exquisit [69)].

Er hatte in der MfS-Küche eine kalte Platte in Auftrag gegeben mit gegrillter Putenbrust, Südfrüchten, Kaviar und einer Flasche Weißwein von der Mosel.

Auf dem Bett hatte Wodanski eine Schärpe aus geschlungener Bettwäsche in Form eines Herzens drapiert. Es duftete nach Rosenöl.

Die ganze Wohnung hatte er eigenhändig durchgewischt. Auch an Hakle Feucht hatte er wieder gedacht.

Wodanski atmete tief. Er vertraute einfach auf sein psychologisches Geschick und seinen Schwanz, diese Zweier-Kombi hatte bisher immer funktioniert bei den Ritzen [70)]. Er lächelte grimmig und zog dabei eine Falte über seiner langgebogenen Nase.

Es klingelte. Wodanski spurtete zur Tür.

Simone ließ ihn gar nicht zu Wort kommen. „Ich habe so die Schnauze voll von deinen ewigen Lügen. Der Roy hängt so am Boden, ich kann das nicht mehr länger ansehen." Sie schluchzte.

Wodanski wollte sie trösten.

„Lass mich. Ständig hast du mich vertröstet. Der Roy war neun

Wochen nicht zu Hause. Und der is' ja nich' mehr auf der Uschi-Schule!"

„Ach, irgendwann kommt er schon wieder mal raus. Härtet allet ab." Wodanski grinste dreckig.

„Härtet allet ab, ja? Du, ick weeß nich' mehr in die Briefe, watt ick meinem Jungen schreiben soll, um ihn uffzubauen. Der Winter da oben is' ja bereits in vollem Gange. Bei diesem gestörten Brüllinski wird Roy Spießruten laufen. Mehrfach wollte der ihn schon in' Knast stecken. Ick will nicht, dass er's wahr macht. Verstehste, du Knallkopp!"

Und wütend packte Roys Mutter ihn am Anzugs-Jacket.

„So watt lass ma' schön bleiben, meene Kleene." Mit geübtem Griff verdrehte Wodanski Roys Mutter den Arm und nahm sie in den Schwitzkasten.

„Au, du Schwein! Das ist wohl das Einzige, watt du jut kannst neben ficken, wa?", schrie sie ohnmächtig vor Wut und versuchte sich aus der Umklammerung zu befreien.

Wodanski stieß Roys Mutter weg. „Komm, iss erst mal watt. Du bist ja janz durcheinander."

Roys Mutter packte sich ein Stück Putenbrust und begann mechanisch zu kauen. Wodanski goss ihr Wein ein.

„Hier Pampelmusen, isste doch immer so jerne."

Wortlos stopfte sich Roys Mutter eine Scheibe in den Mund und spülte mit einem kräftigen Schluck Weißwein alles runter.

„So, jetzt stärkste dir erst mal, dann ficken wa schön, und dann reden wa noch ma' janz in Ruhe."

Wütend fixierte Roys Mutter Wodanski. „Du hast wahrscheinlich nich' ma' irgendwat versucht, oder?"

„Ick hab dir doch jesacht, der Brüllinski ...“

„Halt deine Fresse.“ Tränen liefen übers Gesicht von Roys Mutter. „Du bist so ein widerlicher Fiesling. Ick bin raus aus dem Spiel hier. Such dir ’ne andere Blöde.“ Im Rausgehen schnappte sie sich noch ein großes Stück Putenbrust und die angebrochene Flasche Weißwein und knallte die Tür von außen zu.

Wodanski stand total verdattert da. So etwas hatte er noch nie in seiner langjährigen Tätigkeit als Führungsoffizier erlebt, dass die IM-Quellen sich derart frech und widerspenstig benahmen. Und auch noch klauten!

Er überlegte kurz, ob er Roys Mutter irgendwo eine reinwürgen konnte. Dem Ehemann von dem Verhältnis und der IM-Tätigkeit erzählen? Aber Roys Vater würde nur vor ihm ausspucken, wie er es schon damals getan hatte, als Wodanski ihn mehrfach anwerben wollte. In der Abteilung Gerüchte streuen über eine Affäre mit dem neuen Kollegen? Würde wohl auch nix bringen. Verdammt, dieses Flittchen, lässt mich hier unbefriedigt zurück, dachte er grimmig. Er brauchte heute unbedingt noch einen Fick. Er würde Helga anrufen. Sie hatte gerade mächtige Probleme mit ihrem Mann und war für etwas Ablenkung immer dankbar. Vielleicht könnte er sie ein wenig zureiten, damit sie verruchter würde und nicht so brav. Am besten mal ein paar Pornos schauen mit ihr und austesten. Vorher würde Wodanski eine neue Flasche Wein besorgen und es dann Helga. Er freute sich diebisch über diesen Kalauer. Sie war wohl vorübergehend seine Nr. 1.

„Mensch, Simone, du bist ja doch früher da.“ Roys Vater blickte überrascht, als Roys Mutter im Zimmer stand.

„Ja, ich muss dir was erzählen. Beleg doch damit 'nen paar Schrippen." Sie öffnete die Serviette, wo die Putenbrust eingewickelt war.

Doktor Müller zog die Brauen hoch. „Oh, wo haste denn das ergattert?"

„Erzähl ich dir später." Roys Mutter ging in die Küche, füllte zwei Gläser mit dem Weißwein und ging damit ins Wohnzimmer.

Roys Vater brachte auf einem Teller die jetzt mit Putenbrust belegten Schrippen.

Beide aßen schweigend.

„Prost, auf uns." Die Gläser klimperten.

Doktor Müller verstand nicht viel von Wein, aber das merkte er doch, dass es sich um einen besonderen Tropfen handelte.

„Ja, also ..." Roys Mutter druckste herum. Sie fing an zu weinen. „Ich fühle mich so schuldig und elend und beschissen. Ich weiß gar nicht, wo ich anfangen soll."

Roys Vater strich seiner Frau über den Kopf.

„Meine Simone, du weißt doch, dass ich immer zu dir stehe. Egal, was du wieder angestellt hast."

„Wirklich?" Roys Mutter blickte ihren Mann mit feuchten, geröteten Augen an. „Ich hab dich betrogen. Mit 'nem Stasi-Typen. Du kennst ihn, glaube ich. Er war nett und charmant. Und wir beide hatten ja eine dicke Krise damals. Und dann war doch noch die Panne mit den Zementsäcken. Er lud mich in seine Wohnung ein, na ja, wahrscheinlich eine konspirative. Es war einfach romantisch. Und der Sex war extrem abwechslungsreich."

Doktor Müller würgte schwer an der Putenbrust.

„Doch nicht etwa dieser Wodanski?“

Simone nickte.

„Ach Mensch Simone!“ Roys Vater schlug mit der Hand auf seinen Oberschenkel. Er wippte mit dem linken Bein und stand schließlich auf. Er lief ein paar Schritte, setzte sich kurz hin, um wieder aufzustehen und sich erneut hinzusetzen. So ging das eine Weile.

Würde das denn nie aufhören? Offensichtlich hatte er recht behalten mit seiner Vorahnung von der Affäre. Wie viel andere Männer sie wohl gehabt hatte?

Er musterte seine Frau prüfend. Irgendwann würde er nicht mehr verzeihen können. Und wollen.

„Ja, und schließlich hab ich Berichte für ihn geschrieben“, plapperte Roys Mutter weiter drauf los, froh, sich endlich erleichtern zu können.

„Waaas hast du?“ Roys Vater sprang wieder auf. Für ihn brach eine Welt zusammen. Das hatten sie sich beide immer geschworen: Nie für die Stasi zu arbeiten!

Doktor Müller lief wie von einem Hornissenschwarm verfolgt auf und ab. „Das gibts doch nicht. Warum hast du das getan, warum?“ Er blickte betroffen.

„Für Roy.“

„Für Roy?“ Doktor Müller zog die dünnen Augenbrauen über seiner steilen Stirn hoch.

„Dieser Stasi-Arsch hat sich wichtiggemacht. Ja, er kenne Brüllinski, ja, er könne versuchen, für Roy was zu erreichen. Ich hab’s geglaubt. Dabei hat er mich immer und immer wieder vertröstet, hingehalten, mir Hoffnung gemacht.“

Doktor Müller lachte zynisch. Er nahm die Brille ab und rieb seine zedernbraunen Augen. Die müden Denkerfalten waren noch resignierter hochgezogen, als es sonst der Fall war. Er schüttelte sein volles lockiges schwarzes Haar und pfiff durch die Zähne.

„Mensch Simone, ich hätte dich für klüger gehalten, wirklich. Sehr naiv von dir. Das sind doch deren Methoden, Versprechungen machen, nichts halten, dir Angst einflößen. Subtil und manipulativ, operativ und aversiv."

Sie senkte schuldbewusst den Kopf.

„Und jetzt? Was soll jetzt werden?" Roys Vater schaute ihr ins Gesicht, wo die Tränen inzwischen getrocknet waren.

„Heute hab ick uffjehört. Mach nich' mehr weiter. Hab natürlich ooch Angst. Bin wie 'ne Furie weg. So watt hat der sicher noch nie erlebt, die Arschgeige."

Doktor Müller holte tief Luft. „Die Stasi ist nicht unser Problem, sondern unsere Ehe!" Endlich hatte er sich getraut, es mal zu sagen. „Ja, unsere verdammte Ehe scheint am Ende zu sein!" Er schrie fast.

Seine Frau zuckte zusammen und fing wieder an zu weinen. „Aber ich hab's doch wegen Roy gemacht, unserem Jungen!"

Eindringlich fixierte Simone ihren Mann.

Wieder ein Totschlag-Argument! Doktor Müller setzte sich jetzt hin und nahm die Brille ab. Beim Abnehmen wischte er sich kurz über das linke Augenlid. Umständlich putzte er die zigarrenbraune Hornbrille an der Tischdecke. Er blickte aus dem Fenster, wo das Baugerüst zu sehen war.

Roys Mutter wurde langsam beklommen zumute. „Sag doch was! Willst du die Scheidung?"

„Ich weiß es nicht. Aber so kann es nicht weitergehen. Ich muss noch arbeiten."

Doktor Müller verzog sich in sein Arbeitszimmer. Der Tag hatte bei beiden seine Spuren hinterlassen.

Er hörte noch, wie sich seine Frau die Treppe hoch ins Schlafzimmer schleppte.

Doktor Müller dachte über die Stasi-Affäre nach.

Ausgerechnet dieser Wichtigtuer Wodanski, dieser aufgeblasene Affe. Immer einbalsamiert und einparfümiert, als ob der schwul wäre. Würde dieser Fiesling Simone irgendwas tun können? Dafür war sie sicher zu unbedeutend. Sollte er sich Professor Ganther, seinem Chef, anvertrauen? Aber was würde der denn tun können? Und vor allem wollen. Vielleicht war er selbst eingebunden, wer wusste das schon genau von seinem Gegenüber. Die Stasi schwebte wie ein Damoklesschwert über allem und allen.

Schade, dass Professor Jung nicht mehr lebte, sein ehemaliger Doktorvater. Als Jude war der Tabu für die Stasi. Den hätte er jetzt gern um Rat gefragt. Auch wegen Simone und seiner Ehe.

IX

Die ersten weißen Kristalle schwirrten behutsam zu Boden und nahmen Kontakt auf mit der unnachgiebigen Erdkruste. Weitere tasteten sich vor, drehten sich um sich selbst oder ließen sich noch ein wenig im Wind treiben. Und immer noch neue folgten, berührten zaghaft, dann intensiver und schließlich inniglich ihre Tausenden und Abertausenden Brüder und Schwestern, verflochten sich zu Millionen und Abermillionen und bedeckten schließlich als dicke weiße Decke das Land.

Fast friedlich lag es nun da, das kleine Land mit all dem Schnee, ein bisschen wie im Märchen, wenn ...

... ja wenn diese Konstellation nicht den absoluten Ausnahmezustand bedeutet hätte. Im „zivilen Sektor" konnte das egal sein. Aber bei der NVA? Nicht auszudenken, schließlich wartete der Klassenfeind nur auf solche Gelegenheiten. Insofern hatte das unverzügliche Wegräumen der Schneemassen alleroberste Priorität, weil der Schnee die Gefechtsbereitschaft gefährdete.

Die Flure trieften vor Schneematsch und verlangten nach zusätzlichen Wisch-, Bohner- und Keul-Attacken.

Für Roy und seine Löffelbande [71)] hieß das Reviere vom Aufstehen bis zur Nachtruhe.

Beim Schlachtruf „KRS aufstehen, fertig machen zum Frühstück" torkelte Roy schlaftrunken zum Waschraum. Er wusste, dass heute wieder einer der Tage kommen würde, die gefühlt nie zu Ende gingen.

Mit beiden Händen warf er sich Wasser ins Gesicht und ein paar

Spritzer auf den Oberkörper, mehr Zeit blieb nicht.

Dann trampelten schon die älteren Diensthalbjahre an den Waschbecken.

Die Schneeschieber warteten.

Roy konnte heute von Glück reden, dass er vom UvD oder GUvD nicht vor sechs Uhr geweckt wurde.

Bis 7:30 Uhr mussten der Schnee geschoben, die Reviere gereinigt und das Zimmer gekeult sein.

Auf der Fahrt zum Flugplatz biss Roy hastig von dem Brötchen ab, was er sich in der Schnelle beim Essenfassen geschmiert hatte.

Der Sattelschlepper schlingerte wie ein Lindwurm in den Kurven, und Roy versuchte, auf der engen Mittelbank das Gleichgewicht zu halten. Er spürte sein junges, wildes Feuer in sich brennen, jedoch die eisigen äußeren Winde ließen nur eine Sparflamme zu.

Wegträumen, einfach weg in seinen Gedanken, nach Hause, zu Katrin, fort aus dem Eis.

Aber da bremste der Sattelschlepper schon abrupt, und der Flugplatz wartete.

Roy ließ seinen Blick über die riesige Freifläche gleiten. Alles war unendlich weit und weiß. Wahrscheinlich wie auf Grönland oder Alaska. Er würde wohl nie da hinkommen, aber Roy stellte es sich so vor.

Die meisten MIG waren durch die Schneeverwehungen der letzten Nacht nicht mehr zu sehen. Geflogen wurde heute nicht, was die „Schwarzen Pistenschweine“ [72] freute, aber nicht die Flugzeugführer, da diesen Flugstunden fehlen würden.

Die spezielle „Eisfrei-Turbine“ einer ausgedienten MIG-21 warf ihr Grollen bereits über die Schneelawinen der Start- und Landebahn. Der Schnee schmolz sofort.

Leider funktionierte das nicht auf dem KRS-Gelände. Die dort liegenden Schnee- und Eismassen galt es jetzt von der Heerschar von Glatten, darunter Roy, mittels Tonnen von Salz und unzähligen Hackeinheiten wegzuschieben und freizupicken.

Roy hackte stoisch, nahm kurz die Pelzmütze ab und wischte sich den Schweiß mit dem Handrücken. Er versuchte, nicht über diese Beschäftigung nachzudenken, vor allem nicht über die Zeit, die verging oder scheinbar stehenblieb.

Und wieder ein Stück vom Eise befreit. Roy musterte die um sich herum hackenden UaZ, die alle mit der gleichen ängstlichen Verbissenheit auf der Stelle pickten und gegen Müdigkeit, Schmerzen, Durst und Langeweile ankämpften.

Alle wussten, dass irgendwo da draußen Brüllinski die Szenerie beobachtete und nur darauf wartete, wie ein Adler auf die Kükenschar herabzustoßen und jemandem seinen Urlaub zu streichen.

Roys Lippen waren rissig vor Durst. Und er musste pinkeln. Roy spähte umher, ob Brüllinski zu erahnen wäre. Er musste es wagen, sonst machte er sich in die Hose.

Mit schnellen Schritten lief er auf die KRS-Halle zu, um zielstrebig in den Toiletten zu verschwinden. Er zog eine Kabinentür zu. Erst mal ausruhen. Seine Handgelenke schmerzten. Dieser verfluchte Winter! Die Tage in Weiß machten alles noch widerwärtiger, als es so schon war.

Die Eingangstür zum Männerklo knarrte.

„Nicht zu lange Pause machen, der Alte macht seinen Rundgang.“ Die Fistelstimme gehörte Feigschneck, einem aus Brieskopfs

Truppe. Er hatte MvD [73] auf dem KRS-Gelände und übte sich in vorauseilendem Gehorsam vor Brüllinski.

„Schieb bloß ab“, grummelte Roy leise.

„Was war das? Du kannst heute Abend noch ’nen extra Revier bekommen. Also los, mach Latte“, zischte Feigschneck durch die Kabinentür.

„Ich komme.“ Roy zog und verließ die Kabine. Er sah ohne Probleme über Feigschneck hinweg, der sich wichtig vor Roy aufbaute und hinter dicken Brillengläsern mit seinen frostblauen Augen plinkerte.

„Is ja jut, Feigi, hast ja recht.“

Kleiner Provinzscheißer. Gib einem Menschen Macht, und er wird sie missbrauchen. Zum ersten Mal weg von zu Hause, immer gehänselt worden bisher, und markiert nun den großen KAPO [74].

Roy nahm zügig in der Hackgruppe seinen Platz ein und begann weiter zu picken bis zur Mittagspause.

Was für eine Wohltat die Arbeit am Schleudersitz im geheizten Truppraum sein konnte! Dass er mal so denken würde, hätte Roy niemals für möglich gehalten.

Am späten Nachmittag schlingerte der Lindwurmschlepper Karlshagen entgegen.

Es hatte wieder zu schneien begonnen, und der dumpf-graue Tag ging fast nahtlos in die Nacht über.

Roy dämmerte auf der Mittelbank müde schunkelnd vor sich hin.

Das monotone Einerlei der Tage ließ die Sinne abstumpfen und zehrte an den Kräften.

Schnee und Kälte machten alle gereizter.

Die älteren Diensthalbjahre reagierten dementsprechend dünnhäutiger und warfen mit Revieren nur so um sich.

Roy funktionierte wie ein Roboter. Aufgrund des früheren Weckens kam er sich vor wie ein Braunbär, der keinen Winterschlaf machen durfte. Durch die drei bis vier Nachtdienste im Monat wurde der Mangel an Schlaf noch verschärft.

„KRS, zum Revierreinigen raustreten, marsch, marsch, marsch."

Was ist denn das für ein Idiot?

Zögernd fanden sich Roys Löffelbande und die Glatten auf dem Flur ein.

Ein kleines Männlein marschierte als UvD vor den etwa 16 Löffeln und Glatten auf und ab.

Die in Marxwalde gewesen waren, hatten es bereits fürchten gelernt. Das Männlein pickte sich die raus, die es nicht kannte. „Du", es zeigte auf Roy, „komm mit." Das Männlein lachte wie im Rausch.

Roy folgte ihm in den WC-Bereich.

Das Männlein inspizierte die Klos in den abgeteilten vier Kabinen, die vier Pissoirs, das eine Waschbecken und die senfgelben Fliesen an der Wand sowie die spargelgrünen am Boden. Mit großer Ernsthaftigkeit murmelte es die ganze Zeit Worte vor sich hin. „Schau mal, was für ein Keim, was für ein Keim, was für ein Keim. So, hier fang schon mal an", und nach diesem Satz begann es, mehrere Päckchen ATA [75)] großzügig über den Fliesenboden zu verteilen.

„Erst mal schön schrubben." Es bleckte grinsend seine Hasenzähne und fixierte Roy aus lehmbraunen Augen, prüfend zu ihm aufblickend. Das Männlein war in seinem Element. Es schien mit dem

Nassbereich auf Du und Du zu sein.

Roy begann zu schrubben. Mit der Zeit bildete sich durch die Menge an ATA eine Nebelwolke. Roy musste husten. Noch ließ er sich nichts anmerken. Er zeigte keine Regung, gab keine Kommentare von sich und machte, was das Männlein wollte.

Will sich ja bloß wichtigmachen, hat Tagedrücken oder aus Dummheit einfach Langeweile oder was auch immer.

Roy schrubbte. Er hatte bereits jedes Zeitgefühl verloren und stand komplett in einer weißen Wolke. Nur schemenhaft nahm er die Umgebung wahr.

Plötzlich stolzierte das Männlein wieder vor Roy auf und ab. „Na ja, na ja, na ja, jetzt lassen wir mal die Fliesen gut sein, und gehen zu den Scheißhäusern. Dann schauen wir mal, was wir den Pissoirs Gutes tun können." Und dabei keckerte es wie ein Amok laufendes Erdhörnchen.

Roy folgte ihm zu den einzelnen Kabinen und den Pissoirs.

Das Männlein zeigte auf gelbe Flecken. „Die müssen weg sein, egal wie lange es dauert. An ATA soll es nicht scheitern, gell?" Und wie ein betrunkenes Rumpelstilzchen verschwand es aus Roys Blickfeld, bevor der etwas erwidern konnte.

Roy schrubbte weiter. An einer Stelle hatte er bereits eine Blase bekommen von der schlecht geglätteten Holzoberfläche des Klobürsten-Stiels, mit dem er jetzt Pissoirs und Klobecken bearbeitete.

Die gelben Flecken schienen immer zahlreicher zu werden, je mehr Roy glaubte, sie getilgt zu haben.

„Na, da wollen wir doch mal sehen." Das Männlein schien aus den Fliesen zu wachsen. Jetzt strahlte es, als hätte es Geburtstag. „Sehr schön, sehr schön, sehr schön." Leider hatte es erst die Pissoirs und eine Kabine von den vier abgenommen. „Nee, das geht hier nicht, mein Lieber. Du musst mit Hingabe putzen, mein Lieber, mit Hiingaaabe. Schließlich reden wir hier von der Königsdisziplin eines Glatten, dem Kloputzen. Da braucht es Hingabe, Geduld, Ausdauer ... vieeel Zeit und seeehr vieeel ATA.“ Mit einem juchzenden Keckern war es wieder verschwunden.

„Verfickter Arsch.“ Roy keuchte. Den Abend kann ich abschreiben, kein Gitarrenspiel, kein Lesen, nix. Mutlos stocherte er in der Kloschüssel rum.

Kubi, ein Löffel-Kumpel kam herein. Er klopfte Roy auf die Schulter. „Der Typ ist am gestörtesten von allen überhaupt, lass dir bloß nix anmerken. Schön zurück grinsen, der will dich brechen.“

„Aber der Abend ist im Arsch, ich steh schon drei Stunden im Klo, kenn ich gar nicht so was.“

Kubi winkte ab in seiner typischen gekrümmten Haltung und schaute Roy lächelnd aus seinen eng stehenden, sepiabraunen Augen an, die unter rötlichen Brauen hervorlugten. „Ist noch gar nix. Du schaffst es. Sei froh, dass du den Idioten nicht in Marxwalde auf dem Hals hattest.“

Kubi wird recht haben, dachte sich Roy, dessen Fürsprache ihn wieder intensiver schrubben ließ.

Die ganze Zeit über kamen Jungs herein, verrichteten ihr Geschäft, grinsten dabei mitleidig oder höhnisch je nach Diensthalbjahr, und verschwanden wieder.

„KRS, fertig machen zur Nachtruhe“, ließ sich das Männlein vernehmen. Und schon stand es wieder hinter Roy. „So, jetzt spritzte noch mal schön mit ’nem Wasserschlauch alles aus, dann biste fertig.“

Nicht zu fassen. Roy hatte tatsächlich volle vier Stunden nur im Toilettenbereich „gestanden“. Schnell Zähneputzen und schlafen.

X

„KRS absitzen!“ Roy schreckte hoch. Er war kurz eingenickt auf dem Sattelschlepper.

„Na los Glatter, mach Ballett! Oder willste heute Abend ’n Extra-Revier!“

Die EK lachten, besonders das Männlein von gestern.

Roy sprang ächzend vom Schlepper. Er hatte von Neubrandenburg geträumt.

Zur Kaserne konnte man mit dem Bus fahren. Die Stadt bot auch etwas Kultur.

„Benutzen Sie Winkelemente, meine Damen und Herren, machen Sie von den bereitgestellten Winkelementen Gebrauch.“ Das von Heiner Müller „Die Bauern“ bzw. „Die Umsiedlerin oder das Leben auf dem Lande“ adaptierte Stück des Puppentheaters, voll von bissig sarkastischen Zoten über den Sozialismus in einer poetisch-hinterfotzigen Sprache, schlug damals in Roys jungfräuliches Theater-Gehirn ein wie die sprichwörtliche Bombe. Besonders im Gedächtnis waren ihm diese Sätze geblieben:

„... Ich / Hätt auch gern Kommunismus, die Idee / Ist gut. Wenn nur die Menschen besser wärn. Der Kommunismus ist was für die Zeitung ...“ [76)]

Sonst gab es außer Fischerei und Natur nichts, insofern bot sich das Militär als willkommener Arbeitsplatz für die Fischköppe an.

Nur der blöde Hamburger nervte.

Als Roy ihm das erste Mal gegenüberstand, bekam er vom Hochschauen einen steifen Hals. Die wenigen Falten auf der glänzenden, leicht fettigen Gesichtshaut ließen auf keinen großen Altersabstand zu Roy schließen, wenn nicht die bereits angegrauten Haare gewesen wären.

„Na Genosse Müller, schon eingelebt hier?“ Und er ließ sein Bergziegen-Meckern ertönen. Im Dienst war der Hauptmann nicht so lustig.

Hauptmann Hamburger und Stabsfähnrich Kruthkopp verstanden sich als Fischköppe durch die Bewegung ihrer Kiemen.

„Komm mit, ich zeig dir dein Zimmer“, sagte der GUvD, als Roy dort mit Seesack von der Uschi-Schule eintraf. Auf einem Zimmer etwas größer als in Bad Düben waren diesmal vier UaZ untergebracht.

„Na, räum erst mal deinen Schrank ein“, meinte der GUvD. „Nachher ans Revier denken.“

Roy wunderte sich. „Revier?“

„Typisch Glatter“, grinste der GUvD.

„Na, heute haben die EK Dienst, da wirds nich’ so heftig. Jeden Tag nach dem Abendbrot gibts ein Revier für dich, klaro?“

„Klaro“, echote Roy und begann den Schrank einzuräumen.

Arthur kam herein. Er sah ein bisschen süditalienisch aus, und als er „Hallo“ sagte, merkte Roy, dass Arthur Fischkopp war. Arthur holte sich manchmal den Plattenspieler auf die Bude und tanzte zur Musik, vorzugsweise zu Berluc-Platten [77)], indem er Arme und Beine eigentümlich schlenkerte und laut mitsang.

Wieder öffnete sich die Tür: Felber, ein leicht geduckt laufendes

Bürschchen mit pfeffergrünen lauernden Kojotenaugen und einem schleimigen Händedruck war hereingekommen.

Fast wie im „Handschuh“ [78)], denn wieder öffnete sich die Tür, aber das Lächeln fror Roy ein, denn Brieskopf stolzierte herein.

„Achtung“, bläkte der mit Kommandostimme.

Roy stand ein langer, unsportlicher Typ mit Buchhalter-Brille, Wolfsaugen, strähnigen Haaren und einer Mafioso-Narbe am Kinn gegenüber.

„Na, du bist jetzt dran mit Bude machen hier. Das ist dein persönlicher Schrank“, bellte Brieskopf, indem er auf den Besenschrank zeigte. Felber feixte.

Fegen, wischen, bohnern, keulen – das war das „Glatten-ABC“.

„Hey Alter!“

Roy schaute überrascht nach oben. Vor ihm stand ein schlaksiger blondlockiger Riesenkerl.

„Hab jehört, bist ooch aus Berlin?“

Roy lachte. „Na ja fast, eigentlich Rucksack-Berliner, bin aber in Pankow später zur Schule gegangen.“

„Neh! Mensch, Pankow, da komm ick her.“

Hagen drückte lange Roys Rechte. „So für dich det Büro vom Politoffi, weil de aus Berlin bist. Wir Berliner müssen doch hier bei die Kiementräger zusammenhalten, wa? Hastet eh beschissen abjegriffen mit dem blöden Brieskopp!“ Und Hagen haute Roy auf die Schulter und schaute ihn aus seinen haselnussbraunen Augen an. Einen Song von Barbra Streisand summend trollte er sich.

Brieskopf bekam bei Hagen immer das Klo. Roy musste sich an den Tagen verziehen, weil sonst Brieskopf seinen Frust an Roy ausließ, wenn der bereits auf seinem Bett lag.

Am besten dann ab in den Stab zu Uli, wo er als Glatter einfach „abhängen“ konnte, ohne gleich befürchten zu müssen, ein Revier zu bekommen. Im Stab gab es keine EK-Bewegung.

Uli setzte gerade seinen Lieblingstee Earl Grey auf. Dazu natürlich Kandiszucker, da hatte Uli Stil.

„Schmeckt klasse, der Tee. Und gemütlich, die Bude.“ Hier sah es aufgrund von persönlichen Fotos und Bildern an der Wand bedeutend wohnlicher aus als in den KRS-Zimmern.

„Was willst du denn nach der Fahne machen?“, fragte ihn Uli.

„Ick will Arzt werden“, sagte Roy, der unter seinen Landsleuten oft in seinen Heimatdialekt verfiel.

„Was? Ich auch.“ Uli sprach dagegen immer Hochdeutsch. Er lebte mit zwei Frauen zusammen, seiner Mutter und seiner Freundin. „Am liebsten Anästhesie. Um diese Narbenfresse beneide ich dich nicht.“

„Lass uns über was Schönes reden, über Frauen oder unser Studium. Ich versuche immer mal was zu lesen, bin aber meistens zu kaputt dazu.“

Uli schüttelte den Kopf. „Ich fange erst im letzten Jahr an, vorher mach ich mich nicht verrückt.“

„Aber du hast es im Stab ja wirklich gut abgepasst.“ Roy seufzte. „Wie oft fährste nach Hause?“

„Alle 14 Tage. Die brauch ich zur Erholung. Mein Mädel saugt mich immer ziemlich leer.“ Uli grinste.

„Du hast dit gut. Da wartet se sogar auf dich?“

„Klar doch. Manchmal ist ja auch etwas Abstand nicht schlecht, gerade sexuell."

Dann lauschten sie „Eye In The Sky" von der Scheibe „The Best of Alan Parsons Project". Uli liebte Progressive Rock über alles. Genießerisch wippte er mit dem Fuß den Schlagzeug-Rhythmus mit. Roy fand den Song ein wenig zu schmalzig, aber das wollte er Uli nicht sagen.

„Ach, Scheiße, hab ick Tagedrücken." Hagen fing Roy beim UvD-Kabuff ab, als er zurück in sein Zimmer musste. „Jeden Tag dieser Stumpfsinn. Na, in zwei Wochen bin ick uff Urlaub, da kann ick wenigstens meene Braut mal wieder flachlegen, eine heiße Schnecke, die ick da zu loofen habe." Und er zeigte Roy ein Foto.

„Haste von deiner keen Foto?"

„Nee", sagte Roy. „Weiß nich', ob das hält."

„Ach, die Weiba zicken imma rum, wa?" Hagen schüttelte den Kopf. „Na, ick nehme dit, watt ick vor die Flinte kriege. Sollteste ooch machen. Warten tut ja doch keene. Wie heißt denn deine?"

„Katrin."

„Und wie weiter?"

„Nepomuk."

„Mensch, die kenn ick. Die war uff meene Schule. Zwee oder drei Klassen unter mir. War mir damals zu jung. Is' bestimmt jetzt 'ne süße Maus." Hagen leckte sich die Lippen.

XI

Jeden Morgen hatten die Winde auf ihrem Weg vom Meer zur Küste neuen Schnee geladen und über der Landschaft wie Puderzucker verteilt. Eine Extraportion Alp zu den Revier-Schindereien.

„Komm, mach Ballett, los aufstehen, Schnee schieben!“ Der GUvD rüttelte Roy an der Schulter.

Benommen zog Roy sich um. Mit der dicken Ein-Strich-kein-Strich, Pelzmütze und Stiefeln ausgerüstet, stapfte er zum GUvD, um sich den Schneeschieber geben zu lassen.

Dann tauchte Roy ins Mondlicht vor der KRS-Baracke, wo neue Schneeberge darauf warteten, bis zum Wecken um sechs Uhr weggeräumt zu werden.

Heute aber war er mit Kühnchen auf dem Weg zum Klubhaus. Beide hatten sich im gemeinsamen Dienstfrei in die Ausgangsuniform Winter gezwängt und schleppten schwer an dem dicken Mantel. Im Kontrast zu dem Wintermantel standen die Halbschuhe, die nur mit megadicken eigenen Socken getragen werden konnten und ziemlich rutschig waren. Beim Balancieren auf dem glatt getretenen vereisten Schnee mussten sie auch auf höhere Dienstgrade achten und „Männchen machen“.

„Eh ihr glatten Tagesäcke.“ Ein EK zog stolz sein Bandmaß. „Und ihr, wie lange noch?“

„Unter 600 sind wa schon“, brummte Roy wütend.

„Au Scheiße, erschießt euch besser bei der nächsten Übung. Ich darf mir bald wieder Muschis anschauen.“ Und er machte eine eindeutige Beckenbewegung.

„Mensch Kühnchen, stell dir vor, wir könnten im April gehen ...“, warf Roy ein.

„Da ist unser Studium aber futsch.“

„Wahrscheinlich“, meinte Roy. Aber mit Sicherheit konnte es niemand sagen.

„Was immer für ein Aufwand, was?“, grummelte Kühnchen vor sich hin. Sie waren am Klubhaus angekommen und hatten ihre Bestellung aufgegeben.

„Mensch, das könnte ich jeden Tag verspeisen.“ Kühnchen strahlte durch seine Fernsehansager-Brille über beide Backen und schwitzte vor Freude. Er aß gern, was man ihm auch ein wenig ansah.

„Klar, Schnitzel mit Rösti ist mal was anderes“, pflichtete ihm Roy bei und nippte an der Bitter Lemon [79)].

Am Nachbartisch nahm ein Leutnant einen langen Schluck aus einem Bierglas und wischte sich den Schaum mit dem Handrücken von den Lippen.

„Was haste denn mal wieder Schönes gelesen“, wollte Roy wissen. Kühnchen war wie Roy eine Leseratte und spielte Gitarre.

„Du, bei den Revierschlachten und dem janzen Schnee komm ich zu nüscht mehr.“ Kühnchen blickte betrübt drein. „Ab April wirds besser.“

Roy nickte. „Die EK und der Winter sind das Duo infernale.“

Kühnchen grinste. „Ich denke schon wieder mit Schaudern an den Truppausgang nächste Woche.“

„Ach du Scheiße, hör bloß auf. Nächste Woche sagste?“ Roy blickte fragend.

Kühnchen nickte.

Die Truppausgänge fanden einmal im halben Jahr zur „Verbesserung der sozialistischen Arbeitsmoral“ statt, bezahlt über den „Kulturfonds“ von Major Staslin. Die KRS war mal wieder „Bestes Kollektiv“ geworden, was bei der Triezerei kein Wunder war, und einige UaZ hatten das „Sportabzeichen“ geholt, so auch Roy.

„Brieskopf wird wieder seine Schnurren und zotigen Witze über Frauen und Sexualität abziehen. Und Kruthkopp und der Hauptmann werden an seinen Lippen hängen.“ Roy schüttelte angewidert den Kopf. „Und die verfluchte Sauferei. Brieskopf und der Stabsfähnrich trinken bestimmt zehn doppelte Schnäpse, dazu immer ein Bier, und ein Zigarettchen dazu. Ich muss aufpassen, dass es bei fünf Schnäpsen bleibt. Da kannste wieder zukucken, wie die Augen immer glasiger und die Zungen immer schwerer werden. Aber irgendwie kommen immer alle nach Hause oder inne Kaserne.“

Kühnchen nickte. „Is’ bei uns ähnlich. Der E [80)] säuft bei uns wie ’n Loch. Sag mal, jetzt mit Sportabzeichen, müsste doch wieder ’nen VKU rausspringen, oder?“

Roy lächelte selig.

Kühnchen war nicht die Sportskanone.

„Übernächstes Wochenende isset so weit. Mann, da hab ich meine Kleine über neun Wochen nich’ gesehen. Jeder beknackte Soldat is’ öfter zu Hause, gerade die Fischköppe hier oben.“

„Die haben uns doch total verarscht“, warf Kühnchen grimmig ein.

„Wie heißt der beknackte Spruch: Da müssen wa durch als Lurch?“ Roy blickte fragend.

Kühnchen nickte. Er schaute auf die Uhr. „So wir müssen langsam.“

Die Mütze festhaltend, stolperten sie Richtung KRS-Baracke.

Gefühlte Lichtjahre später saß Roy nach dem Urlaubsappell mit drei anderen UaZ im Taxi nach Züssow. Sie wollten unbedingt den Zug 17:34 Uhr nach Berlin bekommen. Der Taxifahrer gab alles mit seinem Lada 1300.

„Bloß gut, dass ich neue Winterreifen drauf hab, Genossen, und keine runderneuerten [81)], sonst würde das mit Zug erreichen nix."

„Den Genossen lassen Sie bitte weg", erwiderte Roy. Alle schauten fieberhaft auf die Uhr.

„Seid wohl früher nicht rausgekommen, Jungs?"

„Jungs klingt schon besser", sagte Roy und nickte.

„In welchem Verein seid ihr denn? Oder ist das geheim?" Der Fahrer lachte.

„KRS, falls Ihnen das was sacht", erwiderte Roy knapp.

„Ach du Scheiße, Brüllinski! Herzliches Beileid, Freunde. Da habt ihr ja die absolute Arschkarte gezogen!"

„Ist der hier draußen denn bekannt?", wunderte sich Roy.

„Klar doch, versucht sich immer mal wichtigzumachen. Denkt wahrscheinlich, hier kann er weiter rumkommandieren. Nee, nich' mit mir. Der Dackel hat oft Durchfall und scheißt dann immer ins Treppenhaus. Und die KWV [82)] soll dann reinemachen. Hab schon einige Eingaben geschrieben wegen des Viehs."

Brüllinski und ein Dackel. Roy schüttelte den Kopf. Das passte für ihn nicht zusammen.

„Na, seine Alte ist auch 'n ganz schöner Besen. Hat nix zu lachen bei der, Aussehen hin oder her. So Jungs, wir sind da. Fünfzig Märker bitte schön. Danke, gute Reise und schönen Urlaub."

Die Jungs flitzten zum Bahnsteig, wo der Zug nach Berlin gerade einfuhr. Müde und erschöpft sanken alle in den Schlaf, nur vom Schaffner unterbrochen, dem sie die NVA-Fahrkarte vorzeigten.

Katrin stand schon am Ostbahnhof und winkte.

Roy rannte auf sie zu. „Mensch meine Kleene, ach komm her!" Roy wollte Katrin auf den Mund küssen, aber sie wich aus, so dass der Kuss auf die Wange aufprallte. „Is'n los?" So komisch war sie beim ersten Kennenlernen in der Disco.

„Ach, ick kann nich' einfach so Schalter um und allet is happy."

Roy schaute erschrocken und traurig.

„Sollste ja nich'. Aber sich freuen für 'n Anfang."

„Ach Scheiße, wir sollten dit einfach lassen mit uns. Ick schaff dit einfach nich'. Ick brauch einfach jeden Abend meene Schulter zum Ankuscheln oder ma' Probleme zu bereden und nich' alle neun oder zehn Wochen." Katrin fing an zu schluchzen.

Roy nahm sie in den Arm. „Du hattest ja immer deine Zweifel. Aber ab April wirds wirklich besser, versprochen."

„Sagste schon seit Monaten. Immer wieder hat sich der Urlaub nach hinten vaschoben. Ick kann nich' mehr."

Und Katrin ließ Roy schließlich stehen und rannte davon.

Es fehlte nicht viel, und Roy hätte auch angefangen zu schluchzen.

Mist, dachte er, da freuste dir wie 'n Kind auf diesen Urlaub. Und die Kleine zickt einfach nur 'rum.

Roy rief seinen Vater an.

„Müller?"

„Vadder, ick bin's. Steh am Ostbahnhof. Kannste mir abholen?"

„Aber klar Junge, bin in vierzig Minuten da. Setz dich irgendwo rein, damit de nich' krank wirst."

„Danke Vadder, mach ick, bis denne." Roy verzog sich in die MITROPA-Gaststätte [83)] und betrieb Studien zum sozialistischen Menschenbild, in dem er die Besoffenen betrachtete.

Roy schaute auf die Uhr. Der Vater könnte bald eintreffen.

Er trottete zum vereinbarten Treffpunkt. Und da kam der rote Wartburg auch schon um die Ecke.

„Na mein Junge. Nich' bei Katrin heute?"

„Ach, die zickt rum, ich weiß nich', was die hat. Stand am Bahnhof und rannte plötzlich weg, alles hat kein' Sinn und so."

„Nu komm erst mal, Junge." Roys Vater nahm ihm die Tasche ab und stellte sie in den Kofferraum.

Der Wartburg nahm Fahrt auf und brachte die beiden nach Hause.

Die Mutter stand schon hüpfend in der Tür. „Boy, Boy, Boy. Endlich biste mal wieder da! Junge, haste genug zu essen?", fragte die Mutter besorgt.

„Ich würde mal wieder in ein gutes Rumpsteak beißen?"

„Klar doch", meinte der Vater, „hab extra was zurücklegen lassen."

„Ich hab 'n Kuchen gebacken", sagte die Mutter.

„Nu hau erst mal rin, Junge", sagte der Vater, „stärk dich erst mal."

Roy schnupperte an den Brötchen vom Bäcker des Nachbarortes und belegte sie mit zwei Zentimeter dickem Edamer-Käse. Dazu schnitt er sich eine Scheibe von dem Fleisch ab und kaute selig.

„Und der Kuchen, wieder nach Rezept von Tante", sagte die

Mutter.

Mist, die Tante müsste Roy mal wieder besuchen. Leider lebte sie jetzt in Berlin, was es fahrtechnisch etwas kompliziert machte. Früher konnte er einfach mit dem Fahrrad hinfahren.

„Willste die Katrin nich' noch mal anrufen", fragte die Mutter besorgt.

„Hat kein Telefon." Roy zuckte die Achseln. „Vielleicht hat se sich morgen wieder beruhigt und ruft selber an."

Roys Mutter plagten Gewissensbisse. Hatte sie wirklich alles versucht bei ihren Treffen mit Wodanski? Aber Wodanski speiste sie nur mit Versprechungen ab und die „Zusammenarbeit" hatte sie ja beendet. Sie wechselte mit ihrem Mann einen bedeutungsschweren Blick. Roy musste von ihren Eskapaden nichts wissen. Aber auf Dauer wäre es sicher nicht zu verschweigen.

„So Junge, haste dich gestärkt", meldete sich der Vater. „Bist bestimmt kaputt, oder?"

„Total", meinte Roy. „Gute Nacht."

„Gute Nacht und schlaf gut."

Die Februarsonne blinzelte ins Zimmer. Sanft bog sich die alte Tanne im Wind vor dem Fenster. Sein Kopf schmerzte wie nach einer durchzechten Nacht. Heute hatte Roy kein beknackter UvD mit seinem Gebrüll geweckt.

Er lief ins Badezimmer und stieg in die Wanne. Der Badeofen [84)] bollerte. Roy dreht die Wasserhähne auf und hielt die heiße Dusche ausgiebig über den Körper, besonders über die schmerzende Nackenpartie. Was war nur in Katrin gefahren? Offensichtlich war die Beziehung schon wieder zu Ende, bevor sie richtig angefangen hatte.

Warum gab sie ihnen beiden keine Chance?

„Komm Roy, frühstücken. Extra Orangensaft für dich aus dem Delikat“ [85].

„Mmh, schmeckt total gut.“ Das Glas trank er in einem Zug leer.

Der Vater schenkte sofort nach.

Roy schnappte sich ein Bäckerbrötchen, wieder kam Edamer drauf.

„Na Junge hau rein, hab mich heute Morgen bei Naumann angestellt, weeßte ja.“

„Ja, der kann wirklich backen“, pflichtete Roy dem Vater bei.

Das Telefon klingelte.

Die Mutter ging ran. „Ja, Müller? Katrin.“

Sie übergab an Roy den Hörer, der aufsprang. „Hallo Katrin.“

„Wir müssen uns aussprechen. Kommste heute bei mir rum? So gegen achte?“

„Okay, bis dann.“ Roy legte auf.

„Das ging aber fix“, meinte Roys Mutter verwundert.

„Wir treffen uns heute Abend bei ihr.“

„Na siehste.“ Roys Mutter strahlte. „Wird schon noch watt mit euch.“

Roy zuckte unsicher die Schultern. „Ick lass mich überraschen.“ Er köpfte sein Frühstücksei und es gelang direkt. Heute aß er es aber nicht mit gelöster Heiterkeit.

Im 7er-Bus war er der einzige Fahrgast. An der Endhaltestelle lief er zur U-Bahn Pankow Vinetastraße. Dann bis zur Schönhauser Allee, und von da in die S-Bahn zwei Stationen, dann nochmal zwei Stationen mit der Tram. Katrin wohnte in der Greifswalder Straße 148 Hinterhof. Er klingelte.

„Komm rein." Katrin hatte noch die Haare in einem Handtuch eingewickelt und sich gerade Nagellack aufgetragen.

Komisch, seit wann benutzte sie denn so was? Roy mochte an Katrin von der ersten Sekunde, dass sie nie Schminke, Nagellack oder sonstigen Nepp an ihren Körper ließ. Und jetzt das.

„Haste Hunger? Hätte noch Bouletten da?"

„Nee, lass man."

„Wein?", fragte Katrin.

Roy nickte stumm.

Katrin lief zu ihrer Plattensammlung und legte „The Best of Barbra Streisand" auf. Sie summte die ersten Takte mit und lächelte Roy an.

„Wo haste die denn her?" Roy wunderte sich. Katrin stand eher auf die härteren Sachen.

„Von Hagen."

„Von Hagen? Ich war mal zusammen mit 'nem Hagen in Neubrandenburg. So 'n cooler langer Blonder?"

„Jenau der."

Roy ahnte Schlimmes.

„Ick hab mit ihm jeschlafen die letzten Wochenenden."

„Scheiße. Ick versinke da im Schnee vor Sehnsucht nach dir und du gehst hier fremd. Spinnst du?"

Roy stand auf und lief in der Wohnung herum. Er riss die Nadel vom Plattenspieler hoch.

„Und leg was Vernünftiges auf, nich' dieses Gejaule!"

Katrin schaute eingeschnappt. „Leg doch selber watt uff! Ick habet nich' mehr ausgehalten. Der Stress uff Arbeit, und abends nie eener da. Na, und een Freitag war ick im Franz [86], und er zufällig ooch. Na, da haben wa eben jetanzt, und dann sind wa zu mir. Eijentlich wollta mir nur nach Hause bringen, aber na ja ... dann ham wa eben jevögelt."

„Hagen wäre ooch der Letzte, der sich 'ne Muschi entgehen lassen würde", bemerkte Roy bissig.

„Er kommt jedet Wochenende, wenn er kann." Vorwurfsvoll blickte Katrin zu Roy.

Hagen hatte oft von coolen Bräuten geredet, aber das SEINE Katrin mal dabei sein würde. Er war Barbra-Streisand-Fan und deshalb stand die eine Platte sicher jetzt hier. Hagen war ein Jahr weiter als Roy, hatte also nur noch ein gutes halbes Jahr zu dienen. Roy hatte Hagen gemocht, und jetzt das. Gutaussehend war er ja mit seinen blonden Locken, über eins neunzig groß, der Typ, den die Frauen anschmachteten.

„Eijentlich lieb' ick dich ja viel mehr, aba wie jesagt ..." Katrin versuchte Roy zu umarmen.

„Nüscht. Lass dich mal schön von Hagen ficken. Ich bin raus."

„Wie, willste jetzt jehen?" Katrin war perplex.

„Ich bin nich' der Ersatzmuschifüller von Hagen. Woher kennt ihr euch überhaupt?" Das hatte Roy vergessen.

„Wir waren mal uff eene Schule. Ick gloobe, er war zwee oder drei Klassen über mir. Bevor ick zur EOS bin. Wo ick dann wieda runter musste nach die Verjewaltigung mit meen Cousin. Und uff eenem Gartenfest war er ooch mal, gloob ick." Katrin versuchte Roy nochmal zu küssen.

Er stieß sie weg, obwohl sein Schwanz sich meldete. „Verfluchte

Stasi-Bagage! Schreibste jetzt auch Berichte über mich? Hat Hagen dich geworben?“

Katrin schluckte. So weit hergeholt waren die Anschuldigungen von Roy nicht. Immerhin war Hagens Vater bei der Stasi. Glaubte sie zumindest.

Und der Cousin hatte ja nur keine Anzeige bekommen, weil ihn Wodanski gleich angeworben hatte.

Dafür würde sie ihren Vater ewig hassen. „Jetze tickste aba total aus, oda? Komm, jetze entspann dir mal, ick merk doch, das de geil bist.“ Und sie zog ihren Pullover aus, wo die Zwillinge in voller Pracht Roy anblickten.

„Kannst ja noch in’ Franz gehen. Is’ bestimmt eener dabei, der dich heute Abend noch rannimmt. Viel Spaß mit Hagen oder wem ooch immer.“

Roy stürmte aus der Wohnung und knallte die Tür hinter sich zu.

XII

Die Grillen zirpten friedlich zwischen den gewölbten Erdbeton-Behausungen der MIG-23. Der Himmel über Peenemünde hätte von Botticelli stammen können mit seinem zarten Aquamarin und den dahingetupften Wolkenbällchen. Darüber glühte die Sonne mit seltener Kraft.

Ein fauchendes Grollen kündigte den bevorstehenden Start einer MIG an. Einen glühenden Schweif hinter sich lassend, schwang sich die Maschine donnernd in den Himmel und war bald nur noch Kondensstreifen. Eine Kerosinwolke senkte sich langsam Richtung Boden und durchtränkte die Landschaft mit dem unnachahmlichen Geruch.

Der W 50 [87)] hielt röchelnd vor der KRS, wo das kleine Häuflein von Offizieren, Fähnrichen und Unteroffizieren absaß. Da der Alte noch da war, liefen der Stabsfähnrich und Roy zielstrebig zum Truppraum.

Kruthkopp hatte keine Lust mehr „uff den janzen Schiet", und damit meinte er die Schikanen von Brüllinski, er wollte einfach seine Ruhe haben.

Und so arbeiteten Kruthkopp und Roy an Flugdienst-Tagen, also dreimal pro Woche, jetzt Spätschicht von 15 bis 23 Uhr.

Nachdem der Haupttross auf dem Sattelschlepper Richtung Karlshagen tuckerte und Brüllinski das Objekt verlassen hatte, änderte sich auf einmal der Wind.

Wo vorher ein Sandsturm wütete, wehte jetzt ein sanfter Föhn.

Selbst die griesgrämigsten Offiziere lächelten.

Über dem KRS-Gelände erscholl Musik, und zwar vom Klassenfeind. Die UaZ hörten auf ihren frisierten Radios NDR. Der konnte zwar lange nicht mit den Sendern in Berlin wie RIAS II und SFB 2 mithalten, aber besser als DT64 mit seiner 60/40-Quote [88)] war er allemal.

Roy wurde schmerzhaft bewusst, wie er „SFBeat" oder „Hey Music" mit Jürgen Jürgens vermisste, ganz zu schweigen von den Specials am Sonntag im RIAS II, wo schon mal Ringo Starr live zu hören war mit den Hits der Beatles.

Katrin hatte alle Alben von AC/DC mitgeschnitten mit ihrem Stern-Recorder [89)], ohne Reingequatsche und die Titel in voller Länge.

Die RIAS-Redakteure ließen immer schön eine Pause nach jeder LP-Seite, damit die Ostler ihre C60-Kassetten von ORWO [90)] in Ruhe wenden konnten. „Duett – Musik für den Rekorder" vom „Berliner Rundfunk" war nichts dagegen.

In der KRS waren Kassettenrekorder verboten. Irgendjemand hätte ja die tief philosophischen und militärtechnisch brillanten Gespräche der Offiziere und Fähnriche mitschneiden können: „Gib mal den Zehnerschlüssel rüber. Mmh. Und den Bolzenschneider. Ja, ich brauche noch zwölfer Draht und jetzt den Seitenschneider. Gut, scheint fest zu sein. Mmh."

Einige Unteroffiziere hatten ihre olivgrünen T-Shirts ausgezogen und sonnten sich, so gut das mit den schwarzen Overalls möglich war.

Die Einzigen, die immer was zu schuften hatten, waren die Jungs von Triebwerk/Zelle, zu denen Kühnchen gehörte. Den ganzen Tag standen die vor der zerpflückten Maschine in gebückter Haltung, triefend von Öl, Fett und Waschbenzin, und brachten immer irgendwelche Schrauben oder Verdrahtungen an oder lösten diese.

Roy machte drei Kreuze, dass er deren Job nicht machen musste.

Der Stabsfähnrich verschwand, nachdem er Roy die entsprechenden Instruktionen gegeben hatte, bei seinem alten Kumpel Hauptmann Lachmann in der Werkstatt.

Er wollte mal wieder privat was bauen, wohl für seine Kaninchen. Das war neben Arbeiten, Schnaps trinken und Wegstecken eine weitere Lieblingsbeschäftigung von Kruthkopp: Kaninchen halten und diese dann zu den Festtagen schlachten und verspeisen.

Hauptmann Lachmann war eine militärische Zumutung. Lange lockige blonde Haare quollen unter der immer schräg sitzenden Mütze hervor, und nichts, aber auch gar nichts konnte diesen mit einem sonnigen Gemüt gesegneten jungen Offizier aus der Fassung bringen. Nicht mal der Alte.

Und Brüllinski hatte ihn praktisch ständig auf dem Kieker. Meist ging es um das große Außengelände der Werkstatt, was nach Ansicht von Brüllinski immer geharkt und laubfrei sein sollte. Und im Winter möglichst schneefrei.

Der Hauptmann war deshalb auf den Tipp von Kruthkopp hin ebenfalls in die Spätschicht eingestiegen. Aber von 15 bis 16:30 Uhr konnte ihn Brüllinski immer noch fertigmachen.

Lachmann rauchte dann mit Kruthkopp eine Zigarette, um runterzukommen, und Roy stellte sich oft dazu. Die „Raucherecke“ war wunderbar abgeschieden, und Brüllinski immer schon von weitem zu sehen, so dass sich jeder schnell in die Truppräume verziehen konnte.

Der Stabsfähnrich bekam einen roten Kopf, wenn er über Brüllinski sprach. „Der alte Mann ist doch nicht mehr richtig im

Kopp“, wetterte er schon mal gern.

Hauptmann Lachmann grinste nur aus seinen türkisblauen Augen und meinte: „Bestimmt schlechte Kindheit.“

„Aber allet mit schlechte Kindheit kannst de ooch nich weg trecken“, meinte Kruthkopp, und drückte die Zigarette aus.

„Ja, der Vadder war schon krank im Kopp. Hat den Jung’ stundenlang knien lassen, und mit ’nem Revolver russisches Roulette gespielt. Und den Dackel hat hie och noch erschossen im Suff. Die Mudda hat sech umjebroacht. Und jetzt die Alte, die ihn immer rumkommandiert.“ Kruthkopp spuckte aus.

„Trotzdem, die janze Schikaniererei! Verdammter Schiet! Wenn ick hier keen Haus nich’ hätt’, ick würd mi versetzen lassen.“

Roy staunte. So hatte er den Stabsfähnrich noch nie reden gehört. Dessen Zanderaugen glühten. Aber die Hintergründe von Brüllinski waren auch nicht ohne. Und auf Dackel schien Brüllinski ja wirklich abzufahren.

„Und inne Parteiversammlung kannste dem ooch nich’ beikommen!“

Die einzige Kritik hätte in der Tat die auf Parteiebene sein können, da ab einem bestimmten Dienstgrad jeder drin war. Aber auch hier herrschten logischerweise die Dienstgrad-Hierarchien. Auch wenn es nicht so sein sollte.

Niemand wollte sich Brüllinski zum Feind machen.

Und selbst wenn Stabsfähnrich Kruthkopp versuchte, Brüllinski zu kritisieren, einer seiner Schleimvasallen sprang immer ein und wiegelte ab. Wenn sich niemand fand, war es Major Staslin, der sich als treuer Gefährte präsentierte, da er ja neben Brüllinskis holder Gattin manch andere der Offiziers- und Fähnrichfrauen in Karlshagen beglückte.

Und deshalb die Rückendeckung von Brüllinski besonders brauchte, nicht zuletzt für seine Karriere.

Roy war gerade dabei, den Schleudersitz in eine MIG-23 gefechtsbereit einzubauen, da rief es von unten.

„Eh, Alter!"

Roy blickte nach unten. Da stand Mauro.

„Eh, Mensch Alter!"

Da Brüllinski nicht anwesend war, konnte es sich Roy leisten, aus der Kabine zu klettern und Mauro mit einer Umarmung zu begrüßen.

„Mensch, du hier. Und?"

„Na, meene Maschine is' grad hier. Funk-Funk-Mess-Problem. Kriegt nur die KRS hin." Mauro grinste und blitzte aus seinen kaffeebrauen Augen verwegen. Mit einem Baguette unterm Arm und einer Baskenmütze würde er als untersetztes Bäuerlein aus der Bretagne durchgehen.

Es war extrem selten, dass die beiden sich auf dem Flugplatz sahen, da Mauro ebenfalls Spezialist war und nicht allgemein zuständig für eine Maschine.

Bei den Staffeln betreuten ein Hauptmann und ein UaZ oder ein Fähnrich und ein UaZ eine MIG-23. Da der in zwei Schichten absolvierte Flugdienst stressig werden konnte, war eine „Zwangspause" in der KRS eine willkommene Abwechslung.

„Du, komm doch heute Abend mal vorbei bei mir. Wir wollten doch unseren nächsten Urlaub besprechen", und Mauro boxte Roy in die Rippen.

„Au ja gern. Ich muss mich trösten lassen. Meine Kirsche ist doch fremdgegangen.“

Mauro machte große Augen. „Echt, du hattest eene am Start? Wie haste denn dit fabriziert?“

„Ist mir zugelaufen.“ Roy boxte Mauro leicht in die Rippen.

„Und dann hat se dich betrojen?“ Mauro wollte immer alles ganz genau wissen. Roy nickte. Er wischte sich kurz übers linke Auge.

„Geht dir immer noch nahe?“ Mauro schlug Roy auf die Schulter. „Wir finden im Franz ’ne Neue für dich.“

„Wenn’s so einfach wäre. Ist wirklich ’ne süße Maus, und auch schlau. Aber sie kann nich’ warten und nich’ allein sein. Da isse eben mit ’nem anderen Armisten in die Kiste.“

„Weiber. Jut, kommste vorbei, wir besprechen dit dann. Und ick wollte dir ooch noch meen neuestes Zappa-Album vorspielen. Und Kernchen hat wieder geile Sachen vom SFBeat mitgeschnitten.“

„Wann so?“, fragte Roy.

„Na kommste jejen achte, okay?“

„Super, mach ich. Falls der beknackte Brieskopf mir nich’ noch ’n Revier reindrückt.“

„Watt?“ Mauro riss wieder die Augen auf und machte sich gerade, reichte Roy aber trotzdem nur bis zur Nasenspitze. „Spinnt der Idiot völlig? Bist doch keen Glatter mehr?“

„Wenn der Knallfrosch Tagedrücken hat, isser unberechenbar. Und heute hat er UvD“, entgegnete Roy.

„So ein Fatzke“, seufzte Mauro, winkte zum Abschied und trollte sich mit einer Mischung von Hopsen und Laufen von dannen.

Roy widmete sich wieder dem Sitzeinbau. Er konnte sich noch gut erinnern, wie er das erste Mal Mauro in der Staffelunterkunft besucht hatte. Das war ein paar Monate, nachdem das Geschwader wieder komplett war, und die EK sich ausgetobt hatten. Da hingen tatsächlich private Fotos und Bilder an der Wand, und alles sah irgendwie wohnlich aus. Manche UaZ hatten Regale an der Wand mit ihren Büchern!

Nicht wie Roy in seinem Mini-Privatfach, wo sich die Bücher den Platz mit Salami und Edamer teilen mussten.

Und eine richtige Stereoanlage im Zimmer!

Mauro konnte Roys Erstaunen erst begreifen, als er mal auf Roys Bude war, misstrauisch beäugt von Brieskopf durch seine Erbtanten-Brille und durch die stahlblauen Augen des damaligen EK.

Roy klopfte und trat ein.

„Mensch Alter, komm rin. Hier, hör mal, mein absoluter Favorit zurzeit.“ Mauro drückte auf die Wiedergabetaste des Stern-Recorders, und eine vibrierende singende Gitarre setzte mit großem Orchester ein. Mauro lächelte selig. „Geil, oder?“

„Na ja, nich’ so mein Fall“, meinte Roy.

„Echt nich?“

Mauro schüttelte den Kopf. „Dit is doch absolute Sahne, oberaffenhammergeil.“

„Du weißt doch, dass ich nich’ so der Zappa-Fan bin“, entgegnete Roy.

Mauro hatte dafür kein Verständnis.

„Aber Zeppelin is’ geil, spiel doch mal was von denen.“

Mauro war wieder versöhnt. „Mach ick, für meenen Alten mach ick doch allet.“

Mauro wechselte die ORWO-Kassette und es begann „Stairway to Heaven“.

„Ah, der hat ’ne geile Stimme. Wie heißt der Sänger?“

„Robert Plant, kennste echt nich’? Dass du so watt nich’ kennst.“

Der ganze Körper von Mauro mit dem kurzen Hals und dem Igelschnitt drückte Verwunderung aus.

„Du weißt doch, ich komm vonne Klassik und vom Jazz. Mit Rock hatte ich bisher nicht so viel zu tun“, meinte Roy daraufhin. „Und vergiss nich’, du hattest ’ne große Schwester.“

„Stimmt“, erwiderte Maurice. Mit dieser Erklärung war die Welt für ihn wieder rund.

Die große Schwester wurde in der Familie allerdings ziemlich totgeschwiegen, da sie an Chaoten-Typen geriet, sich verschuldete, dem Alkohol zusprach und zwei Kinder von zwei verschiedenen Männern hatte, die beide nichts zahlten.

Im Gegensatz zu Mauro, der eine Beleuchter-Ausbildung am Deutschen Theater absolviert hatte, stand die acht Jahre ältere Schwester ohne Abschluss da und lag den Eltern auf der Tasche.

Umso merkwürdiger fand es Roy, dass der Vater von Mauro ihm gegenüber so streng war.

Mauro bewegte sich jetzt zu den Klängen von „Stairway to Heaven“ und spielte Luftgitarre.

Manchmal holte er auch eine seiner zwei Klampfen aus dem Schrank. Eine davon war sogar eine E-Gitarre, die sich aber mangels Verstärker nicht richtig spielen ließ, oder anders gesagt: Man konnte keinen Krach damit machen.

„... and she’s buying a stairway to heaven.“ Der Song war aus, auf dem ORWO-Band war nur noch Rauschen zu hören.

„So jetzt sag, welchet Wochenende woll’n wa losziehen in’ Franz.“ Mauro zappelte ungeduldig.

„Na, im Juni könnte es klappen. Drittes Wochenende."

„Jut, dann mach ick dit klar mit Micha und Körnchen." Maurice rieb sich die Hände vor Freude. „Und wir ziehen dann jeder mit 'ner süßen Kirsche ab?" Mauro lachte über seinen Witz, weil es noch nie mit dem Abschleppen geklappt hatte, wenn die beiden loszogen.

Roy lächelte, hob dann aber traurig die Schultern. „'n bisschen hoffe ich ja immer noch. Aber ich hab keen Bock, immer nur zu hoffen, und dann isse doch wieder mit 'nem anderen inner Kiste."

„Versteh ick. So Roy, ick hab morgen Flugdienst, muss früh raus. Wir bleiben in Kontakt."

Roy trottete zur KRS. Er musste nochmal an den bis dato einzigen Anstandsbesuch bei Maurice' Eltern denken. Die Mutter huschte wie ein Mäuschen hin und her und brachte Essen, während der autoritäre Vater wie auf einem Thron referierte und hingebungsvolles Zuhören erwartete. Aber Mauro rückte nicht mit der Sprache raus, was der Vater beruflich machte, so hartnäckig Roy auch bohrte.

XIII

Roy blinzelte in die Sonne und rekelte sich im Sand. Der Wind ließ die Härchen auf der Haut leicht vibrieren. Neben ihm kreischten Kinder, über ihm Möwen. Eine Kofferheule [91)] dudelte. Roy hatte sich vor der Spätschicht Ausgang genommen. Er lag mit einer zivilen Badehose (sic!) am Strand.

Wahnsinn, mal Mensch und Strandurlauber zu sein. Roy genoss die paar Wochen im Jahr, wo das möglich war, schwamm viel und las entspannt in der Sonne. Wenn er nicht so schüchtern gewesen wäre, hätten sich sogar ein paar Treffs mit Frauen ergeben können.

Aber wie immer ließ bereits der August den blätterraschelnden Herbst ahnen, der alles in lauerndes Purpurrot tauchte und den Menschentrubel vertrieb, damit der Winter wieder unangefochten über die Halbinsel herrschen konnte.

Wenn Brieskopf im Urlaub oder Ausgang war, holte sich Roy zuweilen den Plattenspieler des Aufenthaltsraumes ins Zimmer. In der MHO hatte sich Roy eine kleine Plattensammlung zugelegt. Zusätzlich lieh er sich in der Bibliothek ein paar Scheiben aus. Dann konnte Roy ungestört via externen Mono-Lautsprecher seine Platten hören, alles Amiga-Scheiben [92)] von DDR-Bands, selten mal eine Westlizenz-Scheibe.

Die Westscheiben rissen sich in der Mittagszeit meist die Hauptfelds unter den Nagel und verkloppten sie weiter für teures Geld. Alles nach der SKET-Devise: Sehen, kaufen, einlagern, tauschen.

Denn nichts wurde aufgrund der Mangelwirtschaft so aktiv

betrieben wie der Tauschhandel von Waren im Osten. Da bildeten die Batzen [93] keine Ausnahme.

„He Roy, kommste mit in die MHO?“ Kühnchen lugte ins Zimmer.

„Was will denn der Glatte hier“, bölkte Brieskopf los. „Jetzt treffen sich die Glatten schon auf meinem Zimmer! Haben die etwa Freizeit? Unerhört! Sind denn alle Reviere gemacht?“

Ohne ihn zu beachten, zog Roy seine Stiefel über, schnappte sich Koppel und Mütze und war schon mit Kühnchen auf dem Weg.

Kühnchen war der Einzige seines Diensthalbjahres, der regelmäßig Bücher kaufte und die auch las.

In der MHO gab es manchmal sogar regimekritische Bücher, praktisch immer „Bückware“.

Wahrscheinlich dachte die Partei- und Staatsführung, sollen die Bücher doch lieber die „ideologisch gefestigten Genossen“ lesen als die „asozialen Elemente“ vom Prenzlauer Berg, dem Stadtteil, der „längst nicht mehr eine Wohngegend, sondern eine Haltung“ [94] war. Denn so konnten die DDR-Oberen in ihren Statistiken immer darauf hinweisen, dass auch Bücher von Ilja Ehrenburg, Pablo Neruda oder Günther Grass erschienen, die dann bei den Offizieren zu Hause oder in der MHO einstaubten.

„Mann, hat der einen Schaden.“ Kühnchens Stimme meldete sich von der Seite. Er konnte nur mühsam mit Roy Schritt halten.

„Mit dem Brieskopf haste echt den Hauptgewinn gezogen.“

„Frag nich’. Der is’ die Inkarnation des Untertans, nach oben schleimen, nach unten treten. Arschkriecherei wird belohnt und gefördert.“

Kühnchen kuckte erschrocken aus seinen bergseeblauen Augen hinter der Brille. So grimmig hatte er Roy noch nicht erlebt.

Auf dem Weg zur MHO gab es wie immer die unvermeidlichen „Zwischeneinlagen“ mit irgendwelchen EK, die ihr Bandmaß zogen und „Tagesäcke“ brüllten.

Woher die das wussten? Es waren die Schulterstücke, die mit ihrer Glätte und dem Grad der Abnutzung davon kündeten. Und von den älteren Diensthalbjahren der KRS wurde streng darauf geachtet, dass die Schulterstücke bis zum Konter glatt blieben.

Wenn nicht, wurde man mit einem extra Revier abgestraft und die Schulterstücke mussten gebügelt werden.

Nur die EK und in abgeschwächter Weise die Vizes hatten das Privileg, Schulterstücke tragen zu dürfen, die ordentlich zerknautscht waren.

Roy blickte prüfend auf Kühnchen, ob er ihm trauen könnte, und fuhr fort. „Und alles mit SED-Parteibuch, abgesegnet von der Macht. Und dabei ist der Typ ’ne totale rechte Sau, faschistoid, judenfeindlich, fremdenfeindlich. Weeßte, was der manchmal raushaut?“ Roy blickte zu Kühnchen, der auf seinen kurzen Beinen keuchte, aber die MHO war noch ein Stück weg.

Roy tat so, als wenn er durch eine Wechselsprechanlage redete: „Oberstleutnant Brüllinski für Unteroffizier Brieskopf.“ „Hört.“ „Herr Oberstleutnant, es ist wieder so weit. Sie dürfen Ihr Braunhemd aus dem Schrank rausnehmen. Heil Hitler.“

Kühnchen schnappte nach Luft. „Mensch, den müssen wir melden, den Typen, das geht doch nicht, dass der so was sagt.“

Roy zuckte die Achseln. „Toleriert und aufgepäppelt im Apparat der NVA, verbandelt mit der SED. Wer weiß, wer den deckt ...“

Beide hatten jetzt die MHO erreicht.

XIV

Roy wurde vom 7er-Bus durchgeschüttelt. Er blickte über die Rieselfelder nach West-Berlin. Durch die offenen Scheiben wehte eine Brise vom Klassenfeind herüber, die nicht immer gut roch. Hier wurde die West-Berliner Scheiße verteilt, wofür die DDR viel Geld bekam. Und die Anwohner im Sommer Asthmaanfälle und Allergien.

Was da wohl heute Abend abgeht? Mal ins „SO 36“ gehen wäre toll. Aus dem Westradio kannte er die ganzen Clubs, aber eben nur vom Namen.

In Pankow war der Asphalt noch warm. Ein Hoch aus dem Osten hing über Berlin mit seiner Schwüle, das die Luft changieren und die Menschen in den Cafés und im Prater draußen sitzen ließ.

Roy lief Richtung Franz. Da stand auch schon Mauro und hüpfte und winkte.

„He, Alter, allet klar?“

„Alles klar auf der Andrea Doria“ [95).]

„Und, jetze jehts ans Abschleppen, wa?“ Mauro griente von einem Ohr zum anderen.

„Na schauen wir mal, ob wir reinkommen.“

Das war in der Tat oft ein Problem. Meist war die Schlange vor einem Club bereits so lang, dass nur wenige davon reinkamen. Und da funktionierte oft die Gesichtskontrolle.

Der Franz war deshalb so beliebt, weil die Betreiber die von „oben“ verlangte Mischung 60/40 geschickt austricksten. Sie spielten eher 5/95, also überwiegend Sachen aus dem Westen. Unter den

5 Prozent war meist Citys „Am Fenster“ in der Langfassung zu hören, weil die Leute dazu schön pogen konnten.

„So ihr beede mit dem Igel, eenmal mit, eenmal ohne Brille, ihr könnt noch rin!“

Puh, das war knapp. Mauro und Roy trugen einen Igel, um weniger in Ausgang und Urlaub als Armisten aufzufallen. So gingen sie als Studenten durch.

„So los, auf in den Kampf.“ Mauro lachte. „Mensch Alter, wir beede ma wieda hier inne Zitty, dit is’ et doch, wa?“

Roy nickte und schaute sich bereits nach Hinterteilen um.

Auf der Tanzfläche rekelten sich einige Frauen in lasziven Posen. Jede tanzte allein, selbstvergessen, mit geschlossenen Augen und folgte dem eigenen inneren Rhythmus.

„Mensch, kuck ma die.“ Maurice stieß Roy an. „Die Titten, Mann. Die könnt ick heute mitnehmen.“

„Is’ mit ihre Freundin da. Für dich würd ick mit der abziehen. Wollen wir die abklatschen?“

„Nee Alter, so watt mach ick doch nich’, weeßte doch. Locker zum Drink einladen is’ meene Devise.“

Roy schüttelte den Kopf.

Mauro war von der Abklatscherei nicht zu überzeugen, dabei war diese Methode die einfachste und effektivste seiner Meinung nach.

„Na los, dann lass uns rüber gehen und ’n Cola-Wodka trinken und an der Bar auf die Miezen lauern.“

„Jut, ick schmeiß erst ma’ ’ne Runde.“

Die beiden gafften noch ein wenig, verzogen sich aber bald in den Barraum, wo man weniger schreien musste, weil die Musik leiser war. Hier gab es auch kleine Vierer-Tische, an denen man sitzen konnte.

„Kiek ma', da sitzen se ja, setzen wa uns dazu, okay?"

„Du gehst voran."

Die weibliche Bedienung an der Bar hob nur das Kinn an. Sie gehörte zur Kategorie „unerreichbare Szenebraut" mit langen Haaren, wulstigen Lippen und großen mit Kajal betonten Augen. Das selbstgenähte und batikgefärbte knappe Kleid gab viel ihrer weiblichen Formen preis.

„Zwee Cola-Wodka bitte."

„Macht sechs Mark."

„Danke." Mauro gab kein Trinkgeld. Die Bedienung prustete verächtlich mit ihren Lippen und rückte ihr Stirnband zurecht.

„Keen Trinkgeld?"

„Nö, zu so 'ne Zicke jeb ick nüscht."

Roy zuckte die Schultern.

„So komm." Mauro stolperte los.

„Na Ladys, is' hier noch watt frei?"

„Wenn de uns watt spendierst, Süßa, wir sitzen jerade uff 'n Trockenen."

„Aber klar doch. Jehst du?" Mauro blickte Roy an, der nickte, sein Glas abstellte und gleich wieder Richtung Bar lief.

„So, die Runde is erst ma für euch, Ladys." Mauro schob die Drinks rüber. Die beiden Mädels stießen an und nippten an dem Cola-Wodka.

Roy war inzwischen an der Bar angekommen. „Nochmal zwei Cola-Wodka bitte."

„Macht sechs Mark."

„Mach sieben." Roy gab immer Trinkgeld. Die Bedienung

lächelte diesmal süßsauer.

„Danke für ’t Trinkgeld. Bist wohl nich’ so knickrig wie dein Kumpel.“

Roy schüttelte den Kopf und versuchte zu lächeln. „Bei so ’ner schönen Frau sollte man großzügig sein.“

Die Barnixe strahlte jetzt. „Na dann, bis denne.“

„Ja.“ Roy schlenderte mit den beiden Getränken zum Tisch.

„Det is meen Freund Roy. Roy, dit is’ Susanne und dit is’ Grit. Sind beede aus O-burg hier.“

Ach, deshalb haben se zusammen getanzt. Machten die Berliner Miezen nie. Roy musste kurz an seine Musterung in Oranienburg denken. Damals hatte der ganze Mist angefangen.

„Hey.“ Und er gab beiden die Hand.

„Susanne will bald nach Berlin ziehen, um ’ne Ausbildung zum Außenhandelskaufmann zu machen. Und Grit is’ Krankenschwester.“

„Und watt machst du?“ Grit sah Roy aus gletscherblauen Augen unter ihrer grün-orangenen New-Romantics-Frisur [96)] an. Der blickte hilfesuchend zu Mauro. Sie hatten sich noch nicht abgesprochen, was sie sein sollten.

„Roy macht jerade ’n Pflegepraktikum im Krankenhaus. Will später Medizin studieren. Und ick bin Beleuchter beim Theater.“

„Kannste ooch selbst sprechen?“ Grit grinste spöttisch zu Roy.

„Kann ich.“

„Ah, Beleuchter. Wo denn?“, meldete sich Susanne und fuhr mit der Hand durch ihre Mähne.

„Am Deutschen.“

„Wie am Deutschen?“

„Am Deutschen Theater in Berlin.“

„Ach so. Weeß ick doch nich'. Kriste da ooch Freikarten?"

„Nee, leida nich. Kann aba imma uff die Verfolgerplätze sitzen, meistens jedenfalls."

„Verfolgerplätze?" Susanne runzelte die Stirn und beugte sich mit ihrem knochigen Oberkörper vor.

Scheiße, bei der hol ick mir nur Beulen. Roy griff zum Glas.

„Die heißen so, weil man mit die Lampen die Schauspieler uff de Bühne verfolgen kann."

„Aha." Susanne schlug ihre knochigen Schenkel übereinander und kippte ihren Cola-Wodka hinter. „So, Nachschub erwünscht die Herren."

„Hast ja 'nen ganz schönen Zug. Muss man das im Außenhandel beherrschen?" Roy konnte ziemlich zynisch werden.

„Nu öff nich' rum, Klugscheißer, hol lieba Nachschub." Susanne blitzte Roy aus senfgrünen Augen an.

Der sah zu Mauro rüber.

„Na komm Alter, wir wollen doch unsere Ladys verwöhnen." Und er blickte gierig auf Grits wogenden Busen, der die Nähte der Bluse beim Einatmen zum Knirschen brachte.

Roy trabte mit den leeren Gläsern zur Bar. Rot und Blau geht Kaspers Frau, und schaute kurz auf Grits pralle Schenkel in roten Stoffhosen aus der „Jugendmode". Maurice hatte mal wieder die bessere Wahl getroffen.

„Diesmal vier Cola-Wodka bitte."

Die Barmaid sang völlig hingebungsvoll Ulla Meineckes „Schlendern ist Luxus" mit und hatte kein Auge für Roy.

Wortlos nahm sie die Bestellung auf und summte weiter den Text mit. Roy legte der Maid 15 Ostmark auf den Tresen und verzog sich mit den Getränken. Ebenso wortlos stellte er die Getränke ab. Er war schon etwas genervt von den Tussen.

„Mensch Alter, watt machste denn für ’n Jesicht! Wir beede hier mit so zauberhaften Miezen.“ Und er umfasste Grit von hinten und versuchte sie an sich zu ziehen, da sie neben ihm saß.

„Nüscht, Hände weg. Nich’ antouchen!“

„Wieso denn nich’?“ Mauro blickte mit seinen rehbraunen Augen zu Grit.

„Weil ick det nich’ will und weil ick ’nen Freund hab.“

„Find ich ja super, dass ihr uns hier ausnehmt“, knurrte Roy.

„Watt denn, watt denn, watt denn, wir werden doch wohl unsern Spaß haben dürfen“, ließ sich Susanne vernehmen. „Du bist ja eh die totale Spaßbremse.“

„Fick dich Tusse. Aber nich’ auf unsere Kosten.“ Roy trank seinen Cola-Wodka aus und sprang auf.

„Fick dich selbst, du arroganter Heini. Bild dir bloß nüscht ein mit dein Studium“, konterte Susanne.

„Verpisst euch doch gleich alle beede“, zeterte Grit los.

Mauro und Roy trabten Richtung Ausgang.

Vorher warf Roy nochmal einen sehnsuchtsvollen Blick auf das Barmädchen.

Es lief gerade „Cocain“.

„War ja wieder ’n voller Erfolg, wa Alter?“

„Scheiß drauf, zwei Blumen weniger aufm Kornfeld!“

„Du bist ja hart druff.“ Mauro blickte prüfend zu Roy.

„Uns bleibt doch nur die Ironie als Schwester der Tapferkeit.“

„Von wem is ’n ditte?“ Maurice blickte fragend.

„Is' von mir. Scheiße Mann, manchmal hab ich einfach so 'n Frust, da könnt ick schreien, da würde das Echo dreimal um die Erdkugel donnern. Hatte einfach mal gehofft zu ficken." Roy schluckte schwer und dachte wieder an die unendlich langen Tage und Wochen, die vor ihm lagen.

„Ick doch ooch. Aba wir stellen uns einfach zu doof an. Wolln wa noch irjendwohin?"

„Wie spät isset?"

„Einse durch."

„Nee, ich will halb zwei den Bus kriegen. Machs gut Alter."

„Machs jut."

Die beiden drückten sich.

Roy saß frustriert im 7er-Bus, der heimwärts tuckerte.

„Na mein Sohn, den Kampfauftrag wohl heute nicht erfüllt?"

Mauro schüttelte den Kopf.

„Komm, wir trösten uns 'n bisschen." Mauros Vater nahm eine Flasche Chantré aus dem Glasschrank und schenkte zwei Gläser voll.

Prösterchen."

„Prost, Vadder."

„Du, dem Roy, kannste dem nich'n bisken uff 'n Zahn fühlen, watt der so denkt und so?" Mauros Vater schaute Witterung aufnehmend in Richtung seines Sohns.

„Nee, Vadder lass ma'. Ick mach so watt nich'. Und schon jar nich' bei Roy. Der is' meen Freund."

„Na und? Watt bedeutet Freundschaft denn schon, wenn's hart uff hart kommt. Der Klassenfeind nimmt darauf keene Rücksicht."

„Nee. Ick jeh int Bette."

„Überleg's dir. Macht sich bestimmt jut in deine Kaderakte später mal. Könnte drin stehen: Dank seines hervorragenden Klassenstandpunktes gelang es Genossen Justus, ein revisionistisches Element aufzuspüren und dingfest zu machen."

Mauro schüttelte den Kopf.

„Überleg's dir, aber nicht zu lange. Sonst wirds nüscht mit dem Studienplatz in Berlin! Vagiss dit nich!" Mauros Vater fixierte seinen Sohn.

„Ick überleg's mir, okay? Und damit Ende, Nacht." Mauro verzog sich in sein Zimmer.

Der alte Justus schenkte sich nochmals ein und blickte mit wachsamen Augen in die von Bogenlaternen spärlich beleuchtete Straße, wo sich am Ende der Mont Klamott schemenhaft abzeichnete.

Verärgert kippte er den Chantré hinunter. Wieder würde er Wodanski vertrösten müssen.

XV

Die ersten Flocken fielen dieses Jahr bereits Mitte November. Noch spielte der Wind zaghaft mit ihnen, und sie bildeten noch nicht die dichte weiß-grau-schlierige Masse, die der Halbinsel den Atem nahm. Aber je mehr das Jahr sich dem Ende neigte, umso mehr Schnee trieb der Wind vor sich her und umso mehr türmten sich Berge davon auf.

Roy betete morgens in stiller Dankbarkeit, wenn er die Schneemassen sah. Als Vize musste er sie nun endlich nicht mehr wegräumen.

Draußen auf dem Flugplatz sah es leider völlig anders aus.

Brieskopf war nun der E, und den weiblichen UaZ wollte die Armeeführung das Wegräumen der Schneeberge nicht zumuten, da sie weitere Abbrüche befürchtete.

So stand Roy in einem Meer von Glatten und pickte wie schon den Winter zuvor im Akkord Eis.

Brüllinski hatte ihn diesen Winter sogar noch mehr auf dem Kieker. Er tauchte wie immer scheinbar aus dem Nichts auf und brüllte: „Mensch Müller, machen Se schneller, schlafen Se nich' ein! Sonst bring ich Sie in' Knast!"

Roy zitterte. Er fixierte Brüllinski kurz und pickte wie eine Eishack-Maschine. Dabei versuchte er, nicht an seine Handgelenke zu denken. Es war ein Alptraum. Mit dem Knast bei der Fahne war nicht zu spaßen. Die Zeit musste nachgedient werden. Und der „Sibirische Winter" der KRS, den Roy mit dem Männlein im Klo erlebt hatte, sollte wie ein Sonntagsspaziergang sein im Vergleich zu dem im

Armee-Knast.

Roy zitterte am ganzen Körper, obwohl er warm eingepackt war. Er konnte nicht abschätzen, wie leicht es für Brüllinski war, ihn in den Knast zu stecken.

Die beklopptesten EK hatten Roy gepeinigt und ihm seine Freizeit geraubt.

Aber Brüllinski konnte über ihn verfügen, wie er wollte.

Roy wurde zum gejagten Hund. Er rannte fast, wenn er irgendwelche Wege zurücklegte, aus nackter Angst und um zu vermeiden, dass Brüllinski von irgendwo aufkreuzte und brüllend mit Knast drohte.

Und dieser Winter türmte Schneewehe auf Schneewehe; immer wieder mussten Flugzeuge freigeschippt, Eisflächen freigepickt oder Wege geräumt werden.

Brüllinski blickte mit zusammengezogenen Augenbrauen durchs Schneegestöber. Diesen Müller mach ich diesen Winter fertig. Den werd ich brechen, an dem statuier ich ein Exempel. Darüber werden noch Generationen von Uschis reden.

Er seufzte tief. Der Dackel war eingeschläfert worden, und er brauchte ein Subjekt, was er leiden sehen und an dem er sich abreagieren konnte. Grimmig rieb Brüllinski sich die Hände. Seine kotbraunen Augen blitzten entschlossen. Er streckte sich auf seine mit Schuhen knapp eins siebzig.

„Stabsfähnrich Kruthkopp, zu mir!“

Kruthkopp betrat, wie immer ohne Männchen zu machen, das Büro von Brüllinski, auch wenn sechs Dienstgrade zwischen ihnen lagen. Und er setzte sich auch immer ungefragt.

Brüllinski schäumte innerlich, sagte aber nichts. „Der Urlaub von diesem Müller ist gestrichen. Der arbeitet einfach zu lahmarschig."

„Genosse Brüllinski, der Müller ist mein bester Mann. Auf den kann ich mich hundertfünfzigprozentig verlassen, auch an den Wochenenden. Brieskopf kann da auch schon mal besoffen sein, der Müller nie, immer einsatzbereit."

Brüllinski wischte die Argumente weg. „Unsinn, Brieskopf ist doch der E, der muss doch der Beste sein, das war immer so und wird immer so bleiben."

Kruthkopp schüttelte den Kopf. „Aber der Müller ist zehnmal schlauer und pfiffiger als der Brieskopf. Wo der anfängt zu denken, fängt der Müller schon an zu arbeiten."

Brüllinski wurde wütend. „Sprechen Sie nicht in diesem Ton über den Genossen Brieskopf. Es kann ja wohl nicht sein, dass Sie diesen hergelaufenen Intelligenzler über unseren verdienstvollen Parteigenossen stellen? Wenn Sie was zu kritisieren haben an dem Genossen Brieskopf, können Sie das gern in der nächsten Parteiversammlung tun. Dann rechnen Sie aber damit, dass ich mich voll und ganz hinter den Genossen Brieskopf stellen werde." Brüllinski hob drohend seine Brauen und stierte Kruthkopp an.

Der senkte seine Zanderaugen. „Hab ich verstanden, Genosse Brüllinski", und verließ das Dienstzimmer.

Roy war kurz zum Aufwärmen im Truppraum, als der Stabsfähnrich reinkam.

„Ihr Urlaub ist gestrichen worden, vom Alten persönlich. Der ist jetzt wirklich völlig verrückt geworden!"

„Waaas?" Roy schnappte nach Luft.

Kruthkopp wischte mit der Hand durch die Luft, fluchte und ging zum Hauptmann Lachmann in die Werkstatt, um gemeinsam eine zu rauchen.

Hauptmann Lachmann hielt ihm schon eine Packung Pall Mall [97)] hin.

„Mmh, wo haste die denn her?“

„Du siehst so aus, als wenn du heute mal was Besseres verdient hättest.“ Lachmann grinste gütig.

„Ach Mensch, du bist echt ’n feiner Kerl.“ Kruthkopp haute Lachmann auf den Rücken, dass dieser beinah die Zigarette verschluckte, und wischte sich vor Rührung eine Träne aus dem Auge. Wenn mal meine Alte auch so nett wäre wie der Junge hier. „Ick könnte mal wieder einen wegstecken. Meine Alte wird immer zickiger. Es müsste hier ein Puff geben für die Armee.“ Kruthkopp rieb sich die Eier. „Du hast ja das große Los gezogen mit deiner Käthe.“ Kruthkopp schaute ein wenig neidisch zu Lachmann, der die Schultern hob.

Lachmanns Frau war Lehrerin und daher in diesen Militärkomplex nicht involviert.

„Nächstes Frühjahr werden wir weggehen.“

Kruthkopp stand wie vom Donner gerührt. „Watt? Und wohin?“

„Wir ziehen nach Rostock, ich werde auch ausscheiden, zwar vorfristig, hab aber 15 Jahre rum. Werd’ noch mal studieren, Maschinenbau. Vielleicht kriege ich was angerechnet. Meine Frau findet ja überall Arbeit.“

Kruthkopp schaltete kurz auf Kiemenatmung um, die Zanderaugen rotierten in den Augenhöhlen. „Datt nenn ick maol ’ne Überraschung.“

„Aber behalt’s erstmal für dich.“ Lachmann lächelte.

„Ihr macht datt richtig. Hinschmeißen den janzen Schiet und

abhauen.“ Kruthkopp inhalierte tief.

Wahrscheinlich würde es dieses Jahr wieder nichts mit der Beförderung werden, dazu müsste er Brüllinski mehr in den Arsch kriechen. Aber das kam nicht in Frage. Kruthkopp mochte Roy einfach und hatte einen Heidenrespekt vor ihm. Der Junge hatte Abitur, er nur acht Klassen. Und wie der das durchhielt mit der ganzen Schikane von dem Brüllinski, diesem Irren. Ein toller Mechaniker war er auch. Und noch sportlich!

Roy kaute auf seinem Salamibrötchen herum. Sechs Wochen war er jetzt bereits ohne Urlaub, und er sollte weiter kaserniert bleiben. Dieser verfluchte Schinder. Er schaute aus dem Fenster des Truppraumes.

Sein Herz meldete sich wieder. Damals in Bad Düben hatte es zuerst Probleme gemacht, und jetzt wieder. Er spürte, wie es zuckte und gegen die Zustände ankämpfte.

Die Schneemassen schienen kein Ende zu nehmen, überall türmten sich die Schneegebirge, und die Nacht warf immer wieder neue Schneeschauer herunter.

Gegen Morgen glaubte er sich verhört zu haben, als der GUvD aus Brieskopfs Jahrgang ihn weckte. Was, er, Schneeschippen? Hatte der sich im Zimmer geirrt?

Als Roy die Uhr beim UvD-Kabuff sah, glaubte er, ihn treffe der Schlag! Erst 4:30 Uhr! Draußen schippten schon die Glatten, die Löffel, die Konter, und seine Handvoll Vize-Kumpel kamen gerade schlaftrunken dazu. Es hatte einen Schneesturm gegeben, und die Baracken waren teilweise verweht vom Schnee.

Roy knirschte mit den Zähnen: Durchhalten, Durchhalten, Durchhalten. Alles war sturmwolkengrau auf unendlich lange Sicht, und es hieß nicht melancholisch werden, sich behaupten, sich nicht aufgeben, an sich selbst glauben.

Bis gegen acht Uhr ging die Plackerei, die Abfahrt verzögerte sich dadurch. Heute Abend würde er in dem leerstehenden Zimmer, das er sich mit Kühnchen zum Gitarre-Spielen teilte, die Finger an den Saiten blutig schlagen und seinen Blues herausheulen über den kalten KRS-Flur. Oder sich bei Maurice ausweinen.

Roy verstand immer besser Hölderlin, als der über die Deutschen schrieb:

„So kam ich unter die Deutschen. ... Barbaren von alters her, durch Fleiß und Wissenschaft und selbst durch Religion barbarischer geworden, tiefunfähig jedes göttlichen Gefühls, ... dumpf und harmonielos ... ich kann kein Volk mir denken, das zerrißner wäre, wie die Deutschen. Handwerker siehst du, aber keine Menschen, Denker, aber keine Menschen, Priester, aber keine Menschen, Herrn und Knechte, Jungen und gesetzte Leute, aber keine Menschen. ... Es ist auch herzzerreißend, wenn man eure Dichter, eure Künstler sieht, und alle, die den Genius noch achten, die das Schöne lieben und es pflegen. Die Guten! Sie leben in der Welt, wie Fremdlinge im eigenen Hause ...“ [98)]

„He Alter.“

„Mensch, Alter komm rin.“ Mauro sprang auf und umarmte Roy. „Na klappt dit denn mit unserem Urlaub. Wir wollten doch wieder in’ Franz. Haben doch noch watt jut zu machen.“ Und Mauro wackelte bedeutungsvoll mit dem Kopf und grinste.

„Nee, Urlaub gestrichen von Brüllinski."

„Watt, kann der doch nich' machen?" Mauro konnte es nicht glauben. „So ein verdammter Idiot. Ach Mensch Roy, dit tut mir aber leid. Dann jehen wa eben dit nächste Mal in' Franz zusammen, wa?" Und er klopfte Roy aufmunternd auf die Schulter.

„Los, schieb mal 'n geiles Tape rin."

„Led Zep?"

„Haste auch was von Hendrix?"

„Hab ick, hab ick, Kernchen hat wieder mitgeschnitten, ‚Electric Ladyland', ham se letztens im RIAS jebracht. Uff dem Cover sollen nur Titten zu sehen sein."

„Echt?" Roy wurde traurig, weil er an Katrins knackige Zwillinge denken musste, die jetzt Hagen betatschte.

„Und mit deine Kleene is' richtig aus jetze", fragte Mauro, als könnte er Gedanken raten.

„Die fickt jetzt mit Hagen, falls der nicht schon wieder 'ne andere am Start hat."

„Ach, woher kennen die beeden sich?"

„Aus'm Franz. Der Hagen war inne KRS in Neubrandenburg, is' aber schon entlassen."

„Oh, dit is' ja doppelt bitter." Mauro schüttelte den Kopf.

Der smarte Hagen. Hatte Katrin einfach aus Roys Leben gerissen. Dabei war der sicher nicht zu einer dauerhaften Beziehung fähig.

„Eh Alter, wie findste denn Hendrix?" Mauro riss Roy aus seinen Gedanken.

„Superklasse, den hätt' ich auch gern überspielt."

„Ma kiecken, wie wa dit hinkriejen. Aber dit sollte zu machen sein. Hab ick dir ma' erzählt, dass der Brüllinski ooch ma' Micha vollbrüllte?

Und der hat ihm tatsächlich Paroli jejeben, stell dir dit ma' vor."

Roy schaute ungläubig. Micha war inzwischen auch zu Hause.

„Der Brüllinski muss 'nen totalen Tobsuchtsanfall bekommen haben. Hinterher hat er sich bei Michas Kommandeur beschwert. Der hat nur jelacht." Mauro griente.

Roy konnte es nicht fassen. „Schade, dass der keinen Schlaganfall davon bekommen hat."

Aber so verschieden waren die Welten auch innerhalb der NVA.

„So mein Alter, ich muss zurück. Is' ja bald Nachtruhe."

Mauro und Roy umarmten sich zum Abschied.

Roy warf sich die dicke Ein-Strich-kein-Strich Winteruniformjacke über, dazu Tschapka und Koppel, und stapfte zwischen den Schneebergen hindurch zur KRS-Baracke.

Brieskopf hatte UvD und lief zu großer Form auf.

Roy sah noch fast alle Glatten irgendwelche Reviere machen.

Seit November hatte sich Brieskopf zum Wortführer der EK emporgebrüllt mit seiner Bölkstimme und seinen zotigen Bemerkungen. Mit dem Hauptfeld auf Du und Du genoss er uneingeschränkte Macht. Brieskopf hatte eine „Schneidigkeit" entwickelt, die nicht mehr viel von der eines Sturmbannführers entfernt war.

Mit dem Fliegeremblem der NVA, das dem der Luftwaffe des Dritten Reiches verblüffend ähnlich war, den durchgebogenen Schirmmützen und den nahezu identischen Schnitten der Uniformen präsentierte sich die „Armee des Volkes" hinter verschlossenen Türen als Auferstehung der Wehrmacht.

„Ich will in Urlaub, da machste Donnerstag die Bude, he.“ Brieskopf kam ganz nah an Roy heran.

Roy roch eine leichte Alkoholfahne.

„Heh.“

„Alles klar Herr Kommissar.“ Roy war dazu übergegangen, gegenüber Brieskopf nur noch dumme Kalauer-Sprüche zu verwenden. Er setzte sich Richtung Zimmer in Bewegung.

Diese Nacht würde er wohl wieder gegen zwei Uhr geweckt werden, wenn Brieskopf sich schlafen legte in seinem Dienst. Er konnte einfach nicht leise sein. Immerhin waren sie nur zu zweit auf dem Zimmer, wenn die Betten nicht mit Reservisten belegt waren.

Roy lag wach in seinem Bett. Morgen wieder ein Amoklauf mit Brüllinski. Kein Urlaub in Sicht. Irgendwie sich behaupten und durchschlagen. An die Zukunft glauben. Ohne Katrin. Was alles noch trübsinniger machte.

In diesen Momenten grollte das Fernweh heiser und düster wie eine aufsteigende MIG, aber ohne ihn in den Himmel zu entführen.

XVI

Der Morgen über Ost-Berlin zentrifugierte das Stahlgrau der Häuser mit dem Phantomschwarz des Schnees, der auf den Straßen und Wegen zu einer pappigen Masse schmolz und sich vor den Gullys staute.

Katrin saß in ihrem Stammcafé auf der Schönhauser Allee und sah aus dem Fenster. Die erste U-Bahn bullerte die Hochbahn entlang. Ein paar wankende Gestalten versuchten bis zum Sonnenaufgang zu Hause zu sein. Die Gaslaternen spendeten zwischendurch Halt. Für die Müllabfuhr war es noch zu früh.

Katrin rauchte und trank. Das tat sie schon die ganzen langen letzten Nächte hindurch. Der Schichtdienst hatte ihren Schlaf-Wach-Rhythmus zerstört. Aber das war nicht der einzige Grund.

Katrin schlief am besten mit einem Mann ein, und am liebsten nach dem Sex. Es konnte auch ein Quickie sein, sie war da nicht wählerisch. Aber es war gerade keiner da, an den sie sich nach einem Fick ankuscheln konnte. Nicht dass sie keinen gefunden hätte. Aber sie wollte mit dem wahllosen Abgeschleppe und Herumgeficke aufhören. Sie suchte Halt.

Und der, von dem sie sich diesen erhofft hatte, war weg, schneller als erwartet, Hagen. Hätte sie sich denken können. Ein Schönling eben, der nur seine Eroberungen zählte. Sie passte sowieso nicht in Hagens Beuteschema. Der stand nur auf Tussen. Und sie war keine. Hatte es zwar versucht mit Nagellack, Barbra Streisand und so, aber das war nicht sie.

Und der sie wirklich liebte, Roy, den hatte sie auch noch mit diesem Schönling betrogen. Sie hasste sich dafür. Wie es ihm wohl ging? Der Winter soll ja einer der übelsten der letzten dreißig Jahre gewesen sein.

Katrin sah dem Rauch nach. Sie war der letzte Kunde. Der Barkeeper stellte schon die Stühle hoch.

„Kannst ooch zu mir mitkommen."

„Nee, lass ma, bin groß genug."

„Willste noch Autofahren?" Der Barkeeper rollte die Augen. „Mensch, du hast doch mindestens een Promille intus. Lass dir bloß nich' von die Bullen erwischen."

Katrin feixte. „Dit lass ma' meene Sorje sein." Katrin wollte aufstehen, um zu zahlen, da merkte sie, wie die Welt sich um sie drehte. Zu Hause im Bett war das immer das Schönste am Besoffensein, wie fliegen. Sofern sie den richtigen Zeitpunkt zum Aufhören erwischte und nicht kotzen musste.

„Mensch, pass bloß uff, ick bring dir ooch nach Hause ohne Hinterjedanken, versprochen." Der Barkeeper schaute jetzt wirklich besorgt.

Katrin glaubte seit ihrer Vergewaltigung keinem Mann mehr.

„Nee, ick fahre. Watt muss ick zahlen?"

„Lass ma, jeht uffs Haus."

„Dann jeh ick jetze." Katrin taumelte zur Tür. Sie glich jetzt einer der Gestalten, die sie vorhin durch das Fenster des Cafés beobachtet hatte, immer die nächste Gaslaterne im Visier.

Mühsam fand sie den Trabbi. Hoffentlich springt die olle Rennpappe an, dachte sie, als sie am Zündschloss drehte und den Choke gezogen hatte.

Mit dem unnachahmlichen und von keinem anderen Motor der Welt erreichten Geräuschpegel sprang der kleine 26-PS-Motor an.

Der Trabant 601 war ein Geschenk ihres Vaters zur bestandenen Schwesternprüfung. Die Familie hatte zusammengelegt.

Und der Cousin Katrins gab einen nicht unerheblichen Teil dazu, ebenso Wodanski, der zusätzlich seine „Beziehungen“ spielen ließ.

Katrins Mutter war so empört über diese „Schweigegeld“-Lösung nach der vertuschten Vergewaltigung ihrer Tochter, dass sie sich scheiden ließ und einen Ausreiseantrag stellte.

Daran dachte Katrin jetzt nicht, sondern sie versuchte, sich aufs Ausparken zu konzentrieren. Autsch, das knirschte bedrohlich. Sie war hinten auf einen anderen Trabbi aufgefahren. Hektisch gab sie Gas und schoss mit voller Wucht aus der Parklücke, ohne in den Seitenspiegel oder den toten Winkel zu schauen.

Ein schwarzer Wolga [99)] bremste scharf und wechselte abrupt die Spur, laut hupend. Der Wagen kam ganz schön ins Schlingern, der Fahrer konnte aber das Fahrzeug wieder unter Kontrolle bringen.

Katrin versuchte wach zu bleiben. Die Vorderscheibe fror immer wieder zu. Sie wischte mit einem Lappen herum, was die Sicht nicht unbedingt verbesserte.

„Verfluchte Ostpappe, dit is’ keen Auto, dit is’ een Fluchtkoffer“, grummelte sie vor sich hin. Sie trat mit voller Wucht auf die Bremse. Scheiße, war ja schon Rot. Der Trabbi rutschte zur Seite auf die Mittelspur und stand etwas quer. Katrin gab Zwischengas, damit der Motor nicht verröchelte.

Sie beschleunigte bei Grün, blinkte und zog von der Mittelspur scharf nach rechts. Katrin warf einen schnellen Blick nach hinten, übersah dabei den ohne Licht kommenden Fahrradfahrer.

Der hatte wohl nicht erwartet, dass der Trabbi so schnell die Spur wechselte und dann auch noch die Kurve nahm. Mit voller Wucht prallte er auf die Beifahrertür auf, das Fahrrad überschlug sich und der Fahrer knallte mit dem Kopf an einen Laternenpfahl.

Katrin bremste. Sie war totenbleich und konnte keinen klaren Gedanken fassen. „O Gott, watt mach ick' jetze?“ Katrin wimmerte. Sie machte den Rechtsblinker an, zog die Handbremse und stieg aus dem Auto aus.

Die kalte Luft ließ sie erneut taumeln. Sie lief zu dem Fahrradfahrer. Ein dünnes Rinnsal lief aus dessen Nasenlöchern.

Katrin wurde panisch. Sie versuchte an der Halsschlagader den Puls zu fühlen, fand aber nichts. „Komm, nich' sterben“, bettelte sie.

Auf einmal kam mit lauter Sirene ein Barkas angerauscht, stoppte und hielt. Der Volkspolizist grüßte kurz und schnauzte:

„Fahrzeugpapiere und Fahrerlaubnis.“

Katrin taumelte zum Auto. Mühsam fand sie die Sachen:

„Und stellen Se mal den Motor ab.“

Katrin lief zurück, um den Trabbi auszumachen. Sie reichte mit zitternden Händen dem Volkspolizisten die Papiere.

„Gut, soweit in Ordnung. Was ist mit dem Mann da? Er zeigte auf den Fahrradfahrer.“

„Der braucht dringend 'nen Krankenwagen“, stotterte Katrin.

Der Volkspolizist lief zum Barkas und orderte über Funk eine SMH [100)]. Mit gemächlichen Schritten kam er auf Katrin zu. „Ham Se den nich jesehn?“

„Hatte keen Licht an. Hab vorher nach rechts hinten jekieckt.“ Katrin zitterte wie im Fieber.

„Sagen Se mal Bürgerin, haben Sie Alkohol getrunken?“

„Nur uff de Brigadefeier eenmal anjestoßen“, log Katrin.

„Komm' Se ma' mit zum Pusten in 'n Barkas.“

Katrin folgte dem Vopo-Mann [101)]. Er hielt ihr das Röhrchen hin. Katrin pustete und gab es zurück.

„Mein lieber Scholli, 1,2 Promille [102)]. Da muss ick Sie mit uff die Dienststelle mitnehmen. Vorschrift is' Vorschrift."

„Ick mach ooch allet, und wenn ick sage allet, mein ick ooch allet, ick meene als Frau, wenn Se mich jetzt jehn lassen, bitte."

„Meinen Sie, ich lasse mich bestechen? Was erlauben Sie sich, Bürgerin?" Der Vopo-Mann schüttelte entrüstet den Kopf.

Inzwischen war die SMH eingetroffen, ein Notarzt hatte den Fahrradfahrer intubiert und ihm einen Zugang gelegt. Mit heulender Sirene stob die SMH davon.

„So Bürgerin, ick werde mal Ihren Trabbi einparken, und dann kommen Se mit."

Katrin steckte sich eine Zigarette an, um sich etwas zu beruhigen.

Der Vopo-Mann parkte den Trabbi ein und übergab die Schlüssel an Katrin. „So Bürgerin, Zigarette aus, einsteigen!"

Katrin warf die Zigarette in den Schneematsch und stieg durch die Seitentür in die grüne Minna [103)].

Der Vopo-Mann zog die Tür von außen zu und schloss ab. Er setzte sich ans Steuer und fuhr Richtung Dienststelle. Die Minna fuhr direkt auf den Hof. Das Tor wurde verriegelt. Tore knallten, Stiefel und Absätze klapperten. Ein Stiefelpaar näherte sich dem Barkas. Der Schlüssel drehte sich im Schloss, die Tür wurde aufgezogen.

„So, dann komm Se mal, junge Frau." Ein anderer Vopo-Mann hatte offenbar übernommen. Dieser wirkte weniger diensteifrig und jovialer im Umgangston.

„Kaffee? Milch, Zucker?"

„Komplett. Sie wissen, doch, Zucker sparen? Grundverkehrt! Der

Körper braucht ihn. Zucker nährt!“ [104] Katrin grinste.

„Jenau, is’ ooch meine Devise.“ Der Mann musste ebenfalls grinsen, wurde aber sofort wieder ernst. „So, bitte schön. Mensch mein Kind, da haben Se sich ’ne schöne Scheiße einjebrockt.“ Der Mann schüttelte den Kopf.

Katrin trank schluchzend ihren Kaffee.

„Jetzt können wir beede bloß beten, dass der Fahrradfahrer wieder uffwacht. Sonst sieht dit böse aus.“

„Knast?“, fragte ängstlich Katrin.

„Alkoholdelikt mit Todesfolge, kann schon mal Knast werden. Hängt vom Richter ab. Vorbestraft sind Se ja nich, oder?“

Katrin schüttelte den Kopf. „Aber der Kaffee is richtig jut, besser als bei mir uff Station.“

„Sind Se Krankenschwester?“

Katrin nickte.

„Mensch Meechen, dit hättste doch merken müssen, dass de keen Auto lenken darfst mehr mit die Promille drinne.“

Katrin weinte.

Das Telefon klingelte.

„Ja verstehe, danke.“ Der Mann blickte ernst.

Katrin fing an zu zittern.

„Sie haben versucht, dit Hämatom auszuräumen, war sogar inne Charité. Is’ aber vor ’ner halben Stunde verstorben.“

Katrin wurde ohnmächtig und kippte zur Seite weg.

„Mensch Meechen.“ Der Mann sprang auf und brachte Katrin in stabile Seitenlage.

Nach einigen Minuten schlug sie die Augen auf. „Wo bin ick? Sie blickte um sich, sah den Mann vor ihr knien. „Watt machen Sie mit mir?“, schrie Katrin und schlug um sich. Mühsam rappelte sie sich hoch und beruhigte sich erst, als Pullover und Hose an ihrem Platz waren.

Der Mann schaute betroffen. „Sie sind kollabiert. Da hab ick Sie inne stabile Seitenlage jebracht. Watt haben Sie denn erlebt, dass Se sich so erschrocken haben vor mir?“

„Ne Verjewaltijung mit 15“, entgegnete Katrin knapp.

„Ach Mensch Meechen, dit tut mir aber leid. Wurde der Schinder jefasst?“

„Nich’ nötig, is’ Familie.“

„Watt?“ Der Mann blickte entgeistert und musste husten.

„War meen Cousin.“

„Den soll doch der Leibhaftige holen“, fluchte der Volkspolizist bitter.

„Zigarette?“

„Danke, gern.“ Gierig sog Katrin an der Juwel 72.

„Rauch ick sonst nich’, sind aba besser als ihr Ruf.“ Katrin lächelte.

„Meine Marke seit 25 Jahren.“ Der Mann lächelte zurück.

„So, watt mach ick jetze mit Ihnen?“

„Können Se mich nich’ einfach jehen lassen“, flehte Katrin.

„Dit jeht leider nich’ Meechen, zu viel Papierkram bis dato ausjefüllt. Kann ick ja nich’ allet verbrennen, oder?“ Der Volkspolizist schien ein weiches Herz zu haben. „Jut Meechen, ick bring Sie nach Hause. Rechnen Se aber damit, dass Sie in den nächsten Tagen oder Wochen ’ne Vorladung bekommen werden. Komm Se.“ Er half Katrin in den Mantel und brachte sie zu einem grünen Wartburg.

Nachdem beide saßen, setzte sich der Wagen in Bewegung und

hielt vor Katrins Wohnhaus.

„Danke."

„Jute Nacht." Der Wagen verschwand jaulend und flackernd in der Nacht.

Katrin suchte innerlich zitternd den Schlüssel zu ihrer Wohnung. Endlich fand sie ihn. Die nächsten Tage würde sie sich krankmelden. Sie setzte eine Flasche Wodka an und trank mehrere große Schlucke. Sofort setzte der wohlige Drehschwindel ein. Sie fingerte nach einer Club. Wenn alles so einfach wäre wie rauchen, dachte sie versonnen, als sie die Asche abstaubte. Im Bett fiel sie in einen bleiernen Schlaf.

Gegen Mittag klingelte Frau Westermann, die Nachbarin, an der Tür.

„Kindchen, allet in Ordnung? Soll ick wat einkoofen jehen?" Frau Westermann konnte den deutlich überhöhten Alkoholkonsum der letzten Monate von Katrin nicht übersehen.

Katrin schaute völlig zerschlagen durch den Türspalt.

„Mein Gott, Kindchen, hat dich 'nen Sattelschlepper überfahren? Du siehst ja furchtbar aus."

„Danke für dit Kompliment. So in etwa fühl ick mir ooch." Und sie fing an zu weinen.

„Watt is denn passiert inne Nacht?", wollte Frau Westermann wissen.

„Ick hab unter Alkohol een angefahren, 'nen Radfahrer, und jetze isser dot." Katrin verfiel in Schluchzen.

„Mein Gott, Kindchen, dit is' ja furchtbar. Und jetze?"

„Ick warte uff 'ne Vorladung, kann ooch in' Knast kommen." Und damit warf sich Katrin bei Westermann an den Hals und schluchzte bitterlich.

„Willste deine Eltern nich' Bescheid jeben, Kindchen?", fragte Frau Westermann mitleidig.

„O Jott, bloß nich', meene Mutter fängt wieder an zu saufen wie damals nach meene Verjewaltijung. Und meen Vater verschachert mir endjültig an de Stasi."

„Menschenskind, deine Mischpoke möcht' ick ja ooch nich' jeschenkt haben." Frau Westermann spuckte auf den Boden. „Is der Vater von diesem Hagen nich' ooch wat Hohet?"

Katrin stutzte. „Stimmt."

„Vielleicht hat der jute Stecher wenigstens 'n schlechtet Jewissen. Er muss ja nur ma' sin Vadder fragen", meinte die Alte.

Katrin drückte Frau Westermann und küsste sie rechts und links auf die Wange. „Frau Westermann, Sie sind 'n unübertroffener Schatz. Det mach' ick."

Katrin hatte wieder etwas Lebensmut geschöpft. Was der Vater von Hagen erreichen konnte oder sollte, war ihr völlig Mumpe. Hauptsache, sie musste nicht in den Knast.

XVII

Aus einem Zimmer des Ledigenwohnheimes erscholl Jazzmusik: Joe Sachse im Duo mit Günther „Baby" Sommer. Die Gitarre schwang sich in immer höhere Lagen, legte eine Pizzicato-Salve nach, um dann mit einem Endlos-Delay auszuklingen. Sommer trommelte dazu seinen Herzschlag – harte Freejazz-Kost nur für Feinschmecker.

Major Staslin leckte sich die Lippen. Er nahm die Höhensonnenbrille ab, ging zum Plattenspieler und befreite die Platte vom Arm. Dann nahm er die Scheibe sorgfältig zwischen die Fingerspitzen, um mit einer Hand die Platte, mit der anderen die Schutzhülle haltend, die Amiga-LP sanft in letztere hineingleiten zu lassen und anschließend im Pappschuber zu versenken. Sofort kam die Platte an den ihr zugewiesenen Ort im Plattenregal.

Major Staslin schaltete auf Radio um und suchte DT64. Es erklang der Song von Karussell „Als ich fortging". Staslin runzelte die Stirn. Früher hätten die Genossen so was nicht genehmigt.

Pfeifend ging er in die Küche, wo eine Ecke für die Duschkabine reserviert war. Er nahm Duschgel von der Wand, seifte sich genussvoll ein und spülte sich gründlich mit der Brause ab. Mit einem großen Badetuch vom Küchensims frottierte er sich trocken. Er betrachtete seinen athletischen Körper zufrieden im milchigen Schein des Spiegels und begann mit der Nassrasur. Dazu benutzte er Boss-Rasierseife und das dazu passende Aftershave. Normalerweise verwendete er Florena, aber heute ... Heute würde er sich wieder mit Frau Brüllinski treffen, in ihrem Liebesnest in Ueckermünde. Was für eine Frau! Wie hatte die sich nur auf Brüllinski einlassen können, diesen gedrungenen

Brutalo, der aussah wie ein Mensch gewordener Mops? Oder von mir aus Dackel. Staslin musste wieder an die Dackel-Geschichte denken und grinste dämonisch.

Auch wenn Brüllinskis Schöne etwa zehn Jahre älter war als Staslin, war ihr Körper straff, kein Fett nirgendwo, keine Bauchfalten von einer Schwangerschaft, höhensonnengebräunt. Sie joggte regelmäßig, ging zur Kosmetik und trieb vor dem Fernseher noch Pop-Gymnastik [105].

Staslin musste sich aufs Rasieren konzentrieren, sonst schnitt er sich noch und blutete. Das mochte Heide gar nicht. Sie bestand auf einem Gesicht glatt wie ein Kinderpopo, da sie keine Stacheln an ihrer Muschi duldete.

Da Brüllinski überhaupt keinen Sport trieb, wurde sein Bauch immer dicker. Irgendwann würde er seine Füße wohl nicht mehr sehen können. Kein Wunder, dass Heide ihn nicht mehr ranließ. Sie hatten seit Jahren getrennte Schlafzimmer, und Brüllinski hatte es wohl aufgegeben, jemals wieder mit ihr Sex zu haben. Dementsprechend gereizt und unentspannt war er.

Manchmal tat ihm die ganze KRS-Bande richtig leid mit diesem Clown an der Spitze, über den Staslin wohl als Einziger lachen konnte, natürlich nur heimlich.

Sollte doch Brüllinski einfach mal ein paar Tage ins Interhotel Warnemünde nach Rostock fahren. Da gab es immer ein paar Damen, die für wenig Westkohle oder entsprechende DDR-Mark im Kurs 1:6 zur D-Mark die Beine breit machten, selbstverständlich alles inoffiziell. Man brauchte den Empfangschef an der Rezeption nur nach dem exklusiven Spezialservice fragen und dabei einen Schein mit Engels drauf rüberreichen.

Staslin selbst hatte einige Male, wenn Heide unabkömmlich war oder ihre Tage hatte, die Dienste der Damen in Anspruch genommen.

Mittlerweile hatte er aber in Karlshagen genügend Frauen, die er kostenlos beglückte.

Auch die Frau von Kruthkopp zählte, wenn auch selten, dazu.

Nur in den großen Schulferien schlug er manchmal noch bei den Damen auf.

Staslin war sich jedoch nicht sicher, ob er diesen Tipp an Brüllinski weitergeben sollte. Womöglich rannte der gleich zur SED-Bezirksleitung wegen Verletzung der sozialistischem Moral. Staslin grinste.

Von den weiblichen UaZ, die auch auf seinem Flur wohnten, hielt er sich fern, obwohl ihm alle schöne Augen machten. Für die Mädchen, die meist aus einfachen Fischerfamilien oder aus der Altmark stammten, wäre die Heirat mit einem Offizier ein Hauptgewinn. Aber die meisten passten eh nicht in sein Beuteschema, zu unattraktiv, zu unsportlich, zu ungepflegt.

Leider war er bei der flotten blonden Berlinerin mit den flachsbraunen Augen und der Brigitte-Bardot-Figur im letzten Jahr schwach geworden. Aber was heißt leider!

Eines Abends klopfte es und das Mädchen stand in rot-gelbem Turnzeug vor seiner Tür. Das Turnhemd hatte Mühe, die Lasten zu halten, mit denen Mutter Natur das Mädchen ausgestattet hatte. Was für Titten! Nie wieder hatte er das Glück gehabt, solche Argumente in seinen Händen zu halten und mit seinen Augen betrachten zu dürfen. Und sie standen trotz ihres Umfangs wie der Sprengkopf einer SS 20 [106)].

Viola, so hieß die Zuckerpuppe, fragte nach Salz.

Staslin reichte ihr bereitwillig den Salzstreuer rüber.

Sie bedankte sich freundlich und zog von dannen.

Staslin durfte bei ihrem Abgang noch ihren sexy Hintern bewundern, der die rote Turnhose an ihre Grenzen brachte. Die Inkarnation eines Weibes! Staslin erinnerte sich gut an seine Aufregung dieser Zwanzigjährigen gegenüber, die mit ihrem natürlichen Sexappeal jeden Mann in allerhöchste Gefechtsbereitschaft versetzte.

Beim zweiten Klopfen an seiner Tür reichte sie dankbar den Salzstreuer zurück und meinte schelmisch mit einem Augenaufschlag, ob er ihr nicht beim Aufessen behilflich sein wolle, sie habe einfach zu viel gekocht.

Staslin fühlte noch wie heute, wie sein Herz bis zum Hals schlug. Es machte ihn sogar ein wenig beklommen, da er solche intensiven Gefühle nicht von sich gewöhnt war. Er entgegnete damals, dass er gern komme, sich aber noch etwas frisch machen wolle.

Das Mädchen lächelte noch schelmischer und meinte, sie würde das Essen warmhalten.

Staslin duschte und parfümierte sich, zog sich eine Freizeithose und ein Hemd an und klopfte, mit einer Flasche Wein unter dem Arm.

Die Kleine war ganz aus dem Häuschen wegen des Weines. Kommen Sie doch rein, Genosse Major, meinte sie.

Ich bin der Jürgen, sagte Staslin damals.

Und ich die Viola. Dann lass uns essen.

Die Kochkünste waren sicher ausbaubar.

Umso mehr sprach Staslin dem Wein zu, das Mädchen hielt wacker mit, und schnell war die Flasche leer.

Er bat Viola zu sich rüber, da er noch eine Flasche Wein vorrätig hatte.

Nachdem er die zweite Flasche geöffnet hatte, begannen Viola und er sich zu küssen.

Viola küsste ruhig, mit voller Hingabe und ohne Hektik, wie sie alles tat. Ohne zu fragen, begann sie sich auszuziehen, was nicht viel war, und lag schon nackt auf seinem Sofa.

Im Dämmerlicht seiner Stehlampe begann er ihre Brüste zu bearbeiten und stöhnte ob deren Schönheit. Schließlich leckte er die Pussy von Viola.

Das schien die noch nicht so oft erlebt zu haben, denn sie wirkte kurz überrascht. Dann präsentierte sie ihre mit blondem Flaumhaar überzogene Spalte und reagierte mit leisem Stöhnen, das immer lauter wurde. Mit einem überraschten Schrei kam sie keuchend. Viola umarmte Staslin und küsste ihn wild vor Dankbarkeit.

Staslin war noch nicht fertig. Seine gefechtsbereite Flak-Abwehrrakete wollte ja abgefeuert werden. So bugsierte er Viola zum Fußboden, drehte ihren Po zu sich und drang in ihre Spalte ein.

Und wieder belohnte ihn Viola mit einem Stöhnkonzert, das der Koloratur-Arie der „Königin der Nacht“ Konkurrenz machte.

Schließlich feuerte er seine Salve ab. Erschöpft fielen beide auf den Boden, um sich eine Zigarette zu gönnen.

Du bist ja ein Hengst, meinte Viola damals, stieß voller Hingabe den Rauch aus ihrer Nase und küsste ihn.

In den folgenden Tagen oder eher Nächten sollte es noch zu einer Vielzahl von Kopulationen kommen.

Leider nahm es Viola mit der Verhütung nicht so genau, sondern war praktisch sofort schwanger.

Staslin bekam Panik und sah seine Karriere in den Rinnstein

laufen. Er setzte Viola unter Druck, abzutreiben, die so enttäuscht war von seinem Verhalten und der Armee überhaupt, dass sie bald darauf wieder nach Berlin zog.

Seitdem hatte Staslin sich auf Mittdreißigerinnen spezialisiert. Entweder hatten die schon Kinder oder wollten keine. So konnte er entspannt vögeln und musste keine Angst haben, mit einem Kind erpresst zu werden.

Das Telefon klingelte.

„Wo bleibst du denn, meine Fotze will einen Schwanz spüren!"

„Heide, mein Liebling, ich bin praktisch schon in dir. Ich wollte mich einfach noch schön machen für dich."

„Übertreib es nicht. Sonst schnapp ich mir einen knackigen Matrosen von der Straße. Die scheinen alle gerade Landgang zu haben und schauen ganz gierig. Haben wahrscheinlich lange keine Ritze füllen dürfen."

Das würde zu Hilde passen. Staslin war direkt etwas eifersüchtig. Und er war immer wieder überrascht von ihrer vulgären Aussprache. Aber das machte ihn besonders scharf.

„Du weißt, meiner Flak-Abwehrrakete kann keiner das Wasser reichen."

Hilde prustete in den Telefonhörer. „Deshalb wartet meine Pussy ja auch ganz feucht und brav. Nun los mein Hengst, fang an zu galoppieren."

Staslin ließ sich das nicht zweimal sagen, warf sich die hingelegten Sachen über und rannte zu seinem Skoda 110 R.

XVIII

Der Winter wollte nicht weichen. Immer wieder versuchte er, dem Frühling zu trotzen, und jagte mit Schnee und Eis übers Meer heran. Aber irgendwann gab er auf, beugte sich dem unvermeidlichen Wechsel und verzog sich.

Der nahende Frühling dimmte die Landschaft in aquamarinblaues Licht, welches den Schnee endlich zurück in Wasser verwandelte, und befreite die Unteroffiziere von Schnee und Eis auf dem Flughafen.

Auf dem Kasernengelände bildeten sich aus schmutzigen Rinnsalen kleine tabakbraune Seen zwischen den Baracken, die auf die Sonne warteten, um verdunsten zu können.

Das große Aufatmen setzte Ende April ein, nachdem Brieskopf, Speerspitze der Verrohung und Verdummung, und die hinter ihm her marschierenden Jungs seines Diensthalbjahres, als Zivilisten das Kasernengelände verließen. Diese Jungs, in einem Klima aus Treten und Getretenwerden an die Spitze geschwemmt, einfach mit „Schnauze halten“ und Befehlen folgen, waren wieder auf sich selbst zurückgeworfen.

Die Gang von Brieskopf hatte sich mit ihren Schikanen in den Revieren und ihrer Sprache, der Lingua Armii, ohne es zu merken, zu Karikaturen ihrer selbst gemacht. Mit „Stolz“ konnte dieser Jahrgang von sich behaupten, einer der härtesten EK der letzten Jahre in der KRS gewesen zu sein.

Außerhalb des Kasernentors würden es die Jungs in ihren ausgeblichenen Ostjeans und karierten Hemden schwer haben klarzukommen, ohne schief angeschaut zu werden oder ein paar aufs Maul zu bekommen, wenn sie an ihrem Vokabular und Verhalten nichts änderten.

Roy schrie fast vor Freude, als er Brieskopf durchs Kasernentor stelzen sah. Zusammen mit Kühnchen ließ er sich diesen Anblick nicht nehmen. Zwei lange Jahre hatte Roy unter Brieskopfs Fuchtel gestanden, auf dem Flugplatz und auf dem Zimmer. Immer wieder hatte er sich von Brieskopf den Satz anhören müssen:

„Aber die Bude machste vor dem Urlaub noch in Ordnung, heh!"

Zwei lange Jahre, vom Glatten, Löffel, Konter bis zum Vize, hatte Roy vor dem Stubendurchgang, der immer noch wöchentlich jeden Freitagabend stattfand, das Zimmer gefegt, gewischt, gebohnert, gekeult und wieder gefegt.

Roy ertrug diese Schmach mit Würde. Deshalb genoss er bei den jüngeren Diensthalbjahren große Sympathie und Achtung. Und die bekamen natürlich auch Roys Demütigungen durch Brüllinski mit.

Jeder andere Vize hätte sich abends „ausgetobt" und seine Wut an den Glatten ausgelassen, Roy nie. Er hasste die Armee und ihre absurden Ausfälligkeiten und wollte einer der nettesten EK sein, den die KRS je hervorgebracht hatte.

„Los, Kühnchen, zieh dich an, wir wollen doch feiern." Roy drängelte.

Kühnchen wackelte mit dem Kopf. „Ja, ich komm ja schon." Kühnchen stammte aus der Altmark und zählte daher nicht zu den Schnellsten.

Mit einem sich gegenseitig beigebrachten Igelschnitt ausgestattet und der Sommerausgehuniform zogen Roy und Kühnchen Richtung Kontrollpunkt.

Heute Abend würde Roy auch noch ein paar Glatten die Haare schneiden. Er avancierte bald zu einem der begehrtesten Haarschneider.

„Mensch jetzt sind diese Idioten wirklich weg, und wir sind EK, Kühnchen. ‚Vom Eise befreit sind Strom und Bäche durch des Frühlings holden belebenden Blick ...'" [107] deklamierte Roy und ließ sich das Schnitzel in der Kneipe schmecken.

Kühnchen staunte und lächelte zufrieden. „Prost Roy, auf uns."

Sie stießen mit einem „Rostocker Hafenbräu" an, was auch so schmeckte.

„Mensch, ich dachte immer, das ‚Berliner Pilsner' is' nich' besonders. Aber das hier?" An Bier würde sich wohl Roy nie gewöhnen.

„Du kennst das ‚Dessauer Hell' nicht. Dagegen ist das hier ein Spitzenbier."

„Ach du meine Scheiße." Roy lachte.

„Na, wenigstens 'n Schnitzel kriegen se hier hin."

„Und, Bandmaß schon fertig?"

„Klar." Kühnchen feixte. Auch wenn sie beide sonst der EK-Bewegung nichts abgewinnen konnten, das Bandmaß mit seinen 150 Zentimeter Stoffband für die letzten 150 Tage und der abendliche Abschnitt eines Tagesschnipsels mussten sein.

„Aber ich habe einfach eins von einem alten E genommen. Keine Lust, ewig daran rumzubasteln."

Roy nickte. „Ick hab mir von Lothar eins bauen lassen, einfach aus Plexiglas. Macht der ja mit seiner Maschine ruck zuck." Lothar war ebenfalls einer aus dem mächtigen Häuflein der EK um Roy herum.

„Heute kannste Gitarre spielen, ich muss Haare schneiden."

Kühnchen strahlte. „Au ja, das wird mal wieder nötig. Danke."

„So, lass uns mal langsam zahlen. Ich will gerne noch 'n bisschen am Meer laufen."

Kühnchen nickte. „Darf ich mit?" Kühnchen fragte immer, höflich und korrekt, wie er war.

„Na logo, Alter." Roy haute ihm auf die Schulter.

Kühnchen blinzelte etwas irritiert. Er war leicht einzuschüchtern.

Beide zogen schweigend am Strand entlang. Noch warteten vereinzelte Strandkörbe auf verliebte Pärchen, und vom Frost gezeichneter Seetang dümpelte über die Sanddünen.

„Mensch, dieses Jahr müssen wir mal im Ausgang in Zivil nach Wolgast oder auf die andere Seite der Insel."

„Echt?" Kühnchen staunte. „Und die Armeeklamotten?"

„Schließfach am Bahnhof", meinte Roy lapidar.

„Echt clever." Kühnchen riss seine pflaumenblauen Augen hinter den Brillengläsern auf. „Ich bin dabei." Und rieb sich jetzt schon voller Vorfreude beide Handflächen aneinander.

Die beiden passierten den Geschwader-Kontrollpunkt und zeigten ihre grauen Ausweise vor.

„Noch den Ausgangsschein, die Genossen Unteroffiziere", säuselte der Gefreite in gepflegtem Sächsisch.

„Du bist ja 'n ganz Korrekter, wa?", brubbelte Roy ihn an.

„Wollen Se hier Schwierischgeiten maochen, Genosse Unteroffizier. Geen Problem, da ruf isch sofort meenen Vorgesätzten an, nu wao."

Roy zog den Schein aus seiner Uniformblusen-Tasche.

Der Soldat winkte sie durch.

„Du solltest auf jeden Fall noch 'ne Kelle Nachschlag [108)] holen, solche wie du werden hier gebraucht."

„Komm." Kühnchen zog Roy weg.

„So eine heiße Spralle [109)], markiert hier den Genossen Oberwichtig." Roy kickte ein paar Kienäpfel durch die Gegend und ballte seine sehnigen Hände zu Fäusten.

„Du, ich werd wieder rennen am Sonntag, zusammen mit Probsti. Kommste mit?"

Kühnchen schüttelte den Kopf. Joggen war überhaupt nicht seine Sache.

Seit einem Jahr existierte eine Laufgruppe, die Erdmännchen ins Leben gerufen hatte. Auch er hatte zu Brieskopfs Leuten gehört, da er aber Berliner war, hatte er deren Praktiken nicht mitgemacht. Er war auch der Einzige aus dem Jahrgang, der Gedichte las und über Einstein philosophierte, ein ganz schlauer, pfiffiger und liebenswerter Kerl. Gerade deswegen und aufgrund seiner Größe wurde er nur abfällig Erdnuckel genannt. Bert, wie er mit Vornamen hieß, ging Roy bis an die Schulter. Trotzdem war er mit einer weiblichen UaZ aus seinem Trupp zusammen, Juliane. Die beiden galten offiziell als Liebespaar.

Das erregte natürlich den Neid der anderen, da Erdmann einer der wenigen Jungs mit regelmäßigem Sex war. Juliane und er fanden wohl immer einen Ort dafür. Bert war der einzige, dem Roy nachtrauerte.

„Na dann, viel Spaß beim Spielen."

„Ja, und dir beim Haareschneiden." Kühnchen lachte.

Beide hatten gerade die KRS-Tür geöffnet, Roy bereits seine Mütze in der Hand, da stand Brüllinski auf einmal im grellen Lichtstreif der Neonröhre vor ihnen.

„Mähnsch, Müller, wie laufen Sie hier rum. Haben Sie noch nichts von Kleiderordnung gehört. Seit wann darf denn die Mütze in der Hand getragen werden? Ich bring Sie nächste Woche noch in' Knast für ein halbes Jahr, dann wirds nix mit Ihrem Studienplatz, denn da können Sie schön nachdienen, nicht? Und erweisen Sie gefälligst einem Offizier die Ehrenbezeigung, haben Sie jetzt schon alles verlernt, Mähnsch!“ Brüllinskis Augen sprangen fast aus den Höhlen. Der dicke Kopf auf dem nicht vorhandenem Hals pumpte wie bei einem Salamander. Die Hände hielt er zu Fäusten an der Hosennaht geballt. „Wirds bald!“ In die Stimme mischte sich ein gefährliches Zischen.

Roy schob sich hastig die Mütze auf den Kopf und machte Männchen.

„Und, haben Se nischt zu sagen?“

Roy stammelte.

„Genosse Oberstleutnant, Unteroffizier Müller und Unteroffizier Kühnstein ohne Vorkommnisse aus dem Ausgang zurück“, rettete Kühnchen.

„Bedanken Se sich bei dem Genossen Kühnstein. Weitermachen. Und denken Sie daran, Müller, was Sie auch tun, ich habe Sie immer im Auge!“ Und Brüllinski hob drohend seinen rechten Zeigefinger und verließ die KRS, nicht ohne dass ihm der UvD noch ein „Achtung!“ hinterher schmetterte.

Roy hechelte. Wieder hatte ihn der Schinder erwischt. Wahrscheinlich hatte diese Ratte vom Kontrollpunkt gleich beim OSL angerufen, und der war aus seinem Dienstzimmer vorgeprescht. Was machte der überhaupt so spät noch hier?

Beim Haareschneiden zitterten Roys Hände immer noch.

XIX

Der Schnee in Ost-Berlin war verschwunden. Die ersten Stare waren da und pfiffen fröhlich von den zerfallenden Dächern. Der rauchgraue Putz bröckelte nach dem kalten Winter verstärkt, einige Häuser mussten von den Behörden wegen Einsturzgefahr gesperrt werden. Auch die Straßen bestanden aus einem Meer von Löchern und Rissen.

Katrin ging wieder arbeiten. Zu Hause würde sie nur den ganzen Tag saufen und endgültig zur Alkoholikerin werden. Nachdem sie in den ersten Wochen nach dem Unfall fieberhaft nach ihrer Schicht jedes Mal den Briefkasten aufgerissen hatte und nie ein Brief von der Polizeibehörde drin lag, glaubte sie, man habe sie vergessen.

Vielleicht hatte der nette Volkspolizist wirklich die Papiere verbrannt, mutmaßte sie. Deshalb hatte sie bisher auch Hagen nicht angerufen.

Da sie nachts so schlecht schlafen konnte, arbeitete sie jetzt in Dauernachtschicht. Das isolierte zwar ganz schön, aber sie kriegte sich wenigstens nicht immer mit ihrer blöden Öse in die Haare, die ihr ständig auf die Finger schaute und herummeckerte, als wäre sie noch Schwesternschülerin. Und am Tag konnte Katrin gut schlafen.

Langsam muss ick mir ooch mal über meine Zukunft Gedanken machen, sinnierte Katrin beim Spülen der Enten und Reinigen der Bettpfannen auf Station. Für diesen Herbst werd ick mal versuchen, mich zu bewerben fürs Medizinstudium. Will ja nich' mein Leben lang Enten wechseln und Ärsche putzen wie meene Mutter; drei Jahre sind schon zu viel.

Bei der Zahl musste sie an Roy denken. Er würde diesen Herbst anfangen zu studieren, und sie hatte noch nicht mal Abi.

Ach, der Roy. Im Herbst könnten sie wieder zusammen sein. Aber er würde es wohl nicht wollen, nach allem, was sie ihm angetan hatte. Außerdem musste sie unbedingt weniger saufen. Katrin war selbst immer erschrocken über die Mengen an leeren Wodka- und Weinflaschen, die sie für die Jungpioniere [110)] auf den Hof stellte.

Sie schaute auf die Liste der zu waschenden Patienten. Auf der Inneren Station befanden sich immer Dauerlieger, da es viel zu wenig Altenheime gab. Mindestens sechs waren zu waschen von Hacke bis Nacke, wie es hieß. Verdammt, heute waren es sogar acht. Frau Fröhlich und Herr Sonntag waren offensichtlich so dement geworden, dass auch sie auf komplette Körperpflege durch andere Menschen angewiesen waren.

Scheiße, da kann ick ja um halb drei anfangen, um bis sechse durch zu sein mit alle, fluchte Katrin und steckte sich eine Club an. Sie schaute auf die tickende Stationsuhr und drückte die Zigarette in den bereits überquellenden Aschenbecher des Stationszimmers. Es war 22:30 Uhr.

Sie begann mit der Flächendesinfektion und wischte sorgfältig über die Arbeitsflächen. Dann waren die eingeweichten Spritzen dran. Sie entnahm diese aus der Desinfektionslauge und spülte lange mit Wasser nach. Ein wenig abtrocknen mit Handtüchern, dann packte Katrin die Spritzen in den Sterilisationsschrank und stellte diesen an. Das DDR-Gesundheitswesen konnte sich Einwegartikel nicht leisten, nur im Regierungskrankenhaus für die Partei- und Staatsführung, die höheren Funktionäre und die Generäle in Berlin-Buch gab es so was.

„Nu los, Herr Matschke, machen Se doch ma' mit." Der Dauerlieger wollte einfach die Augen nicht aufmachen und weiterschlafen. Katrin hatte dafür auch volles Verständnis. Nur leider mussten eben alle Wasch-Patienten bis zur Übergabe an die Frühschicht gewaschen sein, anders ließ sich das Pensum mit dem immer knappen Personal nicht stemmen. Bei Herrn Matschke musste Katrin aufpassen, dass der nicht mal boxte. Sie hatte sich schon einige blaue Flecke geholt. Katrin begann zu singen. Das funktionierte immer am besten.

„O ja, Mutti singt schönes Lied."

„Genau, und jetzt is' der Kleene brav und lässt sich schön waschen von Mutti, ja?"

Herr Matschke nickte.

Katrin konnte jetzt Herrn Matschke relativ zügig waschen.

Schlimmer war noch Herr Fliegengitter. Der grapschte immer an die Brüste oder fasste zwischen die Beine. Und dazu grinste er immer und stammelte: „Ficken, willste ficken?"

So gern Katrin es mal wieder tun würde, aber sicher nicht mit einem neunzigjährigen notgeilen Opa, der immer eine Erektion bekam, wenn sie seinen Schwanz wusch. Einmal hatte er ihr fast ins Gesicht gespritzt und sich gefreut wie ein Kind dabei. Ekelhaft. Andererseits, wie und wo sollten die Alten ihre Sexualität denn ausleben? Das interessierte niemanden.

Geschafft. Alle Opis und Omis lagen wieder schlummernd in ihren Bettchen, frisch gewaschen und gewindelt. Die Uhr zeigte 5:50 Uhr. Ein Wunder, dass die Öse noch nicht da war. Manchmal kam die doch eine halbe Stunde früher. Zeit für die letzte Stationszigarette. Katrin aschte in den jetzt leeren und ausgespülten Aschenbecher.

Da kam auch schon Elvira von der Frühschicht. „Na allet jut?"

„Allet jut, nüscht besonderet", erwiderte Katrin.

„Na, dann husch int Bettchen, jute Nacht."

Und Katrin machte sich auf den Weg zu ihrer Wohnung. Zum Glück konnte sie jetzt zu Fuß laufen.

In ihrer Ausbildung in Berlin-Buch musste sie immer mit Bus, S-Bahn und Tram fahren. Gerade wenn sie zum Frühdienst fuhr, graute sie sich oft in der leeren S-Bahn.

In der Wohnung angekommen hieß es erst mal intensiv duschen. Katrin ließ lange das Wasser über ihren drallen Körper laufen. Sie sparte nicht mit Seife. Nach der Arbeit mit den Alten fühlte sie sich immer irgendwie dreckig und wusch sich auch noch die Haare. Sie rubbelte sich trocken, föhnte ihre Haare und packte diese in ein Handtuch. Dann setzte sich Katrin an den Küchentisch.

„Scheiße, is dit kalt." Sie machte den Gamat [111)] an und stellte sich davor. Ein Schluck Wodka musste aber noch sein zum Runterkommen, aber immer aus dem Glas. Katrin achtete jetzt auf die Mengen, die sie an Alkohol trank. Dazu ein Zigarettchen, Zähneputzen und ab ins Bettchen. Sie musste lächeln über den Kalauer.

Es klingelte an der Tür.

„Ooch Mensch, Frau Westermann, wat jibst denn, ick hab doch Nachtschicht jehabt." Wütend riss Katrin die Tür auf.

„Frau Nepomuk?"

„Ja."

„Können Sie sich ausweisen, ich habe ein Einschreiben für Sie."

„Moment." Katrin suchte den blauen Perso. „Hier."

Der Postbeamte blätterte alle Seiten sorgfältig durch.

„Danke. Hier unterschreiben." Dann reichte er Personalausweis und Einschreiben an Katrin zurück. „Wiedersehen."

Katrin schloss die Tür. Ihr Blick fiel auf das Siegel auf dem Umschlag und ihr wurde schwindlig: Polizeibehörde Berlin-Prenzlauer Berg, Amt für Alkoholdelikte. Katrin riss den Umschlag auf.

Werte Frau Nepomuk,

Sie haben sich am 17. Mai 1987 um 10 Uhr auf der Polizeibehörde Berlin-Prenzlauer Berg einzufinden. Vorher haben Sie sich mit dem Personalausweis der Deutschen Demokratischen Republik auszuweisen.

Es findet eine Anhörung statt zu dem Untersuchungsverfahren gegen Sie bzgl. des Deliktes „Fahren unter Alkohol mit Todesfolge".

Mit sozialistischem Gruß
gez. Brescher, Angestellte

Katrin ließ den Wodka in ihre Kehle rauschen. Sie fingerte zittrig nach einer Zigarette. Das Feuerzeug wollte nicht anspringen. Schließlich gelang es mit einer Packung Streichhölzer. Bei vielen Zigaretten und noch mehr Wodka las sie immer wieder die Einladung. Katrin schluchzte und ließ den Kopf auf den Küchentisch sinken. Schließlich schlief sie ein.

Ein erneutes Türklingeln weckte sie. Schlaftrunken schlurfte Katrin zur Tür.

„Ach, Frau Westermann, wie jeht's? Wollen Se 'n Wodka?"

„Mensch, Kindchen, du sollst doch nich' so ville trinken." Frau Westermann runzelte die Stirn.

„Ach, meen Leben is' eh im Eimer. Der Wodka und die Zigaretten sind doch meene einzije Freude."

„Du bist aber zu jung, um dir zu Tode zu saufen!"

Katrin nickte. „Sie haben recht. Aber heute is' die Vorladung jekommen wegen dem Unfall, Sie wissen schon."

„Ach Gott, Kindchen. Ham se dit also doch nich' verjessen, wie de jehofft hattest?" Katrin schüttelte den Kopf.

„Dann jeh doch da erst mal hin. Vielleicht passiert ooch nüscht. Bekommst doch bestimmt Bewährung. Wann isset denn?"

„Nächste Woche."

„Komm, ick mach uns erst mal 'n starken Kaffee, darfst ooch roochen bei mir, ick hab juten Kuchen, dann stärkste dir erst mal und die Welt sieht wieder anders aus."

Katrin warf sich Frau Westermann an den Hals.

„Ach Sie sind een Joldstück, 'n richtijet Joldstück sind Se. Wenn ick Sie nich' hätte, wär ick wohl schon doot." Und schluchzend brach Katrin im Flur zusammen.

Nach einer Weile kam sie zu sich.

„Kindchen, soll ick 'nen Arzt rufen. Meene Ärztin hier is 'ne janz nette, schreibt dir ooch krank."

Katrin rappelte sich hoch und lächelte. „Nee, jeht schon. Die Arbeit lenkt mir wenigstens ab von die janze Scheiße, die ick mir einjebrockt habe. Lassen Se uns mal 'nen Kaffee trinken."

Die beiden Frauen stiegen im Schein der quittengelben runden Wandlampe die knarrende Treppe hoch zu Frau Westermanns Wohnung.

Für den 17. Mai hatte sich Katrin freigenommen. Beklommen fuhr sie mit der Straßenbahn zum Vorladungstermin. Ihr Herz bummerte, als sie in die Elsa-Brandström-Straße einbog.

„Ja?“

„Ick hab hier ’ne Vorladung.“ Katrin zog das zerknüllte Schriftstück aus ihrer Jacke.

Der Volkspolizist runzelte die Stirn und überflog das Schreiben. „Eine Treppe hoch, nach links und dann bis ganz hinten, Zimmer 122.“

„Danke.“

Bei jeder Treppenstufe machte Katrins Herz einen Extraschlag. Sie hatte es heute nicht gewagt, Wodka zu trinken, obwohl sie großes Verlangen danach hatte. Aber mit Fahne anzukommen, war ihr dann doch zu riskant vorgekommen.

Katrin nahm vor dem Zimmer 122 Platz. Ihr war schwindlig, das Herz raste, und ihre Hände waren völlig verschwitzt. Sie zog ihre Jacke aus.

„Frau Nepomuk?“

„Ja, hier.“

„Na kommse, wir haben nich’ so viel Zeit.

Katrin taumelte über den gebohnerten schmutzbraunen Flur in das Verhandlungszimmer.

In dem Raum saßen zwei Volkspolizisten und ein Mann in Zivil, wahrscheinlich der Richter. Der eine Vopo-Mann verlas den Unfallbericht.

„Entspricht alles der Wahrheit, Frau Nepomuk?“

Katrin nickte.

„Können Sie nicht sprechen?“, polterte der Anwalt los.

„Ja, so war es.“ Katrin versuchte gegen das Rauschen in ihren Ohren anzukämpfen.

„Sie haben jetzt die Gelegenheit, sich dazu zu äußern“, donnerte der Anwalt weiter. „Na?“

Katrin schluckte. „Ja, Herr Richter, alles ist wahr so. Und ich bereue alles zutiefst, es tut mir wahnsinnig leid um den Menschen.“

„Tja, jetzt isset zu spät, einfach zu spät, junge Frau. Also Sie bereuen die Tat und gestehen diese auch unter Alkoholeinfluss begangen zu haben.“

„Ja, aber ohne Absicht!“ Katrin brüllte fast. „Ick wollte doch niemanden umbringen nich'!“

„Nu schreien Se ma' hier nich' so rum, Frau Nepomuk. Sonst bekommen Se noch 'n Ordnungsjeld von mir uffjebrummt.“ Der Anwalt schaute finster. Er erhob sich, die Vopo-Männer standen mit auf.

„Erheben Sie sich, Angeklagte“, herrschte er Katrin an.

Die sprang auf und hielt sich mühsam auf den Beinen.

„Wohl schon wieder jesoffen, wa?“ Der Richter schüttelte den Kopf und verlas den Text:

„Im Namen der Deutschen Demokratischen Republik ergeht folgendes Urteil. Im Fall schweren Alkoholmissbrauchs mit Todesfolge wird die Angeklagte Nepomuk zu einer Freiheitsstrafe von zwei Jahren verurteilt. Die Strafe wird für anderthalb Jahre auf Bewährung erteilt, ein halbes Jahr wird zur Disziplinierung der Angeklagten im Frauengefängnis in Hoheneck [112)] zu absolvieren sein. Die Haft ist am 1. November 1987 anzutreten und währt bis zum 31. Mai 1988.“

Katrin kippte um. Auf einer Trage kam sie wieder zu sich. Eine Polizeischwester flößte ihr etwas Faustan [113)] ein. „Solln wa 'n Taxi rufen?"

„Nee, keen Jeld für so watt." Katrin richtete sich mühsam auf der Trage auf. „Ham Se mal 'ne Schüssel, oder so watt?"

„Müssen Se etwa kotzen?", fragte die Polizeischwester angeekelt und rannte, eine Becher-Schale zu holen.

Katrin sprang auf und kotzte bereits ins Waschbecken, als die Polizeischwester zurückkam.

„So, jetzt machen Se aber, dass Se nach Hause kommen. Für Kotze wegwischen werd ick hier echt nich' bezahlt!"

Katrin schnappte sich die Jacke und schlich aus dem Gebäude.

Sie fühlte sich elend. Wie ein geschundener räudiger Hund schleppte sie sich durch die Straßen. Irgendwie stand sie plötzlich vor ihrem Wohnhaus.

Erst mal duschen. Ohne sich abzutrocknen, mummelte sie sich in ihrem Bademantel unter ihre Bettdecke und schlief ein.

Gegen 17 Uhr wachte sie auf und machte sich eine starke Kanne Kaffee. Frau Westermann hatte ihr noch Kuchen dagelassen, davon aß sie zwei Stück. Dann rauchte sie gierig eine nach der anderen. Sie wollte schon die Wodkaflasche ansetzen, aber mit einem kurzen Impuls kippte sie den Wodka in den Ausguss. Sie wollte nicht mehr trinken.

Hastig begann sie nach der Nummer von Hagen zu suchen. Sie zog sich an, nahm ein paar Münzen aus dem Portemonnaie und machte sich auf den Weg zur nächsten schwefelgelben Telefonzelle.

Das Telefon surrte am anderen Ende der Leitung.

„Ja bitte?“

„Hagen?“

„Katrin?“

„Ja, ick bin’s, deine Ex. Können wir uns ma’ treffen, ick brauch’ deine Hilfe.“ Katrin merkte, dass noch eine zweite Person im Hintergrund flüsterte.

„Isset dringend?“

Die Person im Hintergrund fing an zu zischen.

„Ja, sehr dringend. Ick muss in’ Knast, und ich hoffe irjendwie dein Vadder ...“ Katrin schluchzte.

„Katrin?“

„Ja, ick bin noch dran.“

„Lass uns im Wiener Café treffen, so inna Stunde?“

Katrin strahlte. „Super, bis denne.“

„Ja, bis denne.“ Hagen legte auf.

Katrin hatte noch nicht alle Schminkutensilien aus der kurzen Episode mit Hagen weggeschmissen. So konnte sie sich ein wenig schick machen für ihn und die Kummer-Augenränder übertünchen.

„Einen Kaffee, bitte, komplett.“

„Kommt sofort, die Dame.“ Der Kellner entschwand.

In ihrer Schulzeit auf der EOS war sie hier oft gewesen, die Schule lag in der Nähe. Hier hatte sie zu rauchen begonnen, um nicht wieder als Außenseiterin dazustehen. Bei Kaffee und Zigaretten lästerten die Mädels über die Lehrer oder teilten ihren Frust miteinander über die Zustände.

„Hagen." Katrin winkte.

Er kam auf sie zu. Ihr Herz klopfte noch ein wenig, als sie Hagen sah. Kein Wunder, dass die Bräute so auf ihn fliegen, dachte sie. Einfach ein toller Mann. Katrin stand auf. „He, schön dass du Zeit hast."

Hagen gab ihr einen Kuss auf die Wange. „Mensch, Schnecke, watt haste denn anjestellt?" Ehe sie antworten konnte, bestellte er auch einen Kaffee. „Erzähl", und seine Haselnussaugen hefteten sich auf Katrin.

„Mir is' unter Alkohol beim Rechtsabbiegen 'n Fahrradfahrer int Auto, der fuhr ohne Licht. Hat sich überschlagen, mit 'n Kopp an de Laterne, futsch." Katrin machte mit ihrer rechten Hand eine Geste die Kehle entlang.

Hagen riss die Augen auf. „Und jetzt musste in' Knast?"

Katrin nickte. „Zwar nur 'n halbet Jahr, aber dit reicht ja wohl, Hoheneck."

„Ach du Scheiße, ooch noch Hoheneck."

„Kennste dit etwa?"

Hagen nickte. „Na, kennen wäre übertrieben, aber laut Gerüchten für Frauen dit Schlimmste hier im Osten."

Katrin wurde bleich und fing an zu weinen.

Hagen saß hilflos da. „Wieso hatteste eijentlich so ville intus?"

„Dit war die Phase, wo de mir hast sitzenlassen. Ick konnte einfach nich' schlafen, saß meistens bis gegen drei Uhr inne Kneipe und hab mir zujelötet."

Hagen blickte zerknirscht.

„Kann dein Vadder da nich' irjendwatt machen? Der is' meene letzte Hoffung." Katrin blickte flehend.

„Ick wees nich'. Eijentlich darfste ja jar nich' wissen, wo der arbeitet."

„Na irgendwo da oben, watt Hohet, dacht ick", erwiderte Katrin naiv.

„Mensch, Katrinchen, meen Vadder is' beim MfS."

„Echt? Na, umso besser, oda? Die können doch imma watt drehen", grinste Katrin fröhlich und steckte sich erneut eine Zigarette an. Sie gab Hagen auch Feuer.

„Dit läuft meist uff 'ne Unterschrift hinaus, Katrinchen."

„Unterschrift?" Katrin stieß arglos die Rauchkringel durch Nase und Mund.

„Inoffizieller Mitarbeiter, kurz IM. Andere anscheißen und Berichte liefern." Hagen stieß verächtlich den Rauch aus seinen Nasenlöchern.

„Ach du Scheiße." Katrin schluckte. Darauf würde es also hinauslaufen.

„Mein Vater kann sowieso nüscht machen, der arbeitet ja nur intern. Aber der Wodanski, der kann imma watt drehen."

Bei dem Namen wurde Katrin totenbleich.

„Mensch, is dir nich' jut." Hagen sprang auf. „Ick hol dir mal 'n Glas Wasser."

„Ick brauch jetz' 'n doppelten Wodka", stieß Katrin hervor.

„Okay, aba ick hoffe, du bist ohne Auto?" Hagen blickte verunsichert.

Katrin nickte. „Hab ick verkooft. Hat mir nur Unglück jebracht, die olle Rennpappe."

Der Kellner brachte zwei doppelte Wodka.

„Prösterchen."

„Prost denn."

Die Gläser schepperten.

„Jeht denn dit nur mit diesem Wodanski“, fragte Katrin.

„Kennste den etwa?“, fragte Hagen eingeschüchtert.

„Kennen is’ zu viel jesagt, aber der hat die janze Chose vertuscht damals mit meen Cousin, der mir mit 15 verjewaltigt hat. Den hat er einjekooft damals. Und meen Vadder arbeitet ooch für den, gloob ick.“

Hagen schaute beklommen. „Haste mir ja nich’ erzählt.“

„Deshalb bin ick doch von de EOS ab.“

„Ick hab nur mitbekommen, wo de ruff bist und weg warst vonne Schule. Die Kleene mit dem runden Arsch und dem Schlabberpullover.“

Jetzt musste Katrin auch mal lächeln. Sie blickte aber gleich wieder ernst. „Wie jehten dit jetze weiter?“

„Na, ick sprech’ mit meen Vadder, der jibt deine Adresse an Wodanski, und der wird vor deiner Tür stehen die Tage“, meinte Hagen lapidar.

Katrin ekelte sich bei dem Gedanken, den Führungsoffizier ihres Vergewaltigers zu treffen. Aber sie wollte auf keinen Fall in den Knast.

„Hier is meene Adresse“, und sie reichte Hagen einen zerknitterten Zettel.

„Jut Kleene, dann bis irgendwann mal wieder.“ Hagen drückte Katrin, zahlte für beide und ließ sie sitzen.

XX

Die Schwalben zogen ihre Kreise am türkisblauen Himmel, der mit ein paar marmorweißen Schäfchenwolken gesprenkelt war.

Die Erde pumpte sattes Moosgrün aus allen Poren, mit Blumentupfern aus Karminrot, Buttergelb und Brombeerviolett, und nichts, aber auch gar nichts schien darauf hinzudeuten, dass sich hier vor Monaten Packeis-artige Schneeberge aufgetürmt hatten.

Die Touristen annektierten wie jedes Jahr die Halbinsel und nahmen damit der Armee etwas von ihrer drückenden Überlegenheit.

Brüllinski schien Roy eine Weile vergessen zu haben. Der konnte in den Urlaub fahren, so oft er wollte, und das tat Roy auch, zuweilen alle 14 Tage, natürlich nur KU [114)].

Kruthkopp stierte dann aus seinen Zanderaugen und fluchte. „Schon wieder in Urlaub? Na denn, in Gottes Namen, hoffentlich lässt nich' wieder so eine Intelligenzbestie von Fähnrich seinen Schraubenschlüssel fallen oder findet den nich'."

Der Sitz musste dann zur Sicherheit der MIG ausgebaut und nach dem Werkzeug gesucht werden. Der Feierabend für den Stabsfähnrich oder den Hauptmann war dann passé.

„Die schöne Sylvia is' ja zu doof." Und Kruthkopp spuckte aus. „Die Beine breit machen kann se aber wohl ganz jut, watt man so hört?" Er schielte zu Roy hinüber. Der hatte im gleichen Diensthalbjahr wie Sylvia ganz allein abends, nachts und am Wochenende eigenverantwortlich Sitze aus- und eingebaut, sogar als Brieskopf noch da war. Alle konnten auf Kosten von Roy „Sackstand" machen.

„Genosse Stabsfähnrich, die Sylvia is' nich' mein Beuteschema, wirklich nich'. Brieskopf hat se auf jeden Fall beglückt in seinem letzten Urlaub."

„Echt?" Kruthkopp schaute überrascht und kratzte sich die Eier. „Ach, meene Alte könnte ooch ma' wieder die Beine breit machen, verdammich. Aber Sylvia, so viel Alkohol jibt's doch gar nich'." Und er grinste.

Roy nickte.

„Nich' den Wagen, den anderen hebb ick sächt." Kruthkopp rollte die Augen über Buratino, den neuen Glatten, der einen wirklich zum Wahnsinn treiben konnte.

„Dann schönen Urlaub, Genosse Müller. Und drücken Se die Daumen, dass alles heil bleibt."

Roy war ein vorbildlicher Mechaniker und hatte selbst als EK noch das Bestenabzeichen im Sport geholt, insofern gab es keine Einwände. Und OSL Brüllinski war im Urlaub, deshalb tuckerte die KRS gerade in ruhigen Gewässern.

Es schien fast so, dass dieser letzte Sommer anders verlaufen könnte ...

Das Leben wartete auf Roy wie das zart seine Füße leckende azurblaue Meer, und es wollte durchschwommen werden.

An den Vormittagen lag er oft am Strand. Bei schlechtem Wetter ging er laufen.

Die Nachmittage und Abende auf dem Flugplatz arbeitete Roy zuweilen sogar allein, weil der Hauptmann und der Stabsfähnrich am Vormittag Sylvia und Buratino auf die Finger schauen mussten.

An den Normalschicht-Tagen hing Roy oft bei Mauro. Mit ihm koordinierte er die gemeinsamen Urlaube. Oft fuhren sie auch zusammen in die Kaserne zurück nachts von Berlin-Lichtenberg aus.

„He Alter, wie jeht's?"

„Jut, und selbst."

Die Jungs umarmten sich.

Auch Mauro war schon aufgeregt wegen des bevorstehen Studiums im Herbst. Leider würde er in Magdeburg studieren und nicht wie Roy in Berlin, was diesen sehr betrübte. Die Hintergründe dazu hatte Mauro ihm nicht verraten.

„Und nächstes Wochenende Franz?"

„Aber klar doch, mein Alter." Roy haute ihm auf die Schulter.

„Vielleicht klappt's ja diesmal mit die Bräute."

Aber da bräuchten die beiden schon das Aussehen Hagens, dachte Roy bitter. Die Ost-Berliner Girls konnten ganz schöne Zicken sein. Ließen sich gern ein paar Drinks spendieren und kamen vom Toilettengang nicht wieder.

Mauro schaute skeptisch. „Ick weeß nich, watt die Weiber jenau wollen. Dit hab ick noch nich' rausjefunden, vielleicht ja nie. Oda ick finde dit am Freitag raus. Na, uff jeden Fall bis Freitag denn, hast ja ooch VKU, wa?"

Roy nickte. „Aber du weißt, ich komm ja imma erst 15 Uhr raus."

Maurice schüttelte den Kopf. „Wenn Flugdienst is' am Donnerstag, fahren wir meist Freitagmorgen mit dem ersten Zug. Manchmal sogar Donnerstagnacht noch."

Jetzt im Sommer gab es einen Direktanschluss von Wolgast-Hafen nach Berlin Ostbahnhof.

„Ich bin so gegen 22 Uhr vorm Franz, geht nich' eher." Mauro nickte.

Im Franz tanzten die gut aussehenden Mädels aus Pankow und

Prenzlauer Berg, viele Studentinnen darunter, aber auch frustrierte Mädels mit abgebrochenem Studium und bereits gestelltem Ausreiseantrag, nur selten mal New-Wave-Girls oder Popper-Tussis [115].

„He, Alter, läuft gerade ‚Cocain' von Clapton. Weißte noch, war letztes Mal unser Rausschmeißer." Und Roy stob wild über die Tanzfläche im Geglitzer der Leuchtreklame-gelben Spots.

Mauro blieb an der Seite stehen und wippte mit dem Fuß.

„Und, schon was ins Auge gefasst?" Roy boxte prustend nach dem Ende des Songs Mauro leicht in die Seite.

„Die mit den ‚Ohren'." Maurice verdreht die Augen. Er stand auf Titten, am besten ab DD aufwärts. „Ick könnte zum Wolf werden, so hungrig bin ick, Roy."

Roy nickte traurig. „Geht mir ähnlich. Total gierig auf Weiberfleisch."

Jetzt war Mauro nicht zu halten, da „On Broadway" von George Benson lief. Mauro summte die Haupttextzeile mit. Er schlenkerte voller Freude mit den Armen und trippelte dazu mit seinen kurzen Beinen.

Die mit den „Ohren" lächelte Maurice gerade an und setzte sich an einen Tisch mit ihrer Freundin.

Roy wollte die Gelegenheit beim Schopf packen. „Noch frei hier, Ladys?"

„Na, klar Süßer, wenn de 'n Drink aus jibst, imma.

„Was willste denn, mein Sonnenstrahl?" Roy konnte, wenn auch selten, charmant sein.

Die mit viel Brust, aber wenig Haar kicherte, ihre Freundin ebenso.

Scheinen noch nicht lange in Berlin zu sein, dachte Roy. „Watt bevorzugen denn die Damen zu sich zu nehmen?“

Die beiden kicherten wieder und meinten fast im Chor. „Cola-Wodka.“

„Falls se Eis haben, mit?“ Roy wartete geduldig.

„Eenmal mit, eenmal ohne.“

„Zu Diensten die Damen.“ Und Roy zog los, sich bei den Getränken anzustellen. Zwischendurch lief er eine Schleife durch die Tanztraube zu Mauro. „On Broadway“ war gerade zu Ende, und der stand erschöpft am Rand.

„Mauro, heute hab ich mal zwei Mäuse klargemacht, darunter die mit den ‚Ohren‘ und wenig Haaren, auf die de scharf warst.“

„Nee, wo?“

Roy deutete zu dem Barbereich hinüber. „Ich hol den Bräuten gerade zwei Drinks, willste auch ’n Cola-Wodka.“

„Klar, logo.“ Cola-Wodka war im Franz praktisch das Standard-Getränk.

„Ick warte hier mit dir.“

„Nee, nimm die mal in Beschlag, sag, mein Kumpel mit de Drinks kommt gleich.“

Roy schob Mauro sanft in die Richtung des Tisches.

„Hei, ick bin Mauro. Mein Kumpel mit die Drinks kommt sofort. Und wie heißt ihr?“

„Ick bin die Kristin, und dit is’ meene Freundin Sabine.“

„Hallo ihr beeden. Und watt habt ihr heute noch so vor? Tanzen, Trinken, Kerle uff reißen?“ Mauro grinste.

Die mit den „Ohren“ schaute etwas überheblich, die andere lächelte unsicher.

„Wo bleibt denn dein Kumpel, ick hab Durst“, meinte die

Kurzgeschorene, die an den Seiten und hinten mehrere lange dicke Strähnen stehenlassen hatte. Sie konnte sich offensichtlich nicht zwischen Gothic und Punk entscheiden.

„Wo jibst denn so ’ne interessante Frisur, bei welchem Friseur? Will ick ooch ma’ haben.“

„Wieso nich’ jetze?“, fragte die dickbusige Wavegothicpunk-Lady.

„Na, kieck doch selbst, meene Haare müssen doch erst mal mindestens een Jahr wachsen, um deine Länge hier zu haben.“

Mauro wollte der Frau ins Haar fassen.

„Eh, nich’, da werd ick sauer.“

Mauro zuckte erschrocken zurück. „Tschuldigung, ick wollte dir nix ausreißen, nur mal kurz testen, wie sich dit anfasst.“

Roy kam mit den Getränken. „So, die Ladys, dann zum Wohl.“

„Prösterchen.“

„Prost.“

„Prosit Neujahr.“ Mauro versuchte lustig zu sein.

„Roy, ich stell dir die Damen ma’ vor. Sabine und Kristin.“

„Hallo.“ Roy lächelte in die Runde.

„Ach, ’n Intellektueller.“ Kristin, die Wavegothicpunk-Lady grinste herablassend. „Der Intellektuelle panisch flennt, wenn de Stasi um die Ecke rennt.“ Und sie brach in hysterisches Gelächter aus.

„Lass mich raten“, und Roy beugte sich aus dem Halbdunkel langsam mit seinem zierlichen sehnigen Oberkörper zu der Lady rüber und fixierte sie mit seinen jetzt sprühenden grünbraunen Augen. „Dieser irre witzige, geistreiche Spruch ist bestimmt von dir, stimmt’s?“

Kristin wurde wachsbleich. Sie begann zu stammeln.

Roy zischte nur. „Verpisst euch, sofort! Aber ihr dürft noch austrinken. Ex und hopp!“

Die Mädels kippten den Cola-Wodka runter und verschwanden.

„Was waren das denn für Fotzen.“ Grimmig stierte Roy in der Gegend rum.

„Aus Bernau“, fiel Mauro ein.

„Dann sollen die sich doch da von den Scheiß Stadtrand-Chaoten-Nazis ficken lassen und Berlin meiden.“

„Mensch, Alter, is’ ja jut. Pussy is’ Pussy, det weeßte doch. So, jetze komm mal wieder runter, Alter!“

Roy verstand keinen Spaß. „Nee, aber nich’ so eine mit so ’ne doofe Sprüche. Weißt ja, da bin ich empfindlich. So komm, neuer Drink, neues Glück. Sind ja hoffentlich nich’ alles so ’ne Gangstermatratzen.“

Roy kam mit zwei Drinks zurück.

Mauro war entmutigt von der Episode mit den Tussen. „Ick hau ab.“

„Watt? Das glaub’ ich jetzt nich’.“ Roy schaute überrascht.

„Ick trinke aus und dann geh ick int Bette.“

„Wir könnten doch noch mal ’n Knaack-Club kucken?“ Roy ließ nicht locker.

„Nee, lass mal.“ Mauro hatte ausgetrunken und klopfte Roy auf die Schulter.

„Vajiss nich’ morgen Roy, Theater.“

Morgen stand eine der legendären Aufführungen von Alexander Lang auf dem Spielplan mit dem unübertroffenen Christian Grashoff, von dem sie beide große Fans waren.

„Wir sitzen ja uff de Verfolger, wa, also ohne Pinke.“

Mauros ehemalige Beleuchter-Kollegen bugsierten die beiden

auf die Verfolger-Plätze, da die für Aufführungen selten benutzt wurden, bei Alexander Lang mit seinen Neonröhren-Bühnenaufbauten praktisch nie.

„Mensch, DT würde ich doch nie nich' vergessen." Roy schüttelte den Kopf.

„Na dann Alter, bis morgen." Mauro und Roy umarmten sich, und Mauro zog ab.

Roy tigerte noch mal durch den Klub. Er erkannte das Barmädchen wieder vom letzten Mal. Sie trug heute ein anderes Batik-Kleid, nicht weniger freizügig als das andere. „Na, meine Schöne. Heute schon zu Ulla Meinecke mitgesungen?"

„Woher weeßte, dass ick uff die steh'?" Die Barmaid blinzelte überrascht aus ihren kleegrünen Augen.

„Beim letzten Mal, wo ich hier war, hatteste kein Auge für mir, nur Ohren für de Musike."

„Stammjast?"

„Wie man's nimmt.

„Ick dachte, meene Stammjäste kenn' ick alle."

„Falsch gedacht."

„Und watt nimmste, unbekannter Stammjast?" Sie zog ihr Kleid straff, was ihren Busenansatz mehr zur Geltung brachte.

Roy errötete. „Cola-Wodka bitte, kein Eis."

„Eis is jerade sowie so aus. Bitte schön, zum Wohl. Drei Märker krieg ick."

„Stimmt so." Roy reichte drei Mark fünfzig rüber.

„Meene Firma dankt."

„Was machste denn so, wenn de nich' kellnerst oder bedienst?"

Das Mädchen steckte sich eine Cabinet an und ließ die Rauchkringel langsam nach oben steigen, wo sie an der Decke wattegelbe Wolken bildeten. „Mach ick meen Abi nach. Die haben mir nich' jenommen uff de EOS. Eltern keene Stasi, keene Partei, keene Arbeiter, ville Einser-Schüler inne Klasse. Und du?"

„Klingt nach 'ner sympathischen Familie auf jeden Fall. Ich diene die letzten Monate für 'n Weltfrieden."

Die Bedienung prustete den Rauch zu Roy. „Und drei Jahre etwa?"

„Sind im Herbst endlich vorbei."

„Auch eine?" Sie bot Roy eine Zigarette an, der eine nahm und sich Feuer geben ließ. Er musste an Katrin denken. Verfluchte Scheiße!

„Und, warste wenigstens hier inne Nähe?" Die Barfrau riss ihn aus seinen Gedanken.

„Peenemünde/Karlshagen oben auf Usedom."

„Is ja ooch dit nächste. Und hatteste denn wenigstens ab und an ma' jemand zum Wärmen?" Das Barmädchen lächelte verschmitzt.

„Ja, ziemlich am Anfang, is' dann aber mit 'nem anderen abgezischt. Was willste denn mit deinem Abi anfangen?"

„Irgendwatt mit Musik. Ma' sehen."

„Muss man da studieren?"

„Is bessa, haste mehr Schonzen. Du, ick hab in anderthalb Stunden Feiaabend. Kommste dann mit zu mir?"

Roy verschluckte sich und hustete. Darauf war er nicht vorbereitet. Er nickte.

„Hatt's dir gleich die Sprache verschlagen?"

„Nee, aber hast mich mit der Frage echt überrascht."

„Ick lern jern interessante Männa kennen. Aba nich' gleich ficken, okay? Ick lass dit jerne ’n bisschen langsamer anjehen. Wenn de ficken willst, musste zurück uff de Tanzfläche.“

Offenbar völlig anders als Katrin. Die ging ja immer gleich aufs Ganze.

„Nö, ich warte hier auf dich, trinke in Ruhe und schau dir in die Augen, Kleines.“

„Oh, ’n Romantiker, ick hab’s jeahnt.“

„Total.“ Roy nahm die Brille ab und rieb sich die Augen.

XXI

Drei Tage später nach ihrem Treffen mit Hagen klingelte es an Katrins Wohnungstür: Wodanski mit Blumen und einer Flasche unter dem Arm.

„Fräulein Nepomuk, wie ick annehme?"

Katrin nickte.

„Darf ick?"

Katrin machte ihm Platz und schloss die Tür.

„So, erstmal die Blumen, junge Frau."

„Danke." Katrin nahm die eine Vase, die sie hatte, von der Küchenvitrine.

Wodanski entfernte das Papier von der Flasche. „Ick hoffe, Sie trinken Wodka?"

Katrin lachte hysterisch. „Sie wissen dit doch eh, oder, dass ick zu ville trinke?" Skeptisch schaute sie zu Wodanski.

„Aber ick wusste nich', ob Sie von Wodka, Weinbrand, Rotwein oder wovon ooch immer besoffen war'n damals. Allet weeß dit MfS ooch nich', Mädchen." Wodanski blickte leutselig.

„Na, dit is ja beruhigend." Katrin nahm zwei Wassergläser aus dem Schrank und bedeutete Wodanski am Küchentisch Platz zu nehmen.

Dieser öffnete geübt die Flasche und goss beide Gläser voll. „Na denn Prost." Wodanski hob sein Glas.

„Uff watt trinke ich denn jetze mit Ihnen? Verkoof ick jetze schon meene Seele oder erst später schriftlich?"

Wodanski grinste. „Mensch, seien Se doch nich' so unentspannt,

Fräulein Nepomuk. Ick bin doch ooch nur 'n Mensch."

Katrin wiegte das Kinn. „Bei Ihren Methoden kommen einem schon ma' die Zweifel."

Wodanski biss sich auf die Lippen. Die Kleine ist schwerer zu knacken als erwartet. Hier musste er seine ganze operative Erfahrung und sein psychologisches Geschick bezüglich Frauen in den Ring werfen. Aber Wodanski liebte solche Herausforderungen. Der Tesla-Knabe hatte auf jeden Fall Geschmack bewiesen, wenn auch keinen Stil.

„Wenn et nach mir jejangen wäre damals, der Typ hätte in' Knast jemusst für dit, watt er ihnen anjetan hat. Immerhin musste der Junge damals jedet Wochenende een Jahr lang im Altersheim Ärsche putzen."

„Ach, echt jetzt? Det wundert mir aba jetze." Katrin schaute erfreut.

„Ja, uff meene Veranlassung hin." Wodanski plusterte sich auf.

Bis dahin hielt Katrin ihr volles Glas in der Hand, jetzt stieß sie mit Wodanski an. „Also prost."

„Wollen wa uns nich' duzen, ick bin der Achim."

„Katrin, aber det wissen Se ja, also du, bereits."

Er bot Katrin eine Marlboro an.

„Westzigaretten?"

„Klar, für besondere Frauen sollet ooch watt Besonderet sein."

Katrin fühlte sich geschmeichelt. „Also der Rauch von Freiheit und Abenteuer." Katrin inhalierte genussvoll und blies den Rauch fast zärtlich wieder aus.

Wodanski grinste. Er goss das Glas von Katrin wieder voll.

Katrin trank es aus und hielt es zum Nachschenken hin.

„Mensch, Katrin du kannst ja jeden Offizier untern Tisch saufen."

Katrin kicherte. Sie hatte schon einen kleinen sitzen, was Wodanski nicht entgangen war.

„Watt muss ick denn nu für Berichte schreiben?", fragte Katrin mit etwas schwererer Zunge.

„Nich' heute Katrin, nich' heute. Dit Offizielle machen wa allet in meene konspirative Wohnung, vastehste."

Katrin schaute verdutzt drein. „Und heute?"

„Heute wollen wa einfach 'n bisken plaudern und uns kennenlernen." Wodanski legte sein Jackett ab und krempelte die Ärmel hoch.

„Über mich jibtet nüscht zu erzählen", wiegelte Katrin ab.

„Vielleicht jehen wa mal in deine jute Stube, und du spielst mir 'n paar deiner Lieblingsplatten vor."

„Is allet ausm NSW", erwiderte Katrin schroff.

„Nich' eene Platte von Karat oder Silly?" Wodanski war baff.

„Mensch Achim, dit hab ick mit zwölf jehört."

„Na, und jetze?" Wodanski gab sich ehrlich interessiert.

„Ick steh' uff die alten Helden. Beatles, Stones, Led Zep, Hendrix, Deep Purple, Uriah Heep, paar neue ooch wie AC/DC, Metallica, Supertramp. Na, und Ulla Meinecke."

„Die wird nächstes Jahr uff de Parkbühne in Weissensee spielen."

„Nee, echt, woher weeßte denn dit?" Katrin begriff und beantwortete sich selbst die Frage. „Na ja, is' ja klar."

„Wir sind doch keene Unmenschen. Honecker hat endlich ooch begriffen, dass nich' alle nach de Puhdys abhotten wollen."

Katrin lachte herzhaft und kam kurz ins Straucheln, Wodanski hielt sie fest. Sie blickten sich zum ersten Mal richtig tief in die Augen.

„Sie haben schöne Augen für so'n Arschloch wie Sie sind,

Jenosse Wodanski. Komm Achim.“ Und sie führte ihn an ihrer Hand ins Wohnzimmer.

„Allet meene. Illegal jekooft meist eins zu fünf, selten mit besserem Kurs. Oder manchmal ’ner doofen alten Schwester ausm Kreuz jeleiert.“ Katrin grinste. „Oh, meen Glas is alle. Bist du so lieb, Achim?“

Wodanski spurtete in die Küche. Vorher bog er kurz zum Pinkeln ab. Im Spiegel rieb er sich die Hände. Dit läuft ja allet diabolisch jut. Noch zwee Gläser, und ... Wodanski zog, wusch sich Schwanz und Hände. Mit der Wodkaflasche, die bereits halbleer war, setzte er sich neben Katrin.

„Da bin ick wieder, meen Täubchen. Und hier jibt’s Nachschub.“

Katrin hielt gierig das Glas hin. Sie nahm einen ordentlichen Schluck. „Das Wässerchen des Lebens. So, Achim, womit wollen wa denn die Rocksession starten?“

Wodanski kannte zu seiner Schande nur die Beatles. Er machte sich nicht so viel aus Musik. „Worauf du jetzt Lust hast, meine Süße“, und er strich Katrin übers Haar.

Die seufzte bei dieser so lange entbehrten Berührung und entschied sich für Supertramp „Live in Paris 1975“, um Wodanski nicht gleich zu verschrecken.

„Nochmal den Rauch von Freiheit und Abenteuer inhalieren?“

„Au ja, jerne.“ Katrin nahm eine Marlboro und ließ sich Feuer geben. Sie inhalierte mit solcher Hingabe, als wolle sie jedes Körnchen Tabak einzeln in der gestopften Zigarette auskosten.

Wodanski hörte aufmerksam zu. Ihm schien die Musik zu gefallen, jedenfalls wippte er mit dem Fuß.

Katrin schmunzelte. Sie rückte näher an Wodanski auf der Couch heran und kuschelte sich ein wenig an ihn.

Jetzt ist Zeit zum Angriff, dachte sich Wodanski. Er kraulte Katrin zärtlich den Nacken, dass diese anfing zu seufzen.

„Mensch, Achim, du bist ja ein Schwerenöter." Und mit verschleierten Augen sah sie ihn an.

„Du riechst jut, bestimmt nich' Florena, oder?" Katrin wendete den Kopf.

„Boss, meene Süße, Hugo Boss. Benutz ick nur zu besonderen Anlässen."

„Ooch, komm kraul weiter, dit is' so schön", bettelte Katrin.

„Vorher noch 'nen Schlückchen vom Lebenswasser?"

Katrin nickte. Die Flasche neigte sich dem Ende. Sie war bereits betrunken.

„Ach, besoffen sein is' schön", sinnierte sie. „Dreh ma' bitte die Platte um, Achim, die holt sich sonst 'nen Wolf." Katrin kicherte.

„Mach ick doch allet für dich, meene süße Schnecke."

„Machste dit wirklich allet für mir?" Katrin schaute Wodanski wieder tief in die Augen.

„Großet Indianer-Ehrenwort." Wodanski hob zum Schwur die Hand.

„Na jut, ick hoffe, ick kann dir glooben."

Wodanski drehte die Platte um und setzte sich wieder zu Katrin.

Sie kuschelte sich noch näher an ihn.

So saßen sie eine Weile.

Wodanski wartete. Seine Erregung wuchs, aber meist machten die Weiber den ersten Schritt, deshalb wartete er.

„Noch mal 'ne Marlboro?"

Katrin nickte.

Die Rauchkringel der beiden Sitzenden vermischten sich unter der Decke zu einer cremeweißen Wolke.

Katrin drückte ihre Zigarette aus und sah Wodanski an, der ebenfalls seine Marlboro im Aschenbecher entsorgte.

Sieht eigentlich ziemlich gut aus für sein Alter, und janz anders, als ick dachte, und erschrak über ihre Gedanken. Sie begann Wodanski zu küssen. Die zweite Seite der Schallplatte lief sich den Wolf, aber sie knutschten weiter. Katrin begann zu keuchen.

„Dürfen wa ooch ficken?“, fragte sie naiv.

„Willste denn mit mir ficken?“, fragte Wodanski.

„Ich will von dir richtig hart genommen werden, Achim, komm besorgs mir.“ Und schon begann Katrin sich die Sachen runterzureißen.

Wodanski war mehr als überrascht. Er hatte eventuell sogar daran gedacht, Katrin mit Gewalt zu reiten. Aber wenn die kleine Stute jetzt von allein ihr geiles Hinterteil und ihre Fotze hinhält, umso besser. Sofort begann er sich auch die Sachen vom Leib zu reißen, ehe es sich die Kleine anders überlegte. Ruck zuck erreichte er seine Gefechtsbereitschaft, drang in Katrins Möse ein und fickte sie mit harten Stößen in mehreren Stellungen.

Sicher wurde Frau Westermann vom Stöhnen Katrins wach, die mehrmals kam. Erschöpft sank sie schließlich an seine Brust. „Du fickst wie der Teufel“, lächelte sie entrückt und bereits schlaftrunken.

„Kannste bleiben oder musste los?“

„Ick bleibe die Nacht an deiner Seite, Schneckchen.“ Wodanski strich ihr zärtlich übers Haar. Sie sollte seine neue Nr. 1 werden.

Früh klingelte Wodanskis Wecker. Er betrachte die schlummernde

Katrin zärtlich. Mit Ehefrauen hatte er kein Glück, aber immer wieder riss er unglaublich süße operative Mösen auf. Apropos ...

Katrin lag leicht auf der Seite, und die Bettdecke gab den Blick auf ihr magisches Dreieck frei. Sofort stand Wodanskis Moprala [116)]. Er drehte Katrin auf den Rücken, spreizte ihre Schenkel und lochte ein. Er brauchte nicht lange, um seine Ladung Sperma abzuspritzen.

Katrin stöhnte leise im Halbschlaf. „Ein Quickie am Morgen vertreibt Kummer und Sorgen." Sie spitzte die Lippen, weil sie noch ein Küsschen wollte.

Wodanski sprang in seine Klamotten. Vorher kritzelte er auf einen Zettel noch den Termin für den nächsten Treffpunkt, und schloss leise die Tür. Er wollte auf jeden Fall unbemerkt aus dem Haus kommen.

Katrin wachte mit einem Kater auf. Zwischen ihren Schenkeln klebte es. Sie fuhr mit einem Finger an ihrer Scham entlang und roch daran: Wodanskis Sperma und ihr Sekret. Sie fühlte sich etwas wund untenrum an, Wodanski hatte sie mit seinem Raddampfer wohl ganz schön durchgepflügt.

War es richtig? Andererseits ein halbes Jahr Knast? Dann lieber gut ficken und 'n paar sinnlose Berichte schreiben. Irgendwas würde sie sich schon ausdenken, um der betreffenden Person nicht zu schaden. Fantasie hatte sie ja.

Katrin machte sich eine Kanne Kaffee. Wodanski hatte noch eine Packung Jacobs Krönung dagelassen. Wie harmonisch der duftete, ganz anders als die Rondo-Plürre. Nach dem Aufbrühen machte sich in der Küche ein würziger Kaffeeduft breit.

Es klingelte, Frau Westermann stand an der Tür. „Mensch, Kindchen, heute will ick mal ’ne Tasse Kaffee bei dir trinken, der duftet so jut.“

Katrin nickte und bat Frau Westermann rein, die am Küchentisch Platz nahm. „Is’ der hier, deshalb duftet der so jut.“ Und Katrin zeigte Frau Westermann die Packung.

„Warum kriegen unsere dit nich’ hin?“ Frau Westermann schüttelte den Kopf und begann in kleinen Schlucken den Kaffee zu schlürfen. „Dit jäbe bestimmt weniger Ausreiseanträge.“

Katrin lachte. „Meinen Se wirklich?“

Frau Westermann nickte überzeugt. „Kriege ick noch ’ne Tasse?“

„Aber klar doch, Frau Westermann.“

„Wer war denn der Mann diese Nacht? Ick seh ja, du strahlst wieder ’n bisken, Katrinchen.“

„Der war so eener von oben, na ick hab Ihren Tipp beherzigt. Ick will doch nich’ in’ Knast.“

„So lange man jung und hübsch is’ wie du Kindchen, und ’ne empfangsbereite Muschi vorweisen kann, lassen sich viele Probleme unkompliziert regeln.“

„Frau Westermann, jetze jehen Se aber ’n bisken zu weit.“

„Ick wollte dir nich’ zu nahe treten, Kindchen, aber in meinem Alter sieht man dit mit Frauen und Männern einfach pragmatischer, wirklich nich’ böse jemeint.“ Frau Westermann trank die zweite Tasse aus.

„So, ick werd’ ma’ wieder hoch. Hoffentlich fücht sich allet zum Juten.“ Sie drückte Katrin und machte sich auf den Weg in ihre Wohnung.

Erst jetzt bemerkte Katrin den zerknitterten Zettel auf dem Spind.

„Komm bitte am Mittwoch, den 28. Mai in die Storkower Str. 34, 16 Uhr, bei Deubel klingeln."

Mist, da hatte sie Spätdienst. Musste sie versuchen zu tauschen oder auf das Angebot von Frau Westermann zurückkommen mit einer Krankschreibung durch die Ärztin der Poliklinik.

Am 28. Mai kam Katrin aus dem mit Elvira getauschten Frühdienst. Sie hatte bei Konnopke [117)] eine Wurst mit Brötchen gegessen.

Katrin duschte sich, föhnte die Haare und putzte sich die Zähne. Dann zog sie ihre schwarze Bluse und den kurzen roten Rock an, dazu die Pumps, und stiefelte los.

Das Haus schien ein normales Wohnhaus zu sein. Sie klingelte bei Deubel.

„Katrin hier."

„Ja, Katrin, komm hoch." Wodanskis Stimme klang fremd über die Wechselsprechanlage. „Nimm den Fahrstuhl, elfte Etage."

Der Summer quäkte, und Katrin trat ins Haus.

In der elften Etage winkte Wodanski schon auf dem Flur. „Hier, meen Täubchen, hier entlang."

Katrin wollte ihn gleich küssen, aber Wodanski schob sie erst mal in die Wohnung. „So, jetze können wa ausgiebig knutschen."

„Is ficken ooch drin heute?", fragte Katrin.

„Wenn de willst, meene Süße."

Sofort lag Katrin nackt auf dem Bett und spreizte ihre Schenkel. „Komm, reite mir, meen wilder Teufel."

Wodanski riss sich alles vom Leib und besprang sie. Heute fickte er Katrin ganz hart und schnell, so dass sie zweimal kam.

„O Mann, dit war ja wie ’n Tornado. Bei mir kribbelt noch allet.“

Wodanski reichte ihr eine Serviette zum Sperma-Abwischen.

„Danke, janz der Gentleman.“

Und auch die obligatorische Zigarette hielt er angezündet bereits parat.

„Wieder ’ne Marlboro?“

Wodanski nickte.

„Wer hätte jedacht, dass die Stasi-Arbeit so ville Vagnüjen bereitet.“ Katrin lachte.

„Nachher wirds dann ernst, Schnecke.“ Wodanski strich ihr über den Kopf. „Wodka?“

„Wenn de mir nach Hause bringst?“

Wodanski nickte.

Die Wassergläser klirrten nur leicht.

„So Kindchen, komm mal mit an den Schreibtisch. Du kannst dir ja denken, dass et um Informationen jeht.“

Katrin nickte.

„Uff deiner Station sind ’n paar in Kirchenkreisen aktiv, da würden ja jern ran. Der Pfleger Sven, die Schwester Daniela und die Schwesternschülerin Anke.“

„Hab mit denen kaum watt zu tun.“ Katrin zuckte die Schultern.

„Dit hängt ja jetze von deinem Jeschick ab. Vielleicht sich mal verabreden, Kino, Kneipe, Disco, Theater, watt weeß ick, mal nach Hause. Bei deiner Plattensammlung wirkste doch absolut authentisch Anti-Ost. Na, und dann immer mal fluchen, mit der Kaffeebrühe zum Beispiel.“ Wodanski bleckte verschwörerisch die Zähne.

„Warum is ’n der eijentlich so schlecht?“ Katrin blickte fragend zu Wodanski und gab ihm einen Kuss.

„Wir sind an die Verträge mit unsern sozialistischen Bruderländern jebunden, in dem Fall Angola, Äthiopien, Vietnam und Nicaragua. Die kriegen det Rösten irgendwie nich' hin. Der Kaffee is' aba von der Rohqualität ooch nich' besonders. Der Westen kooft vor allem in Kolumbien, Costa Rica und Brasilien."

„Hoch die internationale Solidarität. Und weiter Plürre trinken." Katrin ballte die erhobene Hand zur Faust.

Wodanski grinste. „Ja, dit soweit zu deener Station ..."

Katrin schaute fragend.

Wodanski holte tief Luft. „Jetzt zu Roy."

„Wer, watt?" Katrin glaubte sich verhört zu haben.

Wodanski fixierte sie und wiederholte. „Roy, Roy Müller, der Armist, mit dem de ma' kurz jevögelt hast, vor Hagen."

„Du scheinst ja alle meene Fick-Partner persönlich zu kennen. Trefft ihr euch manchmal zum Erfahrungsaustausch?" Wütend steckte sich Katrin eine Zigarette an und trank das Glas Wodka leer.

„Nichts bleibt verborgen, nichts bleibt geheim."

„Und, über watt soll ick den juten Roy anzapfen? Macht dit überhaupt irjend 'n Sinn? Der kennt doch nur diesen Mauro. Wo der Vadder ooch bei de Stasi is', gloob ick. Und den Kühnchen. Sonst kennt der niemanden. Und ihr werdet wohl kaum irgendwelche Waffen-Infos brauchen?"

Wodanski grinste. „Nee, sind ja unsere bzw. die vom jroßen Bruda. Aber denk ma' weiter, Kleene. Der is' ja bald Student, unter lauter subversiven Medizinstudenten. Da 'ne Quelle zu haben, is' wie Joldstaub. Die Herren Mediziner sind sich doch zu fein für so watt. Aber immer Top-Geräte ausm Westen wollen se. Sonst hauen se ab."

„Wieso, meen Vater spioniert doch ooch für dich, oda?"

Wodanski nickte. „Dit Netz kann janich eng jenuch jeflochten sein, meene Kleene."

„Wie ick dich hinterhältige Sau kenne, hast du schon 'n Plan."

Wodanski wirkte geschmeichelt. „Der Plan is der folgende: Du schreibst Roy 'n Brief, bedauerst allet, streust Asche uff dein Haupt, wie schlimm und böse du warst", dabei fasste Wodanski ihr mit zwei Fingern gekonnt an ihre Muschi, was sie kurz aufstöhnen ließ. „Du willst ihn wiedersehen. Hagen hat dich verlassen, dann hatteste noch den Unfall, du weeßt nich', wie dit weiterjeht, brauchst Unterstützung und Trost. Na?"

„Ein teuflischer Plan." Katrin schüttelte angewidert den Kopf. „Und ficken soll ick ooch mit ihm?"

„Na sicher, meene Kleene, anders jeht dit doch nich'. Fickst doch für dein Leben jern, merk ick doch. Und bist doch eh 'n jefallenet Mädchen." Und Wodanski grinste dreckig.

„Du Schwein." Katrin sprang auf, schüttete ihm den Wodka ins Gesicht, schnappte sich ihre Sachen und rannte aus dem Zimmer.

Wodanski steckte sich in Ruhe eine Zigarette an.

XXII

Gletscherblaue Schaumkronen jagten auf dem Meer, und morgens beim Aufwachen klebte lehmgelbe Feuchtigkeit an den Fenstern. Die Halbinsel rüstete langsam aber stetig für den nächsten Winter. Aber nicht mit Roy!

Katrin hatte geschrieben, jetzt kurz vor dem Ende. Entschuldigte sich tausendmal, wollte Roy sehen, vermisste ihn, das Übliche. Roy hielt den Brief prüfend in der Hand.

Warum jetzt? Sie hatte sich doch zwei Jahre gut mit anderen getröstet oder mit Alkohol.

Katrin deutete an, dass sie in starken Schwierigkeiten stecke und seine Hilfe bräuchte, mehr könne sie im Brief nicht schreiben. „Auch noch Miss Geheimnisvoll", brummte Roy.

Jetzt, wo er ohne Probleme in Urlaub fahren könnte, zögerte Roy. Außerdem stand die Vorfreude auf die Immatrikulation im Zentrum seiner Gedanken. Da hatte Katrin erst mal keinen Platz.

Roy blickte zu den gekappten Kiefern und dann rüber zu Buratino, seinem Glatten. Er war für Brieskopf gekommen, ein eitles Bürschchen aus Karl-Marx-Stadt.

„Hallo, ich bin der René aus Chems", so stellte er sich vor, und fühlte sich wohl unglaublich weltgewandt. Roy hatte diesen Ausdruck für Karl-Marx-Stadt noch nie gehört.

Roy nannte ihn Buratino, da er mit seiner spitzen Nase wie Buratino nach dem Abpicken der Nase durch die Spechte aus dem Märchen aussah. Roy musste deshalb immer grinsen. Aber das war auch das einzige Lustige an ihm.

Das Bürschchen hatte hektische Bewegungen, war schusselig und verträumt. Zusätzlich konnte es sich nichts merken und war schwer von Kapee, wie der Berliner sagt. Denkbar schlechte Voraussetzungen für einen guten Mechaniker.

Roy mochte ihn auf den ersten Blick nicht. Richtig schlimm wurde es aber ein paar Wochen später.

„Du Roy, darf ich am Mittwoch in den Ausgang gehen?“

Als Roy noch Glatter war, gab es nur Reviere. Er wäre damals gar nicht auf so eine Idee gekommen, vielleicht mal am Sonntag. Jetzt war die KRS friedlich geworden, was Roy gut fand. „Geht klar.“

Roy legte sich gegen 22:30 Uhr schlafen. Von einem Tür- und Schrankknallen wurde er wach. Das Jüngelchen war sturzbesoffen reingestolpert und nestelte vor seinem Schrank herum, um die Sachen zu verstauen.

„Sag mal, musstest du dich so besaufen?“, fragte Roy. „Und mach hier nich’ so ’n Krach!“

Die eisblauen Fischaugen fixierten Roy über die spitze Nase. Das Bürschlein hätte Roy gern was an den Kopf geknallt, murmelte stattdessen nur: „Musste sein, um den Scheiß zu ertragen.“

„Wenn du wüsstest, mein Lieber, wenn du wüsstest“, sinnierte Roy und seufzte ganz tief.

Auf einmal rülpste das Bürschlein in vollem Schwall mehrere Schübe Kotze aus seinen Mund. Schwer atmend legte es sich ins Bett und schlief schnarchend ein.

„Heh.“ Roy rüttelte an der Schulter des Knaben. „Aufstehen, wisch deine verdammte Kotze weg. Heeeh!“

Nichts zu machen. Roy fluchte. „So stinkbesoffen, dass er nicht mal seine eigenen oralen Exkremente aufwischen kann!"

Roy lief fluchend über den Gang und holte sich einen Eimer aus dem Spülraum.

Der GUvD kam auf ihn zu. „Is 'n los?"

„Stell dir vor, der Glatte kommt ausm Ausgang und kotzt mir die Bude voll. Und der is' so besoffen, dass er das nich' mal wegwischen kann."

„Revier?", fragte der GUvD.

Roy nickte, obwohl ihm nicht wohl war dabei.

Das ganze Wochenende über bekam Buratino ein Außenrevier. Er schmollte natürlich mit Roy.

Das einzig Beruhigende für Roy war, dass selbst die Jungs von Buratinos Jahrgang die Maßnahme absolut in Ordnung fanden. Das Bürschchen war nicht besonders beliebt.

Roy hatte trotzdem ein schlechtes Gewissen. Er hatte „Maßnahmen" wie Revier-Reinigen immer verabscheut. Jetzt bediente er sich ihrer selbst. Er schämte sich dafür.

Aber der nächste Woche anstehende Tag überschattete alles. Er bekam zwei Tage Sonderurlaub, um sich an der Medizinischen Fakultät der Humboldt-Universität zu Berlin, besser bekannt als Charité, immatrikulieren zu lassen. Endlich würde sein Leben wieder einen Sinn bekommen!

„Und Alter, nächste Woche endlich Studentendasein?"

„Jenau, meen Alter, dann bejinnt dit Leben."

Mauro wackelte mit dem Kopf und zappelte vor Ungeduld am

ganzen Körper. „Und kriechste ooch fünf Tage?“

Roy schüttelte den Kopf. „Nee, du weißt doch, Brüllinski. Und die zwei Tage liegen genau in die Mitte der Woche.“

„Watt?“ Der is’ doch nich’ bei Trost. Bis zum Schluss schikaniert der euch. Nich’ zu fassen.“

„War doch klar.“

Damit konnte Brüllinski wieder seine Boshaftigkeit beweisen.

„Ick fahre um zwölf Uhr ab, bin abends da. Am nächsten Tag zur Immatrikulation, danach gleich wieder inne Kaserne.“

„Na, ick mach’ mir ’n paar schöne Tage in Magdeburg, insjesamt neun am Stück. Ma kieken, wie die Mädels so sind.“ Mauro lachte diebisch.

Was Roy nicht wusste und warum Mauro nicht nach Berlin gehen konnte: Er hatte es nicht übers Herz gebracht, Roy anzuscheißen, was ihm Mauros Vater sehr übelnahm.

Die gemeinsamen Tage der beiden Freunde schienen gezählt.

Bei der Immatrikulationsfeier kreisten Roys Gedanken um die „verbrannten“ drei Jahre Lebenszeit ...

Unteroffizier Kock, das Männlein mit dem fast immer krebsroten Kopf, dem Messemaskottchen von Leipzig nicht unähnlich. Der in Massenabfertigung vollzogene Radkästen-Haarschnitt. Die Bellereien der UaZ. Die endlosen Märsche nachts in Kälte und Dunkelheit nach Gefechtsalarm. Die ewigen Marschier-Übungen für die Vereidigung. Nachtschießen. Die Revierschlachten, der ewige nicht enden wollende Schnee in zwei langen, kalten, eisigen Wintern. Brieskopf mit seinem Gebölke. Die nächtlichen Dienste, permanenter Schlafentzug. Schikanen von Brüllinski, immer wieder Urlaubsstreichungen. Die

Trennung von Katrin ... ein unglaublich hoher Preis, den er da gezahlt hatte für das Medizinstudium. Vielleicht hätte er doch Maschinenbau studieren oder Lehrer werden sollen.

Aber das Studentendasein war jetzt wirklich zum Greifen nah. In seiner Geburtsstadt Berlin würde er studieren können. Roy hatte Uni-Luft geschnuppert und schöne Mädchen in langen Röcken gesehen. Und er war so verflucht hungrig nach Weiber-Fleisch, sein Blut peitschte in den Adern und wollte schier überkochen. Roy wusste nicht, ob er sich überhaupt auf das Studium konzentrieren können würde ...

Was Roy am meisten Kopfzerbrechen bereitete: Er musste nahezu geistig verblödet UND mit einem Wissensdefizit von vier Wochen versäumter Lehrveranstaltungen starten.

Roy hatte auf den ersten Brief von Katrin bisher nicht reagiert. Heute war ein zweiter Brief gekommen, noch flehender und bittender als der davor. Katrin hatte darin ihre gemeinsamen Stunden Revue passieren lassen. Mit den Details hatte sie Roys verschüttet geglaubte Gefühle an die Oberfläche geholt.

Er gab sich geschlagen und füllte den Urlaubsantrag aus. Diesmal musste er niemanden vorher fragen. Vier Wochen vor seiner Entlassung würde er also Katrin treffen.

XXIII

Die Kastanien auf der Schönhauser Allee hatten alle Farben, die sie hervorzaubern konnten, angelegt: Von Burgunderrot über Terrakottaorange und Teichgrün bis zu Maisgelb und Sandsteinbraun leuchteten sie im untergehenden noch wärmenden Sonnenlicht.

Roy schlenderte langsam auf den Franz zu und zahlte den Eintritt. Die U-Bahn zerriss die Sonntagsstille mit ihrem Rumpeln auf der Hochbahn-Trasse, und ein paar Stare, die wohl den Winter in Berlin bleiben würden, zwitscherten vergnügt dazu.

Sonst war er immer mit Mauro hier gewesen. Er bestellte einen Cola-Wodka, setzte sich an einen der leerstehenden Tische und wartete im Zwielicht der Bar.

„He, darf ick?" Katrin setzte sich an den Tisch. Sie hatte einen hautengen kurzen pechschwarzen Rock und ein korallenorangenes Oberteil an, was die prallen Zwillinge verhüllen sollte, aber dafür nicht gemacht schien. Katrin trug keinen BH. Ihre Knospen schimmerten durch die Kunstseide hindurch.

„Cola-Wodka?" Roy ging ihr einen holen.

Er stellte das Glas auf den Tisch und musterte Katrin wehmütig. Sie war immer noch schön, aber es hatte sich ein Hauch von grimmiger Entbehrung über ihr Gesicht gezogen. Und in dem Aufzug wirkte sie fast ein bisschen nuttig, nicht umsonst fingen alle Männer an zu hecheln, die an ihr vorbeiliefen.

Die Unschuld, Naivität und Unbekümmertheit, mit der Katrin aus Hunderten von Frauen wie ein kleiner Stern aufleuchtete, schien verloschen zu sein.

Er musste an die Barnixe aus dem Franz denken. Sie hatten es beim zweiten Mal getrieben, aber mit Katrin war der Sex deutlich heißer.

Katrin legte die Beine übereinander und zündete sich eine Zigarette an. Wortlos hielt sie Roy die Packung hin, der sich eine rausfischte. Katrin gab ihm Feuer. Eigentlich rauchte er nicht, aber mit Katrin zusammen musste er einfach rauchen. Es machte ihn auch immer ein bisschen geil.

„Watt gibt es denn bei dir so Wichtiges, das de mir unbedingt sehen wolltest?“ Roy blickte durch den Rauch zu Katrin.

„Ach, meen Leben is’ ziemlich im Arsch. Hagen hat mir ziemlich schnell verlassen, dann hatte ick unter 1,2 Promille ’n Unfall. ’n Fahrradfahrer is’ mir inne Seite von Trabbi, machte Kabolz anne Laterne und doot. Sollte in’ Knast deshalb.“

„Watt?“ Roy schrie fast. Seine Katrin im Knast. „Hättste doch mal eher geschrieben?“

Katrin schüttelte den Kopf. „Jing irjendwie nich’. Na ja, und der Wodanski hat’s abjebogen.“

Obwohl dieser Mann aus der Ferne bereits mehrfach in sein Leben gepfuscht hatte, hörte Roy diesen Namen heute zum ersten Mal. Er zuckte die Schultern. „Stasi?“ Er blickte Katrin an.

Sie wand sich unter seinem Blick und log. „Ick hab nich jefragt.“

Roy zeigte ihr einen Vogel. „Dit wär doch ’ne super Situation, um deine Notlage auszunutzen. Die Stasi wäre ja geradezu blöd, det nich’ zu tun.“

„Ick musste ’n paarmal mit dem Typen ficken, war meistens betrunken.“ Jetzt war es raus, wenigstens die halbe Wahrheit.

„Scheinst mit Alkohol immer Probleme an dich zu ziehen. War es gut?“

„Bisher der beste Sex in meinem Leben“, sagte Katrin ruhig.

Roy zog hastig an seiner Zigarette. „Na, da haste doch wieder ’n Kuschelkissen.“

Katrin schüttelte den Kopf. „Nee, dit is’ doch nüscht. Wolln wa dit nich’ noch ma’ vasuchen? Du kommst doch jetze’ raus, und ick krieg vielleicht nächstet Jahr die Zulassung. Muss dann nur noch meen Abi nachmachen.“ Katrin fasste nach Roys Hand. „Wir waren doch imma ’n jutet Team.“

Roy zog die Hand weg. „Das seh ich aber anders, Katrin.“

„Wir hatten doch jar keene Zeit, uns richtig kennenzulernen. Wir kennen uns ja eijentlich nur Stunden.“ Katrin flehte mit ihren mandelförmigen braun-grünen Augen.

Roy überlegte.

Beim ersten Kennenlernen nahm ihn Katrin zu sich nach Hause, sie knutschten nackt und wild.

Dann hatte Katrin sich ewig nicht gemeldet.

Im ersten längeren Urlaub von Roy vögelten sie mehrere Tage hintereinander, unterbrochen von Essen und Schlafen.

Danach hatte Katrin Hagen getroffen und war mit ihm zusammen, weil Roy fast ein Vierteljahr der Urlaub gestrichen wurde von Brüllinski.

Schließlich hatten sie sich aus den Augen verloren, jeder kämpfte für sich allein: Katrin gegen Einsamkeit und Alkohol, Roy gegen Einsamkeit und Brüllinski.

Irgendwie hatte sie recht. Aber konnte er ihr trauen? Würde sie ihn nicht wieder irgendwann betrügen?

„Komm, lass uns zu mir gehen." Katrin suchte wieder Roys Hand und brachte ihre Zwillinge in Stellung.

„Du denkst auch, bei de Männer brauchste einfach nur mit die Zwillinge winken und die Beine breit machen, und dann is' schon wieder alles gut, wa?" Roy zog die Hand wieder weg, nicht ohne einen Blick auf den üppigen Ansatz ihrer Brüste zu werfen.

„Ficken is' doch wat Schönet, oda nich? Die Welt wär bestimmt besser, wenn alle regelmäßig Sex hätten, gloobste nich?" Und wieder versuchte Katrin, Roy zu umgarnen. „Findste mir denn nich' mehr schön?" Katrin blickte in Roys bernsteinfarbene Augen, die hinter der Brille funkelten.

„Doch, aber die letzten Monate haben Spuren hinterlassen."

„Ach, danke, Herr Analysator. Is dit 'n Wunder?" Katrin zündete sich eine Zigarette an und blies wütend den Rauch nach oben.

„Mensch Katrin, bei allem Schlimmen, was passiert is'. Keiner hat dich gezwungen zu irgendwas. Auch für den Unfall biste ganz allein selbst verantwortlich. Selbst wenn der Knallkopp kein Licht an hatte."

Katrin begann zu schluchzen. „Mensch, ick fühlte mir so alleene, so mutterseelenalleene uff de Welt. Und ick konnte nich' schlafen. Hab ick mir halt zujelötet. Und ick hatte wieder Angst vor de Dunkelheit. Deshalb dit Auto. Der Barkeeper hätte mir dit eene fast mal hinterm Tresen jenagelt, weil der dachte, ick warte druff. Konnte ihn jerade noch wegstoßen."

Katrin rückte mit ihrem Stuhl an Roy heran. „Na, komm meen Süßer, meene Pussy schnurrt schon vor Freude."

„Und was is' mit deinem Stasificker? Ich denke, der is' so toll?"

„Na, vielleicht kommste an den ran nach entsprechender Übung.

So oft ham wa ja ooch noch nich', wa?" Katrin grinste und begann Roy mit ihren fülligen Lippen und ihrer geschickten Zunge zu bearbeiten.

Roy stöhnte. Sein kleiner Freund schien bereits überzeugt zu sein, es mit Katrin nochmal zu versuchen. Er unterbrach die Kuss-Session.

„Warum haste denn so 'ne Angst vor Dunkelheit?"

„Seit der Verjewaltijung mit meenen Cousin. Is' jetze übrigens bei Dzierzynski."

„Verfluchtes Dreckschwein." Solche Typen kommen irgendwie mit allem durch und werden quasi noch belohnt. Diesmal begann Roy Katrin zu küssen. „Komm, lass uns gehen."

Arm in Arm schlenderten sie langsam Richtung Katrins Wohnung, immer wieder von innigen Küssen unterbrochen.

Bereits beim Hochgehen im Treppenhaus begannen sie sich die Sachen vom Leib zu reißen.

Katrin nestelte an ihrem Schlüssel. Ungeduldig trat sie die Tür auf. Roy stieß sie mit Knallen zu.

Sie liefen oder besser drehten sich eng umschlungen Richtung Bett. Die letzten Klamotten fielen zu Boden.

Katrin ließ sich aufs Bett fallen, Roy war sofort über ihr.

Heute war er nicht mehr unsicher, sondern übernahm gleich die Führung, was Katrins devoter Natur sehr entgegenkam.

Sein Schwanz pulsierte.

Die Schnecke von Katrin glänzte feucht durch das Schamhaar hindurch im Mondlicht. Ein weiteres Anwinkeln der Schenkel, und Roy begann mit langsamem Tempo.

Katrin umklammerte Roy fest am Rücken und krallte sich wie ein Äffchen fest. Sie ließ mehrere Seufzer los, die lauter wurden und langsam in ein Stöhnen übergingen. „Fick mich, mein Süßer, fick mich, stoß mich richtig durch, o ja, mit deinem harten Fickschwanz. Wie ick det liebe!“ Zwischendurch züngelte sie und deutete damit an, dass Roy sie knutschen sollte. Tief und feucht stieß sie ihm ihre Zunge in die Mundhöhle.

Das steigerte Roys Erregung, er legte an Tempo zu. Mit kontrolliertem Beckeneinsatz stieß er zu.

Katrin kam mit einem langen, tiefen Stöhnen und grub ihre Nägel in Roys Haut.

Roy schien überrascht.

„Fick weiter, mein Hengst, ach, mein liebster Hengst, komm fick mich durch, jaaa, ick will noch mal kommen.“

Roy pumpte wie ein Maikäfer. Er schwitzte, die Tropfen fielen auf Katrins Brüste.

Katrin keuchte und schrie abwechselnd. Und kam noch mal mit einem wilden, ekstatischen, langgezogenen Schrei, der dem einer hungrigen Hyäne in der afrikanischen Savanne glich.

Roy kam jetzt mit dem ihm eigenen Brumm-Laut und sank erschöpft auf Katrin hinunter.

„Ach meen Süßer, wenn de mir so fickst, bleib ick für imma bei dir.“

„Echt? Oh, du weinst ja.“ Roy schaute erschrocken.

„Ja, dit war allet zu viel in den letzten Wochen und Monaten, weeßte ja. Aber nu biste ja bei mir, und allet is jut.“ Katrin lächelte selig.

Jetzt erstrahlte Katrins Gesicht in neuem Glanz. „Nee, noch nich’ raus, bleib noch drin."

Roy kontrahierte noch ein paarmal seinen Penis, was erneut zu einem überraschten Stöhnen Katrins führte. „O dit is ja geil."

„Du bist schon echt 'n kleines Fickmonster." Roy lachte, und Katrin kuschelte sich zufrieden an ihn.

Trotzdem fühlte sich Katrin schlecht. So gern sie Roy hatte und mit ihm schlief, so unsicher war sie sich, ob ihre Beziehung eine Chance hatte. Katrin hatte sich bis zuletzt geweigert, den Plan, Roy zukünftig auszuspionieren, auszuführen, aber Wodanski hatte ihr schließlich mit Knast gedroht. Und Katrin kapitulierte.

„Was meinste, ham wir noch 'ne Chance, wir beide?", fragte Roy plötzlich, als könne er Katrins Gedanken lesen. „Wir können doch jetzt nich' einfach zur Tagesordnung übergehen, oder?"

Katrin schluchzte und greinte wie ein zwei Wochen altes Kätzchen.

Roy streichelte ihre Haut.

„Du hast ja absolut recht, Roy. Warum sollteste mir nach alldem nochmal Vertrauen schenken. Ick mach dit ja ooch zum Teil wegen dem Wodanski. Ick meine, nich' dass ick dir nich' lieb hab. Ick habe nie uffjehört, dich zu lieben. Aber du warst eben nie da."

Roy fluchte leise.

„Und der Wodanski hat mir inne Hand, der Unfall, vastehste. Der will, dass ick irjendwelche Infos aus dir rauskitzle und an den weiterjebe. Du weeßt ja, wie die scheiß Stasi tickt."

„Welche Infos denn?" Roy staunte.

„Watt soll ick denn wissen?" Katrin musste lachen. „Na, so aus eure Medizinerkreise, der wittert doch überall 'ne Verschwörung."

„Ah, jetzt is' mir das klar. Na, 'ne Weile kann ich dir zuliebe die Chose mitspielen, aber was für Infos liefern wir ihm?"

Katrin küsste ihn tief auf den Mund. „Ach, Roy, du bist een Schatz. Sonst muss ick irjendwie abhauen in' Westen! Dit is meene einzige Chance. Der Wodanski macht mir sonst fertig, und ick muss noch in' Knast. Und ick gloobe nich', dass ick dit aushalte."

„Vielleicht kommt ja ooch alles ganz anders, als wir beide denken?"

Und Roy küsste sie.

„Watt meenste denn damit?"

„Na Mensch, '83 und '84 war das Land schon mal pleite, du weißt, die beiden Kredite von Strauß. Was denkste denn, wie lange die Misswirtschaft noch weiterjeht? Höchstens noch 'n paar Jahre."

Katrin machte große Augen.

„Kuck dich doch mal um. Immer mehr stellen Ausreiseanträge. Und es gehen ja nich' die Bekloppten. Das Geld hat kein' Wert mehr, nur D-Mark oder Forum noch. Alles verfällt, vor allem die Städte, die Betriebe sind marode. Was glaubste denn, warum die Arschlöcher alle so nervös sind, alle voran dein Wodanski-Stecher?"

„Is nich' meen Wodanski, und stechen lassen tu ick mir ooch nich' mehr von dem."

„Das will ich doch sehr hoffen, meine Kleine."

Katrin juchzte freudig, da sie merkte, dass Roy bereit war zur zweiten Runde.

„Jetze is aba ma 'ne Zigarette fällig, oder?"

Roy nickte erschöpft.

„Bei der lauen Luft und dem dicken Vollmond haste wohl die

richtige Stimmung, wa?“ Katrin blies lachend den Rauch aus.

Roy exhalierte prustend.

Über Berlin lag eine der seltenen Spätsommer-Ostwetterlagen.

Die taubengrau-lilienweißen Rauchschwaden sammelten sich, um vereint durchs offene Fenster zu ziehen.

Roy richtete sich auf mit seinem Oberkörper, um Katrin zu betrachten. Wie die „Sixtinische Madonna“, nein, noch schöner und sinnlicher, dachte Roy. Auch wenn er das Bild nur aus dem Kunstunterricht kannte. Er blickte voller Sehnsucht auf diesen vollendeten Körper weiblicher Schönheit.

„Na, meen Süßer, zufrieden mit dem, watt de siehst?“ Katrin lächelte und küsste Roy.

Dieser nickte. „Wann siehste denn den Wodanski wieder?“

„Morjen.“ Katrins Stirn verfinsterte sich. „Meinste, der lässt sich uff den Deal ein?“

Roy zuckte die Schultern. „Ick hoffe dit für uns beide. Ich kann doch irgendwie immer inne Nähe warten auf dich, was meinste?“

„Und wenn ick nich’ rechtzeitig komme, willste de Polizei rufen?“

„Klar, versuchte Vergewaltigung.“

Katrin pfiff durch die Zähne. „Aber ob wa den so drannekriejen?“

„Verfluchte Stasi.“ Roy drückte wütend die Zigarette aus.

„Ick könnte ja erst ma’ drohen. Ick meene, dit erste Mal mit dem Typen, ick könnte sagen, dit war ’ne Verjewaltijung. Ick war total abjefüllt.“

„Und die Male danach?“ Katrin fing wieder an zu weinen.

Roy trocknete mit einem Betttuchzipfel ihre Tränen. Die Stasi hatte ihre Fangarme überall, dachte er. „Könnteste nich’ irgendeinen

Typen von drüben heiraten, dann wärste weg von dem Arsch?"

„Wen denn?" Katrin richtete sich auf.

Roy überlegte. „Vielleicht mein Cousin, der hasst den Osten. Und der freut sich immer, wenn er 'nem armen Ostler-Schwein helfen kann.

„Komm wir jehen jetze inne Zelle und rufen den an." Katrin sprang voller Entschlusskraft auf und begann sich anzuziehen. „Na los, haste die Numma?"

„Nee, und kieck mal auf de Uhr. Und für die Nummer muss ich vorher die Eltern anrufen."

„Na jut, aber dann morjen." Katrin zählte aus ihrer Geldbörse schon mal ein paar Markstücke ab.

„Wir sollten morgen nach sechse warten, da isset billiger. Und die Stasi hat nich' so viele Mithörer inne Leitung."

„Jut, ick hau jetzt noch 'n paar Eier in die Pfanne, brauchst bestimmt Eiweiß." Katrin grinste und ging in die Küche.

XXIV

Roy schlenderte verliebt vor sich hin, als er aus dem Wochenende mit Katrin kam. Endlich waren sie so eng verbunden, wie es sich Roy die letzten langen zwei Jahre immer gewünscht und erträumt hatte. Auf seinem Gesicht spiegelte sich noch ein leises Lächeln vom Wochenende. Mit den Restgedanken war er bei der Uni.

Dabei verhielt er sich leichtsinnig und lief Brüllinski in die Arme.

„Mähnsch, Müller, nehmse sich zusammen, wie laufen Sie denn rum hier, ich bring Sie in' Knast!" Brüllinski blickte wie immer aus seinen kotbrauen Augen seitlich zur Seite nach unten. Der massige Bulldoggenkörper war wie zum Sprung bereit.

Brüllinski rieb sich die Hände, Roy erwischt zu haben. In den letzten Wochen musste er sich um andere Sachen kümmern. Er besaß wieder einen neuen Dackel, den er aber noch abrichten musste. Seine Frau war urplötzlich ausgezogen, was ihn sehr betrübte und in seiner Eitelkeit massiv kränkte. Umso mehr gierte Brüllinski, seinen Frust an Roy abzureagieren.

„Nu los Müller, machen Se Ballett, Mähnsch. Sollte ich Sie die nächsten Tage nochmal bei einem Vorkommnis erwischen, mach ich Sie fertig, Sie kommen in' Knast, klar? Ich höre nichts!" Die letzten Worte klangen wie das Grollen einer MIG-23 an der Vorstartlinie.

„Jawoll, Genosse Oberstleutnant, zu Befehl!"

Brüllinski nickte zufrieden und watschelte davon.

Roy klapperte mit den Zähnen wie im Fieber. Für ein paar Stunden hatten das Zusammensein mit Katrin und deren Erlebnisse alles überschattet. Nun musste er selbst wieder bangen. Furchtsam schlich er von dannen.

Roy wagte es nicht, sich auszumalen, kurz vor dem Ziel, kurz vor dem Erreichen der Freiheit, kurz vor dem ersehnten Aufwachen aus diesem fast drei Jahre dauernden Alptraum, kurz vor dem Neuanfang mit Katrin, was passieren würde, wenn ...

Es schien unmöglich, auf dem Flugplatz nicht Brüllinski in die Arme zu laufen. Immer kam der gerade um die Ecke, wo ihn Roy nicht vermutete, und drohte mit Knast.

Roy rannte wieder, wenn er den Truppraum verließ, egal ob zur Mittagspause, zur Toilette oder sonst wohin.

Zog Roy einen Sitz vom Truppraum zur KRS-Halle zum Einbau, konnte er darauf warten, dass Brüllinski um die Ecke kam und schrie:

„Mähnsch Müller, Sie Lahmarsch, machen Se schneller, ich bring Sie sonst in' Knast!"

Die manövrierunfähigen Sitzwagen mit dem 100 Kilo schweren Schleudersitz allein zu bugsieren war eine Schinderei, zumal oft die Reifen nicht richtig aufgepumpt waren. Mit schnell war da nichts.

Noch drei Wochen bis zur Entlassung, und mehrmals in der Woche drohte Brüllinski mit Knast. Er schien allgegenwärtig zu sein, überall tauchte er auf. Brüllinskis einziger Daseinszweck schien es zu sein, Roy aufzulauern, ihm zu drohen und ihm die letzten Tage zur sprichwörtlichen Hölle zu machen.

Roy war in ständiger Anspannung. Er schlief schlecht und hatte Alpträume, in denen er in die Tiefe stürzte und ihn niemand auffing.

Roy fühlte sich wie ein gehetztes Rehkitz, was vom Wolf verfolgt wird. Nur im Ausgang fühlte sich Roy sicher.

Er konnte sich nicht erinnern, ähnlich verzweifelt, hoffnungslos und niedergeschlagen zu sein wie in den letzten Stunden vor seiner Entlassung.

So muss es Katrin gegangen sein nach der Vergewaltigung und mit Wodanski jetzt nach dem Prozess, grübelte Roy, wenn er abends auf seinem EK-Bett lag und neben ihm Buratino grunzte.

Sein Herz meldete sich wieder, besonders abends vor dem Einschlafen stolperte es. Manchmal setzte es auch aus, und Roy wurde schwindlig. Zuweilen schmerzte es auch und stach, als wenn Brüllinski persönlich mit seinen Diktator-Flossen in Roys Brustkorb herumfuhrwerkte.

Er klammerte sich an ein Datum: an den 29. Oktober 1987, den Entlassungstag.

Die letzten Stunden tropften wie ein undichter Wasserhahn vor sich hin. Roy mochte nicht mal seine alte Wandergitarre zur Hand nehmen, um darauf herumzuschrummen und sich abzulenken.

Roy hatte gestern Katrin auf Station angerufen. Wodanski schien den Deal geschluckt zu haben.

Sie habe Wodanski erzählt, sie könne einfach viel authentischer Roys Informationen abschöpfen, wenn sie vorgebe, mit ihm wieder richtig zusammen zu sein. Und dazu zähle für sie auch absolute sexuelle Treue.

Wodanski hatte ihr nicht glauben wollen und sei ihr an die Wäsche gegangen.

Da Katrin diesmal stocknüchtern war, habe sie geschrien und gedroht, ihn wegen Vergewaltigung anzuzeigen.

Es habe sogar ein Nachbar wegen dem Lärm geklingelt und gefragt, ob alles in Ordnung sei oder er die Polizei rufen solle.

Wodanski habe sie wütend gehen lassen.

Roys Cousin war mit der Scheinheirat einverstanden. Er wollte nächste Woche nach Berlin kommen und sich in der „Ständigen Vertretung der Bundesrepublik Deutschland“ dazu beraten lassen. Roy fiel das ganze Ida-Gebirge vom Herzen, und die eisernen Ringe vom Grünen Heinrich dazu. Bei der Vorstellung konnte er mal wieder kurz lächeln.

„Lust auf Schnitzel mit Rösti?“ Kühnchen lugte herein.

„Kann der nicht anklopfen?“, meldete sich Buratino mit seiner Kehlkopfstimme.

„Halt deine dumme Schnauze, du hast hier gar nichts zu melden, klar!“

Kühnchen zuckte zusammen.

„Nee, tut mir leid, bin nich’ in Stimmung.“ Roy blickte vom Lehrbuch „Einführung in die Anatomie des Menschen“ auf. „Oder Scheiße, doch, warte vorn am UvD auf mich.“ Roy hätte alle anspringen können wie ein Luchs im Geäst. Wo früher Stahlseile waren, lagen jetzt verfilzte Bindfäden blank.

„Kotz nich’ wieder die Bude voll, klar Glatter!“ Grimmig musterte er Buratino und verließ das Zimmer.

„So komm, auf geht’s.“

„Au ja, noch mal gut essen die letzten Stunden.“ Kühnchen grinste. „Hast den Glatten ja ganz schön angefahren.“ Prüfend blickte Kühnchen auf Roy. „Kenn ich gar nicht von dir.“

Der nickte. „Scheiße, der Brüllinski zehrt an meinen Nerven. Da hab ich nu die allermiesesten EK überstanden und den beknackten Brieskopf. Aber mein EK-Dasein kann ich nich' genießen."

„Aber der macht das doch nicht wahr mit dem Knast, oder?", warf Kühnchen keuchend ein. Er war im letzten Halbjahr noch unsportlicher geworden.

„Wer weiß das genau?"

Diesmal zogen SIE auf dem Weg zum Klubhaus aus Spaß mal die Bandmaße, aber ohne zu brüllen.

„So Henkersmahlzeit, guten Appetit."

„Ja, guten Appetit." Kühnchen spachtelte bereits los, Roy ließ noch einmal den Blick schweifen, um einen letzten Eindruck von dieser „Oase des Lukullus" mitzunehmen und abzuspeichern.

„Nächste Woche isset ja nun endlich so weit. Mein Gott, wie sehr hab ich das herbeigesehnt." Roy nahm die Brille ab und wischte eine Träne weg.

Kühnchen verschluckte sich erschrocken und hustete.

„Mensch Alter, nich' noch abnippeln in de letzten Stunden!"

„Nee, auf keinen Fall. Prost!"

Sie stießen mit einer Fassbrause an.

„Sag mal, hast du mitbekommen, dass Zoll oder Polizei oder Stasi da waren? Die kamen doch immer die letzten Wochen zum Anwerben."

„Nee, halten uns wohl nich' für staatstragend genug", sprudelte es aus Kühnchen heraus. Er grinste hinter seiner Fernsehansager-Brille verschwörerisch. „Oder die wissen, dass sie sowieso niemanden werben könnten."

„Das wirds wohl sein."

„Am 27. Oktober soll ja das obligatorische Abschlussgespräch stattfinden mit ’m Kommandeur. Brüllinski wird sich sicher wieder davor drücken wie jedes Jahr, oder?“

„Schickt bestimmt den heißen Staslin vor.“ Kühnchen machte eine Bewegung, die wie Ausspucken aussah.

Staslin empfing das EK-Häuflein in seinem Dienstzimmer und erledigte diesen Job in gewohnt aalglatter Manier.

„Und, Genossen? Wie fanden Sie Ihre Zeit hier in der KRS? Wir sind ja unter uns und können das ganz offen ansprechen!“ Süffisant blickte Staslin in die Runde. Diese Intellektuellen-Bürschchen, mit denen sollen wir nun unser Land aufbauen. Ist doch klar, dass das nix wird. Haben doch kein Rückgrat, keine Nehmer-Qualitäten. Weicheier! Und wie man eine Pussy verwöhnt, wissen die sicher auch nicht. Genießerisch leckte er sich die Lippen und dachte an die letzte Nacht mit der Frau von Kruthkopp. Mann, ist die abgegangen. Wie ein Marschflugkörper, sogar eine MIG war lahmarschig dagegen.

„Ich empfand den Umgang mit uns UaZ als stellenweise würdelos, ohne Respekt“, intervenierte Kubi als Einziger stockend.

„Was? Aber ich bitte Sie, Genosse Kubitscheck. Solche Wörter in den Mund zu nehmen. Logisch, dass die Umgangsformen unseres Kommandeurs, nun ja, sagen wir manchmal etwas rau sind. Aber er hat das Herz auf dem rechten Fleck, das können Sie mir glauben. Also äh, ich meine äh, ich meine natürlich, er hat immer den richtigen Klassenstandpunkt.“

Hast dich gerade fast verplappert, aber noch die Kurve bekommen. In Roy kochte die Wut hoch, aber er schwieg. Die Idioten würde er nicht ändern, weil sie keine andere Perspektive als ihre eigene einzunehmen in der Lage waren. Daran krankte das ganze System in diesem Land, nicht nur in der NVA. Alle glaubten nur, was sie sehen wollten, und verschlossen die Augen vor der Realität.

„Aus Ihnen, Genosse Müller, bin ich ja nie so richtig schlau geworden."

Roy hob nur die Schultern und feixte innerlich. Na also! Ja, ihr Schweine, das war mein Ziel! Schön, dass ich es erreicht habe!

„Genosse Unteroffizier, was unterstehen Sie sich! Fragen Sie gefälligst um Erlaubnis, vorbeigehen zu dürfen! Noch sind Sie nicht entlassen und es gelten die Gesetze der Nationalen Volksarmee, merken Sie sich das!" Mit hochrotem Kopf stand Major Staslin an der Tür der KRS-Baracke angelehnt, der Weg war nicht versperrt.

Roy stand wie vom Donner gerührt. Was war jetzt los? „Genosse Major, gestatten Sie, dass ich vorbeigehe?" Und brav zog Roy seine rechte Hand an die Schirmmütze.

„Gehnse, haunse ab, treten Se weg." Und Major Staslin winkte Roy angewidert vorbei.

Nicht zu fassen, gerade macht er noch einen auf Kumpel, und hier draußen ein paar Minuten später gibt er schon wieder den Brüllsack. Egal, in 48 Stunden würde Roy hoffentlich endlich und für immer aus dieser Hölle weg sein.

Am 28. Oktober kam es beim Hauptfeld in der Kleiderkammer zur großen Sachen-Abgabe: Stahlhelm, Gasmaske, Stiefel, beide Ein-Strich-kein-Strich-Uniformen, die Mützen dazu, Wintermantel, Trainingsanzug und Turnschuhe, Kragenbinden, Unterwäsche, die Fliegerkombi mit den T-Shirts, die Schuhe dazu, das Koppel mit dem Emblem der DDR darauf. Das zweite Paar Turnschuhe, was die

Unteroffiziere nach anderthalb Jahren bekommen hatten, durften sie „großzügigerweise“ behalten.

Der Hauptfeld machte das übliche Palaver, hatte hier und da über den Zustand etwas zu meckern. Er konnte die EK aber schlecht in Regress nehmen, sondern musste die Klamotten so zurücknehmen, wie sie waren. Besonders die Fliegerschuhe waren völlig schiefgelatscht. Viele dieser Sachen wurden ja schon seit mehreren Generationen getragen und sollten noch weitere Generationen überdauern.

Roy und seinen Kumpels stand jetzt an „militärischer Ausrüstung“ nur noch die Ausgehuniform Sommer zur Verfügung.

Der Klassenfeind musste die NVA in den nächsten Tagen also verschonen, weil die Gefechtsstärke der NVA herabgesetzt war.

„Denk an das Essen heute Nachmittag. Trödel nich' so lange.“ Kühnchen blickte sorgenvoll ins Zimmer.

„Ja, alles klar.“

In der Klubgaststätte sollte zusammen mit Brüllinski, seinen Major-Vasallen sowie den Offizieren der Trupps, die EK zu verabschieden hatten, das gemeinsame zeremonielle Abschlussessen stattfinden. Am Ende sollte auf „Ende gut, alles gut“ und harmonisches sozialistisches Kollektiv gemacht werden.

Kühnchen hatte Roy bereits mehrfach ermahnt, aber der trödelte herum und kam daher als Letzter.

Roy musste überhört haben, dass es eine Anfangszeit gab.

„Mähnsch Müller, was ist denn das für eine Provokation! Was erlauben Sie sich, hier so spät reinzuschneien, Sie Lahmarsch! Ich bring Sie heute noch in' Knast, Mähnsch, wenn Sie sich nicht zusammenreißen!“

Roy erstarrte. Konnte der das ehrlich meinen, der alte Teufel? Roy schaute Brüllinski halb erschrocken, halb prüfend an.

Brüllinski fixierte Roy diesmal ebenfalls, was der sonst selten tat. Zum ersten Mal in diesen knapp zwei Jahren begegneten sich sekundenlang ihrer beider Augenpaare.

Diese Schurkenfresse mit den stechenden kotbrauen Augen, der knolligen Nase, der pockennarbigen, groben, ledrigen Haut und den vereinzelten Haaren, die von rechts nach links mit Pomade über die rötlich blinkende Glatze gelegt waren.

Der hat mich also angebrüllt, gehetzt wie ein Tier, gequält, mir den Urlaub gestrichen und damit meine Beziehung zerstört, mich gedemütigt, in Panik versetzt, mir den Schlaf geraubt, und das alles bis zur sprichwörtlich allerletzten Minute.

Brüllinski nahm Witterung Richtung Roy auf. Er glaubte den Angstschweiß riechen zu können. Den mach ich heute noch fertig, dieses Intelligenzler-Bürschlein, den knack ich wie ’ne Nuss zwischen zwei Fingern.

Brüllinski hasste Roy abgrundtief wegen seiner eigenen verpfuschten Kindheit. Einen kurzen Augenblick lang wollte er am liebsten selbst losheulen, hatte sich aber sofort wieder in der Gewalt. Umso diabolischer und überlegener grinste er jetzt. „Stehen Sie auf, Mähnsch!“

Roy sprang hoch. Sollte er jetzt Meldung machen, oder was? Seine Hände vibrierten.

„Ich wiederhole das noch einmal, damit alle hier Zeugen sind.“ Brüllinski schaute mit schweifendem Blick in die erstarrte Runde, als wollte er sich Rückendeckung bei den anderen Batzen holen, oder einfach demonstrieren, wozu er fähig sei. Wie ein Kerosinfilm glitzerte Schweiß auf seiner Stirn vom vielen Alkohol, den er bereits intus hatte.

„Wenn Sie sich hier und heute nicht zusammenreißen, bringe ich Sie in' Knast, Müller, das verspreche ich Ihnen. Das ist meine absolut allerletzte Warnung, ist das klar, Müller, IST DAS IHNEN KLAR, Müller, was? Waas? Waaas?"

Roy nickte schnell.

„Waaas? Was bilden Sie sich ein? Ich höre nichts? Waaas? Ich höre nichts! Waaas?"

„Jawoll, Genosse Oberstleutnant, zu Befehl, Genosse Oberstleutnant, ich habe Sie verstanden, Genosse Oberstleutnant." Roy taumelte und hielt sich am Tisch fest. Alles um ihn herum verschwamm. Nur mühsam hielt er sich aufrecht. In seinen Ohren rauschte es, im linken Ohr hörte er zusätzlich ein Pfeifen. Seine Zähne klapperten, fast hätte er sich auf die Zunge gebissen.

„Setzen! Weitermachen!" Brüllinski hielt jetzt seine Rede mit den typischen sozialistischen Funktionärsphrasen von Waffenbrüderschaft, Überlegenheit, Sieg des Sozialismus ... Solche „Manöver" wie das mit Roy dienten ja letzten Endes auch dazu, die Offiziere einzuschüchtern.

Roy sackte erschöpft auf den Sitz. Immer noch rauschte es in seinen Ohren. Übelkeit stieg in ihm hoch. Seine Hand zitterte beim Schneiden des Fleisches. Er hatte keinen Appetit und stocherte lustlos in dem einzigen guten Armee-Essen der letzten drei Jahre herum.

Er hätte sich am liebsten unter den Tisch verkrochen. Immer wieder duckte er sich Richtung Brüllinski.

Der schien Roy vergessen zu haben und prostete seinen Major-Vasallen zu.

Nach zwei Stunden klebte das Unterhemd an Roys Körper.

Da, Brüllinski verließ den Saal. Er hob noch mal drohend den Zeigefinger und fixierte Roy.

Eine halbe Stunde später wagte sich Roy aus der Deckung und hetzte Richtung KRS-Baracke. Dies sollte die letzte Nacht in Gefangenschaft sein. Sein Herz klopfte, er fand erst spät in den Schlaf. Unruhig wälzte er sich auf dem quietschenden Bett, immer wieder aus Alpträumen aufwachend. Erschöpft, verschwitzt und wie gerädert wachte er morgens bei dem Kommando: „KRS Nachtruhe beenden!“ auf.

XXV

Der 29. Oktober zeigte sich gnädig und ohne Schnee. Ein sonniger, kalter Morgen läutete den Entlassungstag ein.

Nach dem wirklich allerletzten Frühstück mit den Estern und dem Muckefuck und natürlich in Marschformation mit der KRS, wurden die restlichen Uniform-Sachen dem Hauptfeld übergeben.

Roy zog sich seine Wrangler über, die Hose des Klassenfeindes, die sich weich an seine dünnen, muskulösen Beine schmiegte.

Der neidische Blick vom Hauptfeld hätte ihn jetzt wohl getötet, wenn der dazu in der Lage gewesen wäre.

Dazu einen Pullover und seine bunte Steppjacke, ein Glücksgriff aus der „Jugendmode“ [118)]. Roy blickte in den leeren Schrank. Der Stubendurchgang war Geschichte.

Die schwarze Tasche, die Gitarre im braunen Stoffsack daneben, dazu noch ein Beutel mit den mittlerweile zwanzig Schallplatten waren sein Gepäck in die Freiheit.

Roy bekam vom Hauptfeld seine Fahrkarte und durfte wie die anderen wirklich gehen.

Jeder hatte jetzt nur ein Ziel: RAUS! NUR RAUS! WEG! ENDLICH WEG!

Nach dem letzten und endgültigen Passieren des Schlagbaums war Roy wie high. Er lief wie ein neugeborenes Füllen, welches das erste Mal über die Koppel galoppierte, mit den Hufen schlug und wieherte.

NIEMAND konnte ihm jetzt mehr etwas antun, NIEMAND.

ROY WAR ENDLICH FREI! Er hatte es geschafft. Er hatte es wirklich überstanden. ENDLICH!

Katrin rannte auf ihn zu. „Mein Liebster!“ Sie küsste ihn überall im Gesicht und dann lange auf den Mund. „Na, Mensch.“

„Ich steh’ noch komplett neben mir.“ Und plötzlich fing Roy an zu schluchzen, ein Strom von Tränen entlud sich, und der schien kein Ende zu nehmen.

Katrin nahm ihn in die Arme. „Is ja jut, allet jut jetze, keener kann dir mehr watt. Kieck ma’ hier!“ Katrin zeigte ihren Ring. „Ick bin jetze Frau Wiesenthal. Nächste Woche mach ick rüba nach West-Berlin. Meene Mudda freut sich schon tierisch. Die arbeitet schon wieda als Schwesta und kann mir eventuell ’ne Arbeitsstelle besorjen.“

„Hat das geklappt.“ Roy machte einen Luftsprung. „Mensch toll, da kann der Wodanski dir nüscht mehr, Mensch, was für ein Glück!“ Und Roy küsste Katrin überschäumend auf den Mund.

„Du den Brüllinski los, icke den Wodanski. Watt für een Tach! Heute jibt’s Schampus!“

Roy prustete los. „Woher denn?“

„Deen Cousin hat ’ne Flasche dajelassen.“

„Echt?“

Katrin nickte.

„Aber wir sehen uns ja dann schon wieder lange nicht, oder?“

„Ick weeß et nich’, aba ick hoffe doch nich’. Dein Cousin will sich noch ma’ inne Vertretung erkundijen wie dit is’ mit Besuchen. Eintritt 25 DM [119], aba watt soll’s.“

„Na los, lass uns dit Wochenende noch genießen. Montag geht ja die Uni schon los.“

„Schon? Kuck ma', da is dein Vadder."

Roys Vater drückte Roy lange und fest.

Ach, sein Vater, immer da, wenn er ihn brauchte. „Komm Junge, steig ein. Ick bring euch nach Hause."

Und der Wartburg fuhr nach Ost-Berlin mit Wind im Rücken der karminroten Sonne entgegen.

Anhang zur „Lingua Imperii“ der DDR sowie sonstige Anmerkungen, Quellenangaben wie www.wikipedia.de und weitere verwendete Literatur

1) Glatter: abfälliger Ausdruck entweder für einen frisch eingezogenen Soldaten oder wie im Fall Roys für einen Unteroffizier, der gerade die Unteroffiziersschule beendet hatte; die offizielle Bezeichnung war UaZ (Unteroffizier auf Zeit) wegen der drei Jahre andauernden Verpflichtung.

2) Revier: betraf meist die jüngeren Jahrgänge oder Diensthalbjahre (es wurde immer am 1. Mai und am 1. November eingezogen), die sämtliche Räume, Büros, Flure, Waschräume und Toiletten zu reinigen hatten; dazu kam die „Bude“, also das Zimmer, in dem die Unteroffiziere untergebracht waren.

3) UvD: Unteroffizier vom Dienst für 24 Stunden; wurde in einem monatlichen Dienstplan vorab von den Offizieren festgelegt und immer von einem älteren Diensthalbjahr (ab 4. Diensthalbjahr) durchgeführt; dazu kam ein GUvD (Gehilfe), den ein Unteroffizier eines jüngeren Diensthalbjahres stellte.

4) Ein-Strich-kein-Strich-Uniform: diese wurde aufgrund des Strichmusters so genannt; die Striche waren schwarz auf dunkelgrünem Grund, und es gab sie in der Variante Sommer und Winter (gefüttert und mit abnehmbarem Kunstpelzkragen).

5) OSL: Abkürzung für Oberstleutnant, höchster Dienstgrad in der Einheit von Roy.

6) Barkas B1000: Kleintransporter mit Wartburg-Motor (Zweitakter)

aus Eisenach, praktisch „der" Transporter in der DDR; die Zahl 1000 steht für den Hubraum des Motors (knapp 1000 cm^3), in etwa vergleichbar mit einem älteren VW-Bus.

7) Fähnrich: Dienstgrad, der zwischen den Unteroffizieren und Offizieren stand und von der sowjetischen Armee übernommen worden war. Nach einer zweijährigen Ausbildung als sog. Fähnrichschüler war man dann Fähnrich; nach Beförderungen konnte man Oberfähnrich, Stabsfähnrich und Stabsoberfähnrich werden mit einer Dienstzeit von mindestens 15 Jahren.

8) Duett: die Zigarettenmarke für die „Bessergestellten", deutlich länger (10 cm) und mit 6 Mark auch deutlich teurer als die anderen Marken der DDR.

9) Lada 1500: sowjetische Weiterentwicklung des in Italien gebauten Fiat 124 Special, drittes Modell der Lada-Shiguli-Reihe, 1973 sogar auf dem Autosalon in New York vorgestellt.

10) Wachregiment „Feliks Dzierzynski": Hier dienten ausschließlich Unteroffiziere auf Zeit (drei Jahre) und Berufssoldaten; gehörte zum Ministerium für Staatssicherheit. Die Standorte (Adlershof, Erkner, Teupitz, Freienbrink bzw. Ahrensfelde, Eberswalde-Finow) waren um Ost-Berlin herum verteilt. Zu den Aufgaben gehörten die Bewachung diverser Einrichtungen und militärischer Anlagen sowie die Absicherung von Großveranstaltungen; auch die SED-Siedlung in Wandlitz wurde von denen bewacht.

11) Chantré: gab es damals nur für ausgewählte Genossen und Dienstgrade in inoffiziellen Speziallädens oder im Intershop.

12) PGH-Kurzhaarfrisur: Frauenstandard-Haarschnitt in einem zur Produktionsgenossenschaft des Handwerks (PGH) gehörenden Betrieb, nach dem Gesetz 1973 komplett verstaatlicht und der Zentralen Planwirtschaft untergeordnet, abgesehen von wenigen in Familienbesitz verbliebenen Friseursalons.

13) Neues Deutschland: die Zeitung der Sozialistischen Einheitspartei Deutschlands (SED), das „offizielle Hofblatt" der Staatsregierung.

14) SERO: stand für das VEB-Kombinat Sekundärrohstofferfassung und gleichzeitig auch für die oft von privaten Kleinunternehmern betriebenen Annahmestellen, wo wiederverwertbare Wertstoffe, umgangssprachlich Altstoffe, aufgekauft und einer weiteren Verwendung zugeführt wurden. Besonders Kinder und Schüler wurden dazu angehalten, Glas, Papier, Schrott usw. zu sammeln, unter anderem mit diversen propagandistischen Aufrufen der Jugendorganisationen und später sogar in Comics mit dem SERO-Maskottchen Emmy, z. B. in der „FRÖSI" (= <u>Fröh</u>lich sein und <u>si</u>ngen, Zeitschrift für jüngere Schüler).

15) Tschekist: umgangssprachlicher Ausdruck für Stasi-Mitarbeiter; leitete sich aus dem Russischen von TSCHEKA ab (übersetzt: Außerordentliche allrussische Kommission zur Bekämpfung von Konterrevolution, Spekulation und Sabotage), einer von der russischen Regierung unter Lenins Leitung nach der Oktoberrevolution 1917 von Felix Dserschinski (polnische Schreibweise Feliks Dzierżyński) gegründeten Spezialkommission zur Bekämpfung der Opposition, welche dann 1922 aufgelöst und durch eine neue Abteilung (GPU) ersetzt wurde.

16) MfS: Ministerium für Staatssicherheit.

17) Igelit: im VEB Elektrochemische Werke Bitterfeld (ehemals I.G.-Farbenwerke) produzierter Weich-PVC mit Vinylchlorid, Acrylsäureester und dem Weichmacher Trikresylphosphat.

18) Hakle Feucht: Auch dieses Toilettenpapier gab es nur in Spezialläden; das DDR-Toilettenpapier war in der Tat sehr rau und immer schon Recyclingpapier.

19) Intershop: Hier gab es (fast) alles aus dem Westen und dazu die Produkte der sog. Gestattungsproduktion, also Sachen, die die DDR unter West-Lizenz produzieren durfte wie z. B. Zigaretten; einkaufen konnte man nur mit DM oder später dann mit sog. Forum-Schecks (musste man vorher tauschen). Der Geruch dieser Läden lässt jeden Ostler, dem es vergönnt war, da einzukaufen oder mal hineingegangen zu sein, heute noch wehmütig werden, weil offensichtlich aufgrund dieser einmaligen Warenmischung der Geruch nach dem Zusammenbruch der DDR und der Schließung der Läden für immer verloren war; man könnte auch sagen: Der Westen hat nie wieder so gut gerochen! Auch West-Berliner kauften hier gern Schnaps und Zigaretten, weil die zollfrei und deshalb billiger waren; die „Rückeinfuhr“ war allerdings verboten; https://www.berlin-mauer.de/videos/eroeffnung-von-intershops-631

20) Nautik: sehr beliebte weiß-blaue Seife mit dem Katzenkopf-Logo aus dem VEB Seifenwerk Riesa und nicht immer zu haben.

21) Jugendwerkhof: eine Einrichtung im System der Spezialheime der DDR; eingewiesen wurden 14- bis 18-jährige weibliche und

männliche Jugendliche, die als „schwer erziehbar“ galten, dem Ideal einer „sozialistischen Persönlichkeit“ nicht entsprachen oder nicht in das Gesellschaftsbild der DDR hineinpassten.

22) In der Produktion beweisen: ein typischer Ausdruck für eine Bestrafung und Herabstufung der ursprünglichen beruflichen Stellung; meist kam dafür körperlich schwere Arbeit infrage, z. B. am Hochofen, im Straßenbau oder im Bergbau.

23) Sachen aus den inoffiziellen Spezialläden für Militär- und Stasi-Angehörige (die konnten hier zum Kurs 1:1 einkaufen) bzw. aus den Intershops; https://www.spiegel.de/spiegel/spiegelspecial/d-52397639.html

24) Dito

25) Wehrkreiskommando (abgekürzt WKK): Außenstelle der Nationalen Volksarmee (NVA) der DDR zur Rekrutierung von Unteroffizieren, Fähnrichen und Offizieren; oft arbeiteten hier ehemalige Angehörige der NVA.

26) Wartburg: in Eisenach von 1966–1989 gebauter Wagen mit Zweitaktmotor (Hubraum 992 cm^3), ab 1969 mit neuem Motor, ab 1975 als 353 W mit Scheibenbremsen und diversen Neuerungen, seit 1984 auch als 353 S (Sonderausführung) verfügbar.

27) SED: Sozialistische Einheitspartei Deutschlands, die immer am Vereinigungsparteitag von SPD und KPD am 22.04.1946 alle vier Jahre einen neuen Parteitag beging; 1986 sollte dann der letzte sein (XI. Parteitag), was damals noch niemand wusste logischerweise.

28) NSW: Nichtsozialistisches Wirtschaftsgebiet; gemeint waren damit die europäischen Länder und Übersee-Staaten, die nicht zu den Ländern des RGW (Rat für gegenseitige Wirtschaftshilfe) gehörten.

29) Operativer Vorgang (OV): Bezeichnung des MfS für Maßnahmen gegenüber Menschen zur „Observierung, Kontrolle und Zersetzung staatsfeindlicher Kräfte".

30) Uschi: abfällige Bezeichnung für Unteroffiziersschüler.

31) KRS: Kontroll- und Reparaturstaffel, die Einheit innerhalb eines Flugzeuggeschwaders auf einem Militärflugplatz, die die Flugzeuge regelmäßig nach einem System (100- bzw. 200 Flugstundenkontrollen) wartete und bei Defekten reparierte. Es gab verschiedene Unterabteilungen, sog. Trupps, die jeweils für einzelne Bereiche des Flugzeugs wie z. B. Elektronik, Triebwerk/Zelle, Funk-Funk-Mess und den Schleudersitz verantwortlich waren.

32) Fernsehprogramm der DDR: Es gab nur zwei Programme (DDR I und DDR II), wobei letzteres erst ab 17:30 Uhr zu senden begann; Sendeschluss beider Programme war ca. 23:30 Uhr, am Wochenende später. Auf DDR II wurden auch erotische Filme vor allem aus Frankreich gezeigt, die sich natürlich bei der Armee großer Beliebtheit erfreuten; die damals noch fünf West-Programme (ARD, ZDF, III. Programm, SAT 1, RTL) waren innerhalb der Armee strikt tabu.

33) Knaack-Club: angesagter Club in Ost-Berlin.

34) Skylla und Charybdis: zwei Meeresungeheuer aus der griechischen Mythologie, a. e. bekannt aus der Odyssee von Homer.

35) Hauptfeld oder auch Spieß: korrekte Bezeichnung Hauptfeldwebel, meist Berufsunteroffiziere oder seltener auch Fähnriche, die für die materielle Sicherstellung einer Kompanie zuständig waren; nahmen Ausgang- und Urlaubsappelle ab, stellten auch die entsprechenden Bescheinigungen aus, beschafften Lebensmittel, Anziehsachen und verwahrten die persönlichen Sachen der UaZ und Soldaten, die nicht in den Armeeschrank passten; verwahrten auch den Schlüssel zur Waffenkammer.

36) EK und Vize: Slang-Ausdrücke innerhalb der Armee für Entlassungskandidat (also bei UaZ 6. bzw. letztes Diensthalbjahr) und bald bevorstehende Entlassungskandidaten (bei UaZ 5. Diensthalbjahr); bei Soldaten 3. bzw. 2. Diensthalbjahr.

37) EOS: Erweiterte Oberschule, DDR-Äquivalent zum Gymnasium, anfangs ab der 9. Klasse, ab 1981 nur noch 11. und 12. Klasse.

38) Club: eine der typischen, oft gerauchten und etwas teureren Zigarettenmarken der DDR, made in Berlin-Pankow, neben den preiswerteren Marken Cabinet und Juwel 72. Caro, Salem oder Real (ohne Filter) waren nur was für wirklich „harte Jungs“; jeder kannte den Spruch „Siehst du die Kreuze dort im Tal? Das sind die Raucher von Real!“

39) Tesla: Tonbandgerät der tschechischen Firma Tesla, seit Mitte der 60er Jahre gab es für den privaten Bereich nur diese Firma zur Herstellung von Tonbandgeräten.

40) Computertomograph: Heute nicht mehr vorstellbar, aber es gab in der Tat Anfang der 80er Jahre nur drei Geräte in der DDR: an der Universität Rostock, an der Charité Berlin und an der (damals noch) Medizinischen Akademie Carl Gustav Carus der TU Dresden.

41) Wisent-Jeans: die DDR-Jeans-Eigenmarke, wollte eigentlich keiner, war uncool (würde man heute sagen), trugen eigentlich nur „regimetreue" Bürger und Genossen; wer irgendwie konnte, trug Wrangler oder Levis oder Lee oder Mustang.

42) Alles im Griff auf dem sinkenden Schiff: damaliger Hit von Udo Jürgens.

43) Das Magazin: sehr begehrte Monatszeitschrift/Illustrierte, die oft kritische Artikel enthielt oder den Alltag der DDR aus einer ganz anderen Perspektive beleuchtete; nicht zu vergessen die Aktfotos, meist von Günter Rössler. Die Abos sollen weitervererbt worden sein.

44) MIG-23: das damals modernste Jagdflugzeug der NVA, von 1967 bis 1978 in der Sowjetunion gebaut, besser als der Vorgänger MIG-21 für Start und Landung auf Feldflugplätzen geeignet und im Vergleich zur MIG-21 mit leistungsfähigerer Sensortechnik ausgestattet; nur in Peenemünde und Cottbus-Drewitz in den Jagdfliegergeschwadern vorhanden, in einigen Ländern heute noch verwendet.

45) Pornos: gab es nicht, nur in Spezialläden, evtl. in Intershops oder unter der Hand gegen D-Mark, damals noch als VHS-Kassette.

46) SAT 1: begann am 01.01.1984 (damals noch als PKS) zu senden; es war natürlich offiziell verboten, besonders für Armeeangehörige, „Westfernsehen“ zu schauen, aber der Empfang an der Ostsee war gut.

47) Nagant-Revolver: korrekt Nagant M1895, ein in Belgien von Henri-Léon Nagant entwickelter und von 1895 bis 1945 im Zarenreich bzw. in der Sowjetunion gebauter Revolver mit sieben Schuss; blieb aber bis in die 80er Jahre bei sowjetischen Einheiten im Dienst, wenngleich erheblich technisch veraltet und überholt.

48) Schein mit Engels oder Charlie drauf: den 50 Mark-Schein der DDR zierte Friedrich Engels, den mit 100 Mark Karl Marx, oft Charlie genannt, die anderen Banknoten sieht man hier: https://www.pinterest.de/pin/862650503594293317

49) Skoda 110 R: 1970 bis 1976 gebautes zweitüriges Coupé auf Basis des Skoda S 100 mit stärkerem Viertakt-Motor (1107 cm^3 Hubraum) und Hinterradantrieb, Höchstgeschwindigkeit 145 km/h.

50) GWW-Tag: GWW stand für Gesellschaftswissenschaftliche Weiterbildung und bestand aus reiner Ideologie-Vermittlung; ein Tag jeden Monat war dafür regelmäßig vorgesehen.

51) Ljotschik: летчик, russisch für Flugzeugführer.

52) Anfang von „Prometheus“, aus Johann Wolfgang von Goethe, Sämtliche Gedichte, Insel-Verlag Frankfurt a. M./Leipzig 2007

53) Abteilung 2000: Slang-Ausdruck für Stasi, gemeint war die Un-

terabteilung des MfS, Verwaltung 2000, welche ausschließlich innerhalb der sog. Bewaffneten Organe tätig war.

54) Fred vom Jupiter: 1981 ein Hit von Andreas Dorau und dem Chor „Die Marinas“ aus dem Bereich der sog. Neuen Deutschen Welle (NDW).

55) Dreifruchtmarmelade: angeblich Johannisbeere, Pflaume, Apfel lt. Etikett auf dem Zehn-Liter-Eimer (MDR-Video von Uwe Steimle in Tangermünde); wahrscheinlich nur ein Konglomerat aus Wasser, Zucker, Verdickungsmittel und Estern, und so schmeckte sie auch; vielleicht war ja auch Kaliumdichromat drin, gefunden wurde es angeblich in der Tangermünder Marmeladenfabrik von einem Schüler; Unterlagen gibt es ja nicht mehr dazu, oder? Und ich weiß nicht, welche Marmelade Uwe Steimle gegessen hat, weil er die so toll fand, aber mit Sicherheit nicht die, die es bei der NVA gab!

56) Kaffee-Mix: Roys Bemerkung zielt ab auf die von der SED im Juli 1977 beschlossene und schnell wieder zurückgenommene „Reform“ zur Reduzierung des Kaffeekonsums, wo es in öffentlichen Gaststätten und Kantinen nur noch eine Kaffeesorte aus einer Mischung aus 51 % Kaffee, 5 % Zichorie, 5 % getrockneten Zuckerrübenschnitzeln/Spelzanteilen und 34 % Roggen-Gerste-Gemisch gab, auch „Erichs Krönung“ oder „Erichs Dröhnung“ genannt; diese Mischung machte die Automaten kaputt und führte zu einer Riesenwelle von Beschwerden in der Bevölkerung (und einem massiven Anstieg des Stromverbrauchs, weil alle nur noch selbst ihren eigenen Kaffee kochten); aus Stefan Wolle: Die heile Welt der Diktatur, Links Verlag 1998, (und

eigenen Recherchen); Muckefuck, auch ein Kaffee-Ersatzprodukt aus Gerste und Zichorie, gab es schon immer im Osten.

57) Ausgehuniform: bestand aus dem hellblauen Hemd, einem grauen Jackett und grauer Hose und den schwarzen Igelit-Schuhen; entweder auf dem Jackett oder dem Hemd waren dann die Schulterstücke drauf (oder auf dem dicken Wintermantel zusätzlich). Die Randstreifen der Schulterstücke waren in der entsprechenden „Waffenfarbe", hier bei den Luftstreitkräften in Hellblau, gefärbt.

58) Hundemarke: aus Aluminiumblech bestehendes rundlich-ovales Teil, ca. 10 × 5 cm, wo ein Code eingeprägt war, mit dem des Wehrdienstausweises identisch; in der Mitte befand sich eine Bruchrille, so dass bei „Verlust", also Tod des Wehrdienstleistenden die eine Hälfte der Marke an die Angehörigen verschickt werden konnte, die andere verblieb bei der NVA.

59) Der Blaue: Personalausweis der DDR, der blau eingebunden war.

60) ASV-Trainingsanzug: ASV stand für Armeesportverein, die Sachen beinhalteten eine rote Turnhose, ein gelbes Turnhemd sowie Jacke und lange Hose in kackbraun; Berufsoffiziere und Berufsunteroffiziere (und auch die weiblichen UaZ) waren von den UaZ an dem seitlichen schwarz-rot-goldenen Streifen entlang der Hosenbeine zu unterscheiden bzw. zu erkennen.

61) Buffi-Gruppenführer: Berufsunteroffiziersschüler, die sich für zehn Jahre verpflichtet hatten, waren bereits durch die „Kleiderordnung" der NVA, also andere Anziehsachen, von den dreijährigen UaZ zu unterscheiden, und immer auch Gruppenführer

auf der Unteroffiziersschule, die übrigens seit 1975 den Ehrennamen „Harry Kuhn" trug und seit dem 03.09.1984 Militärtechnische Schule der Luftstreitkräfte/Luftverteidigung (LSK/LV) hieß, weil sie jetzt „offiziell" Fachschule war und Fähnriche ausbildete, siehe auch 7).

62) Pankow: angesagte Rockband Mitte der 80er, die kritische Texte verfasste, mit dem legendär guten Jürgen Ehle an der Telecaster (spielte auch mit bei den Gitarreros). Sie hatten auch ein paar Stones-Songs im Angebot, leider kam später raus, dass der Sänger André Herzberg IM war.

63) Atombrot: Roggenbrot, im Stück gebacken, aus der Büchse, extrem lange haltbar, beliebt daher bei Campern.

64) Agrar: berühmter Delikat-Laden auf der Karl-Liebknecht-Straße in Berlin-Mitte, wo es pro Mann/Frau/Kind immer nur eine ungarische Salami gab und wo eigentlich immer eine Schlange war; siehe Foto von Harald Hauswald dazu:
http://www.bpb.de/geschichte/deutsche-geschichte/ostzeit/48695/feinkostgeschaeft

65) Lolli: Slang-Ausdruck für Leutnant.

66) Med.-Punkt: Medizinischer Punkt, die Basisversorgung innerhalb der NVA. Meist war nur ein Sanitäter vor Ort, und es gab an einigen Tagen Sprechstunden mit einem Truppenarzt, der oft ziemlich am Anfang seiner Ausbildung stand. Im besten Fall traf man auf einen Reserveoffizier, der seine Reservistenzeit von drei Monaten absolvieren musste; hier hatte man dann einen „richtigen" Arzt/Facharzt aus dem „zivilen" Leben vor sich mit entspre-

chender Sachkenntnis. Bei Zahnschmerzen musste man mit einem Ausgangs-Passierschein den örtlichen kooperierenden Zahnarzt aufsuchen.

67) MHO: Militärhandelsorganisation, das Pendant zur zivilen Handelsorganisation (HO); hier gab es immer sog. Bückware, also begehrte Artikel, die es „draußen“ nur sehr schwer, selten oder nur mit Beziehungen gab.

68) Der große WU: Abkürzung für Walther Ulbricht, analog den Kurznamen der chinesischen Kulturrevolution wie MAO gebraucht und sehr verächtlich/ironisch gemeint.

69) Exquisit: Bekleidungsgeschäfte mit deutlich besserer Qualität und modischerem Aussehen, aber zu gesalzenen Preisen im Vergleich zu HO und Konsum; so konnte ein Paar Schuhe schon mal 200 Ost-Mark und mehr kosten; die Läden gab es seit 1962.

70) Ritzen: abfälliger Armee-Slang für Frauen, sich auf die weibliche geschlechtsspezifische Anatomie beziehend.

71) Löffelbande: Löffel war ein Slang-Ausdruck für das dritte Diensthalbjahr bei Unteroffizieren.

72) Schwarze Pistenschweine: abgekürzt SPS, wegen der schwarzen Overalls so genannt (Latzhose und Jacke in Schwarz, dazu dunkelgrünes T-Shirt); gemeint waren damit das Staffelpersonal und die KRS, wobei Letztere ja immer eine Sonderrolle spielte; die Flugzeugführer trugen meerblaue Overalls.

73) MvD: Mechaniker vom Dienst, analog UvD; nur für das KRS-Gelände zuständig; hatte auch einen Gehilfen, den GMvD.

74) KAPO: auch CAPO oder Capo, hier Ausdruck für Unteroffizier, obwohl das Wort ja eigentlich aus der LTI (Lingua Tertii Imperii), also aus dem Nationalsozialismus/Faschismus kam und Funktionshäftlinge aus den Konzentrationslagern bezeichnete, die direkt der Schutzstaffel (SS) unterstanden und die Aufrechterhaltung der „inneren Ordnung“ in den Lagern garantierten. Bekannt waren z. B. die „roten Capos aus Buchenwald“, die alle Kommunisten waren und sich Privilegien durch „roten Terror“ verschafften, der bis zur Mithilfe an der Ermordung anderer Mithäftlinge ging und der nach 1945 den Mythos von Buchenwald zementierte.

75) ATA: bekanntestes Scheuerpulver der DDR, vergleichbar mit Ajax; in der NVA wurden sicher Tonnen davon verbraucht. Aus dem VEB Waschmittelwerk Genthin (ehemals Henkelwerke), seit 1990 wieder zu Henkel gehörend und heute als „Bref Power ATA Scheuer-Pulver“ vermarktet; die ostdeutsche Produktion von ATA wurde jedoch eingestellt.

76) Rammler, aus: Heiner Müller „Die Bauern / Die Umsiedlerin oder das Leben auf dem Lande“, Rotbuch 134, 1994, S. 24.

77) Berluc: Hardrockband mit Musikern aus Berlin und Luckenwalde, wobei der Schlagzeuger und Bandleader in Rostock lebte; deshalb und wegen einer LP „Rocker von der Küste“ wurde die Band als von dort wahrgenommen; hatte mehrere Hits u. a. „Hallo Erde hier ist Alpha“.

78) Gemeint ist „Der Handschuh“, aus: Friedrich Schiller, Sämtliche Gedichte und Balladen, Insel-Verlag, Frankfurt a. M./Leipzig 2004.

79) Bitter Lemon: ein aus Zitrussäften und Chinin hergestelltes Fruchtsaftgetränk; kam in Karlshagen wahrscheinlich aus Berlin.

80) E: dasselbe wie EK, Entlassungskandidat, jemand, der nur noch maximal sechs Monate zu dienen hatte.

81) Runderneuerte Reifen: im Zuge seines Alters oder des abgefahrenen Profils ausgemusterter Reifen, dessen Lauffläche erneuert wurde. Die alte Lauffläche wurde dafür von der Karkasse gelöst und ein neues Profil mittels Vulkanisierung auf den alten Unterbau aufgebracht; auch ein Beispiel der Mangelwirtschaft, die Reifen waren zu einem hohen Prozentsatz runderneuert.

82) KWV: Kommunale Wohnungsverwaltung; verwaltete mehr die Wohnungen als diese instand zu setzen, weil es an Geld fehlte; nur das Notwendigste wurde repariert.

83) MITROPA: 1916 als Mitteleuropäische Schlafwagen- und Speisewagengesellschaft gegründet, eine der wenigen AGs, die die DDR überlebten; die Zugabteile bzw. roten Speisewagen in den Fernverkehrszügen und die Bahnhofsgaststätten wurden von ihr bewirtschaftet; später kamen noch die Weiße Flotte Berlin und die Sächsische Dampfschifffahrt Dresden dazu sowie Eisenbahnfähren auf der Ostsee; es gab sogar ein eigenes Geschirr aus dem VEB Colditzer Porzellanwerk.

84) Badeofen: wurde mit Kohlen geheizt, um das Wasser darin aufzuheizen; hatte etwa 100 l Fassungsvermögen. Waren die ausgelaufen, hieß es erst mal warten und ggf. neu anheizen, bis das Wasser wieder heiß war.

85) Delikat: Spezialladen, wo jeder für Ost-Geld im Kurs 1:6 bis 1:8 Westwaren erwerben konnte; meist waren es Lebensmittel, eine Dose Ananas kostete z. B. 8 Ostmark (der Preis im Westen damals ca. 1 DM). Honecker wurde deshalb auch „Erich der Delikate" genannt, weil er die Läden geschaffen hatte. Der berühmte Agrar genannte Laden in der Karl-Liebknecht-Str. in Ost-Berlin gehörte auch dazu.

86) Franz-Club: meist nur Franz genannt, eigentlich Jugendclub „Erich Franz", der, wen wundert es, Antifaschist war; heißt heute Frannz, immer noch in der Schönhauser Allee in Berlin.

87) W 50: in den IFA-Werken Ludwigsfelde im Süden von Berlin hergestellter „Allround-Lkw" der DDR mit Vierzylinder-Viertakt-Dieselmotor (125 PS) in unzähligen Ausführungen und Varianten, hier als Wagen mit Pritsche und Verdeck sowie Niederdruckreifen und zuschaltbarem Allradantrieb.

88) 60/40-Quote: „Anordnung über die Programmgestaltung bei Unterhaltungs- und Tanzmusik" vom 02.01.1958 im Gesetzblatt der DDR; die 60 % bezogen sich auf Musik aus der DDR und den „befreundeten Bruderländern", also den Ländern des RGW bzw. Ostblock.

89) Stern-Recorder: Stern-Recorder R 1612 vom VEB RFT Sternradio Berlin; einer der begehrtesten und teuersten Mono-Recorder in den 70er und 80er Jahren im Osten.

90) ORWO: Original Wolfen, aus dem VEB Fotochemisches Kombinat Wolfen, ehemals Agfa bzw. was die Besatzungsmächte (Amerikaner und Sowjets) von den Patenten und Maschinen

noch übrig gelassen hatten, und auch, was vom menschlichen Know-how noch da war.

91) Kofferheule: Slang-Ausdruck für ein mobiles tragbares Radio.

92) Amiga-Scheiben: Label der DDR für den Rock-, Pop- und Jazzbereich sowie sonstige Bereiche der Unterhaltungsmusik.

93) Batzen: abfälliger Ausdruck für Berufsoffiziere und Berufsunteroffiziere.

94) Zitat aus: Ingrid und Klaus-Dieter Hähnel: Junge Lyrik am Ende der siebziger Jahre. In: Weimarer Beiträge 27 (1981). Heft 9, S. 129.

95) Alles klar auf der Andrea Doria: Textzeile aus dem Song „Andrea Doria" von Udo Lindenberg.

96) New Romantics: Mode- und Musiktrend 1978–1982 aus Großbritannien; dazu gehörten Bands wie Ultravox, Visage, Duran Duran, Human League, Mitte der 80er Jahre eigentlich schon wieder out; zählte mit zur New Wave.

97) Pall Mall: aus dem Intershop oder aus dem Spezialladen für Armee-Angehörige.

98) Aus: Friedrich Hölderlin, Hyperion, Gustav Kiepenheuer Verlag Weimar 1963.

99) Wolga: gemeint ist hier der Typ GAZ-24, ein von 1967 bis 1992 in der Sowjetunion im GAZ-Werk in Gorki gebauter Pkw, den amerikanischen Straßenkreuzern nicht unähnlich und meistens von Staatsführung, Stasi, Militär oder Diplomaten gefahren, oft

auch Taxi und Polizeifahrzeug; 2,45–6,5 l Hubraum, 62,5–145 KW, Höchstgeschwindigkeit 170 km/h. Es gab eine spezielle V8-Version nur für den KGB.

100) SMH: Schnelle Medizinische Hilfe, das Notarztsystem der DDR, in Berlin mit einem Barkas SMH 3 ausgestattet.

101) Vopo-Mann: Slang-Ausdruck für Volkspolizist.

102) Es galten 0 Promille in der DDR, https://www.spiegel.de/spiegel/print/d-13530249.html

103) Grüne Minna: Slang-Ausdruck für Polizei-Barkas.

104) Katrin zitiert hier einen der wenigen Werbe-Slogans des DDR-Fernsehens aus „Tausend Tele-Tipps“.

105) Pop-Gymnastik: Ostvariante von Aerobic.

106) SS 20: Raketen mit Nuklearsprengköpfen der sowjetischen Armee auf dem Gebiet der DDR.

107) Aus: Johann Wolfgang von Goethe, Osterspaziergang, Sämtliche Gedichte, Frankfurt a. M./Leipzig 2007.

108) Kelle Nachschlag holen: Slang-Ausdruck für Armeedienst verlängern; auch „Aufkeulen“ war dafür ein gebräuchlicher Ausdruck.

109) Heiße Spralle: Slang-Ausdruck für Glatte(n); auch Offiziere und Fähnriche wurden manchmal aufgrund ihrer vielen noch zu dienenden Tage/Jahre so genannt.

110) Jungpioniere: Massenorganisation der DDR. Von der ersten bis

zur vierten Klasse war man Jungpionier (weiße Bluse plus blaues Halstuch), dann Thälmann-Pionier (weiße Bluse plus rotes Halstuch) und ab der siebten Klasse in der Freien Deutschen Jugend (FDJ) mit dem Blauhemd als „Kleiderordnung"; nur wenige waren keine Mitglieder, da es sonst „offiziell" immer Schwierigkeiten gab.

111) Gamat: kleine Innenraum-Gastherme, die in den meisten Ost-Berliner Küchen an der Wand hing, nur im Umkreis von einem Meter für Wärme sorgte und davon abgesehen unglaublich viel Gas verbrauchte.

112) Frauengefängnis Hoheneck: berüchtigter DDR-Knast für Frauen.

113) Faustan: eines der am meisten verschriebenen Präparate in der DDR mit dem Wirkstoff Diazepam (Pendant zu Valium im Westen); wahrscheinlich waren auch viele Menschen bereits abhängig von dem Medikament.
http://www.ddr-wissen.de/wiki/ddr.pl?Medikamentenmissbrauch

114) KU: Kurzurlaub von Samstag nach Dienst (12 Uhr) bis Montag zum Dienst (7 Uhr).

115) Popper: Vertreter einer Jugendkultur aus dem Westen Deutschlands, die betont auf Konsum, Hedonismus und Egoismus setzten als Protest gegenüber den 68ern und sich bewusst unpolitisch gaben. Die Jugendlichen trugen teure Markenklamotten, rauchten internationale Zigaretten und setzten sich modisch nicht nur mit der „Poppertolle" in Szene. Spannungen gab es mit den Punks, häufig kam es zu Massenschlägereien. Typische Musik war nicht oder nur ansatzweise vorhanden (ABC, Spandau

Ballet, Roxy Music, Projekte des Produzenten Trevor Horn); die Jugendbewegung breitete sich über West-Berlin in den Osten aus, und hier konnte es verständlicherweise nur ansatzweise mit dem Popperdasein klappen aufgrund der einfach nicht zu beschaffenden Klamotten.

116) Moprala: Slang-Ausdruck für Morgen-Pracht-Latte, also ein erigierter Penis am Morgen.

117) Konnopke: der legendäre Imbiss auf der Schönhauser Allee in Berlin.

118) Jugendmode: abgekürzt Jumo, war ein Versuch ab 1968, in Spezialabteilungen oder eigenen Geschäften ein spezielles Bekleidungssortiment für Jugendliche anzubieten. Es sollte nach eigenem Anspruch besonders modisch sein, hing jedoch permanent den Wünschen der jungen Kundschaft hinterher, nicht zuletzt aufgrund der erwähnten Zwänge der Mangelwirtschaft, besonders was Stoffe anging.

119) Eintritt 25 DM: Honecker hatte den „Zwangsumtausch" 1980 auf 25 DM pro Person bei Besuchen von West-Berlin und der BRD in die DDR erhöht.